1
魔女と魔性と魔宝の楽園
A paradise of witches,demons, and magical treasures
～追放された転生貴族の自由気ままな【蒐集家】生活。
ハズレ前世に目覚めた少年は、異世界で聖剣もモフモフも自分の城も手に入れる～
御鷹穂積
HOZUMI MITAKA
[illustration]
La-na

CONTENTS

A paradise of witches,demons, and magical treasures

序章◇外れ前世、継承

幸運な人間に対して、『前世でよっぽどよい行いをしたのだろう』と誰かが言うのを、聞いたことがある。

その逆もしかり。

今の自分に対して起こる出来事の理由を、前世に求める。

前世の善行や悪行が今生に影響を及ぼすかは、実のところよくわかっていないが。

その発言者たちは、ある真実に辿り着いている。

前世は実在する。

まぁ、それを体験出来るのは、一部の限られた人間だけなのだが。

ここは、そういう世界。

貴族や一部の人間だけが『前世』の記憶と能力を呼び起こし、利用することが出来る世界。

幸運不運といった概念的なものに留まらず、前世の強さ、賢さ、特異性などを引き継げる世界。

これは、そんな世界で外れ前世に目覚め、実家を追い出された男のお話。

追い出された男、つまり俺が思うままに望むものを蒐集《しゅうしゅう》していく話だ。

語るとしたら、そうだな……追放直前、少年時代からが適切だろう。

◇

前世、という概念がある。

肉体と精神は一度の人生で消費されるが、魂魄《こんぱく》は不滅らしく、繰り返し利用されるのだとか。

で、肉体が朽ちるなりして精神の連続性が断たれると、魂は次の命に向かう。

いわゆる転生だ。

命を成立させるのに不可欠なものが魂らしく、魔法で言えば……魔力だろうか。

どんな大層な魔法式があっても、魔力がなかったら発動しない……というような。

俺は、家庭教師の長々とした魔法の授業を思い出しながら、そんなことを考える。

「ロウ、捜したよ」

ある日の昼下がり。時折吹き抜ける風の音が耳に心地よく、柔らかい陽光が眠気を誘う。

そんな自然の紡ぐものだけの世界に、突如、人の声が交じる。

かといって、不愉快にはならない。

川の清流のような、爽やかで澄んだ声だったからだ。その声は、続けてこう言った。

「また空を見ているのかい？」

うちの庭には立派な木が生えていて、そこに登って空を眺めるのは俺の趣味だった。

幹に背を預け、太い枝に足を乗せ、木の葉の間から空を眺めるのだ。

風の音につられるようにして、ささぁ、ささぁ、と葉擦れの音がする。木漏れ日が描く影の模様も

一斉に変わり、その様子は忙しないようでいて、どこまでも穏やかに感じられた。

もうしばらく浸っていたいが、声の主《ぬし》を無視するわけにもいかない。

視線を下ろすと、濃い青の髪と瞳を持った美男子が立っていた。

凛々《りり》しくも優しげな顔の造形。穏やかで涼やかな声色。理知的で紳士的な振る舞い。

かつては、彼と踊りたい淑女によって社交界に行列が出来ていたとか。

十五歳で結婚し、十八歳の現在一児の父であるが、今も第二夫人以降を狙った者たちからの誘いが絶えないのだという。

背丈は高いが威圧感はなく、細身なようでいて身体《からだ》は鍛え抜かれている。剣の腕前は齢《よわい》十八にして王国五指に入ると言われ、魔法の才にも秀でている。

その上、性格まで真っ直ぐだというのだから、神の不平等も極まったものだ。

果たして、こんな完全無欠の人間がいていいのだろうか。

俺がまともな人間なら、嫉妬に狂うか、そうでもなければ彼の信奉者になっていたかもしれない。

彼の名はニコラス。

俺の兄だ。

とはいえ、血の繋がりは半分なのだが。

うちの家系は俺以外、非常に顔が整っている。髪も目も、俺だけが黒色だ。

「ロウ？」

「聞こえていますよ、兄上」

俺が寝ていると思ったのか、兄が俺の名を呼んだ。

「それより、見てください。あそこに並ぶ二つの雲、まるで剣と盾のようではないですか？」

俺がその雲を指差すと、兄がそれを追って視線を空へと向けた。

「……ん？　あぁ、ふふ、確かにそう見えるかもしれないな」

兄は口許《くちもと》に握った手を当て、微《かす》かに笑う。

貴族らしからぬ木登りや、先程から続くゆったりした反応に気を悪くする様子もない。

ニコラスは長男で、俺は三男。年は兄が十八で、俺が十五。

この兄と、妹と、あとは俺付きのメイドだけは、雲を眺める趣味を受け入れてくれている。

次男あたりだと、ごちゃごちゃ言われるのだが。

「それで、兄上。私に何かご用ですか？」

一応は貴族の三男なので、普段はそれっぽい話し方を心がけていた。

兄がわざわざ俺を捜しに来るのは珍しい。

こういう時はメイドのシュノンが呼びに来るものなのだが。

「儀式の準備が整ったそうだ」

その言葉で納得。

「あぁ……」

過去生《かこせい》継承の儀、とかいうそうだ。

魂にはこれまで生きた命の情報が残されており、儀式を通して、それを今の身体で読み込む。

今のところ、一つ前の人生までなら記憶と能力を継承することが出来るらしい。

様々な理由があって、この儀式を受けることが出来るのは貴族の他、特別に認められた一部の者のみだ。

父はこのエクスアダン領を任された辺境伯なので、その子供たちには資格がある。

ニコラスは十五の時に、俺たちが生きるのとは違う世界の【剣聖】が前世であったと知った。

【剣聖】の力を使いこなす兄は、単騎でドラゴンをも狩ることが出来るのだとか。

邪竜が一国を一夜で滅ぼした、という記録も残っているので、それだけ脅威的な存在なのだが。

ドラゴンといっても様々だが、大型の個体が出現すると、魔法使い部隊を含む軍が出撃し討伐に当たることになる。それでも相当数の被害を覚悟せねばならないようだ。

そんな脅威に対し、一人で対処出来る力を持っているというのだから、【剣聖】の価値は誰でもわかるというものだ。

俺は太い枝から飛び降り、地面に着地。軽い衝撃。服がはためき、わずかに土が舞う。

「では、これより向かいます」

この儀式には一部の者しか関われない。

案内一つとっても、メイドには任せられないということか。

それでわざわざ兄が俺を呼びに来たのだろう。

「緊張することはない。私も立ち会うし、これは実体験から言うのだが、本を読むのとそう変わらないよ」

俺の緊張を解《ほぐ》すように、兄が優しく言う。

そんな兄に応じるように、俺は口を開いた。

「家名に傷をつけぬ過去生であればよいのですが」

心にもないことを口にしながら、兄と並んで歩き出す。

庭から屋敷内へ。そのあとは廊下を進み、地下室へ続く扉までゆっくり移動する。

正直、興味と面倒くささが半々くらいだ。

儀式はもう何百年も前に出来たもので、長い時の中で洗練されてきた。

初期は過去生の記憶と現世の記憶が混ざってしまい精神が壊れてしまう者が出たり、一つ前どころか無限に前世を遡《さかのぼ》ろうとしてやっぱり精神が壊れてしまう者が出たりなど、危険がつきものだったという。

今はそのあたりも調整されている。

兄が言ったように、過去生を得るというのは、知らない人間を主人公にした本を読むのと同じ。

その人間の人生を、その人間の視点から語る物語だ。

この世界にない知識を得ようとしても、主人公が興味を持っていない分野であったら現世の自分も情報を得ようがなかったりなど、便利なようで不便だったりする。

主人公が興味を持っている分野だとしても、儀式の『設定』に引っかかる知識は引き出せないようになっているらしいのだが……。

この世界の在り方を歪めかねない【前世】は危険として、制限を設けているとのこと。

なので、この世界とは異なる世界の【前世】持ちであっても、その異世界の知識を利用してこの世界に変革をもたらす……なんてことは出来ない。

ドラゴンを殺す武力には寛容なのに、異世界の知識の流入には不寛容なのだ。

まぁ、そのあたりも色々と事情があるのだろう。

この国では魔族といった亜人との戦争や、魔獣といった獣の脅威があり、武力を求めるのも頷ける話ではある。

とにかく、折角手に入るなら、制限まみれで何も引き出せない【前世】は避けたい。

「大丈夫だよ。お前は私の弟だ。ダグも【竜騎士】に目覚めたことだし、ロウもきっと素晴らしい過去生を得るさ」

ダグというのは、一つ年上の次男だ。

今は亜竜という、翼のないドラゴンもどきに騎乗して魔族と戦っていることだろう。

ちなみに亜竜は、訓練された兵士が五人もいれば、討伐はそう難しくないという脅威度。

とはいえ、馬に乗った騎士だって一般人には太刀打ち出来ない脅威なので、それが獅子よりもよっぽど恐ろしい亜竜となれば、充分以上に強力なのだが。

「ありがとうございます、兄上」

過去生継承の儀の凄《すさ》まじい点はなんといっても、読《よ》み解《と》いた物語の主人公、つまり前世の能力まで継承することが出来るところだろう。

魂は、それらの情報まで記録しているようなのだ。

それを、現世で引き出すのが儀式。

何も努力せず、前世で磨かれた能力のほぼ全てを継承出来るというのだから、不平等も極まったものだなと思う。

だが、そんなものだろう。

俺だって少しばかり魔法の才があったから貴族の暮らしが出来るだけで、元は妾腹《しょうふく》の子だ。

不平等で、ままならないのが人生。

屋敷の地下まで行くと、数日前に訪ねてきた怪しげな老人が静かに待っていた。

暗い地下空間。明かりは蝋燭《ろうそく》のみ。石造りで、壁には本棚。

床には魔法陣が描かれ、中央に椅子が置かれている。

脳内で組み上げた魔法の完成イメージを魔法式と呼び、そこに必要な魔力を流せば魔法は発動するのだが、一人で組み上げるのが難しい魔法もある。

魔法陣は、外付けの魔法式だ。前世を引き出すのには、それだけ複雑な魔法式が必要、ということ。

椅子には座った者を拘束する部品がついているのだが、これは儀式中に身体が勝手に動くことがあり、それを防ぐためだという。

ちょっと不気味だ。

「お待ちしておりました」

男とも女ともとれない、老人のしわがれた声。

儀式の執行者は、皆等しく『協会』と呼ばれる組織に属している。

創設者は、世界で唯一自力で【前世】に覚醒し、それを他者にも適用出来ないかと研究。

儀式の雛形を創出したその人物は、『全ての民が【前世】に目覚めれば世に混沌《こんとん》が訪れてしまうが、かといって完全に秘匿するにはあまりに惜しい』として、儀式を受ける者を制限しようと考えた。

結果的に、対象は王侯貴族を筆頭とした特権階級のみとなったのだが……具体的な歴史は割愛する。

正直、それを習った日は眠くて家庭教師の話をよく聞いていなかったのだ。

とにかく、この『協会』は今に至るまで存続し、複数の国の特権階級に日々【前世】を教えて回っている。

資金繰りはまぁ儀式代を請求するなりでどうとでもなるとして、特定の国に取り込まれることも、儀式技術の流出もないだなんて、不思議な組織だ。

そういえば、創設者の【前世】は誰も知らないようなので、それと関係しているのだろうか。

「ロウ様。問題がなければ、こちらの椅子へ」

老人の声に、俺は頷いて答える。

「あぁ、問題ない。よろしく頼む」

立ち会いは兄のみ。

次男は魔族との戦いに駆り出されているし、父は多忙の身だ。

椅子に座ると、ガチャガチャと金属のこすれる音がしたあと、拘束される。

両手足が封じられてしまった。

「大丈夫だよ、ロウ」

兄が優しく微笑《ほほえ》んでいる。

「はい、兄上」

不安そうな顔でもしていただろうか。

今から自分の脳に前世の記憶が流れ込むというのだから、まぁ緊張もするか。

ゆらめく蝋燭の灯火《ともしび》に合わせて、地下室内の俺たちの影がゆっくり動き続けているのが、やけに気持ち悪かった。

「準備はよろしいですかな？」

「いつでも」

長引かせても仕方ない。

面倒事ほど、さっさと片付けるに限る。

老人が魔法陣に触れると、それは眩《まばゆ》いほどの輝きを放ち、瞬間――世界が白に染まった。

違う。俺の意識が飛んだのだ。

――なるほど。本を読むようですか、兄上。確かに近いかもしれませんね。

人の一生を本にまとめるとしたら、とても一冊には収まらないだろう。

しかし、本人の主観でまとめさせたらどうか。

母の胎内にいた時間はもちろん、物心つくまでの時期を飛ばせる。更には、関心の薄い出来事はほとんど描写せず、重要な部分だけをピックアップすることになるのではないか。

クロウ＝ハイヤマ。

それが前世での俺の名前。

裕福な家庭に生まれたが、人付き合いを苦手としていた。

しかし、代わりに物を見る目はズバ抜けていた。

だが、彼はそれを商いに活かすのではなく、あくまで趣味の為にのみ行使した。

つまり、貴重な品の蒐集《しゅうしゅう》だ。

両親亡きあとも、彼は財力の許す限り己の眼鏡に適う品を集め続けた。

それは絵画であり、古代の金貨であり、とある部族の武器であり、いわくつきの呪物であり、世界に数冊とない古書であり、人類より前に世界を支配していた巨大生物の化石であった。

そうしてある日、集めたものに囲まれながら一人、屋敷の中で死んだ。

死因は明らかではないが、最後に胸部の痛みに苦しんだのを覚えている。

誰かに殺されたのではない。

あれは、そう、発作か。胸が苦しくて、息が出来なくて、俺は——。

「違う」

世界が色を取り戻す。

長い潜水から浮上した時のように、荒い呼吸を繰り返す。

俺の胸は痛くないし、俺は息苦しくない。そうだ。

俺は彼ではない。

あれは、魂に刻まれた、過去生の記憶でしかない。

目覚めた瞬間に、それを深く理解する。

本の主人公に深く感情移入しても、本を閉じれば現実に戻ってこられる。

だがこれは、あまりに没入度が高いのではないか。境界線こそ引かれているが、それはとても頼りなく、目を凝らさねば見失ってしまいそうなほど、儚《はかな》い。

とにかく、自分の【前世】は理解出来た。

「……申し訳ございません、兄上」

その時、俺の胸に去来《きょらい》した感情はなんだったか。

少なくとも、悲しみではなかった。

「ロウ?」

心配げにこちらを見つめる兄に、俺は言う。

「私の前世では、エクスアダン家のお役に立てそうにありません」

兄の表情が、驚くようなものに変わる。

「……なんだったんだい?」

「――――【蒐集家】です」

国境と領民を守る剣であり盾。

それを為せる前世を求められるのが、この家だ。

エクスアダン辺境伯家というものなのだ。

俺は明らかに、外れを引いたということになる。

第一章◇餞別と巡り逢い

数日後の夜、父が家に戻った。

そして俺は父の執務室へと呼び出されたのだった。

室内に無駄なものはなく、配置されている家具類に関しても、貴族らしい華美さなどは一切なし。

椅子ならば椅子、棚ならば棚、その用途を正しく果たすのに必要な頑強さのみを求めている。

部屋の主《あるじ》の性質を、とてもよく反映していると言えた。

「【蒐集家】か」

引き締まった身体をした、壮年男性だ。

後ろに撫でつけられた青の髪、鋭利な眼光、巨木を思わせる体躯、そこらへんの盗賊であれば一睨《ひとにら》みで失神しそうな圧力。

【剣聖】を前世に持つ、我がエクスアダン家の当主である。

彼は執務机についた状態。側近が横に控えていて、俺は父の正面に立っていた。

「申し訳ございません」

謝っておく。

期待外れには違いないだろうから。

「元より期待などしておらん」

父はこちらを見ることもなく、そう言った。

それならわざわざ呼び寄せて貴族生活を送らせた挙げ句、儀式を受けさせたりしないでもらいたい——という言葉をグッと飲み込む。

俺がこの家で暮らすようになったのは三年前。

母を亡くして行き場がなくなったタイミングだったし、食うに困らない生活は助かったが。

ここから追い出される展開になったら、次はどうやって生きていこうか。

そんなことを頭の中で考える。

『鋼鉄の森』に出没する怪狼《かいろう》について、聞いているか」

突然、父がそんなことを言い出す。視線は卓上の書類に向けられていて、俺には一瞥《いちべつ》もくれないままだ。

それでも俺はすぐに頷き、応じる。

「怪狼に縄張りを追いやられた魔獣によって、領民に被害が出ているとか」

兄のニコラスからそんな話を聞いていたのだ。

怪物並みに凶悪な狼が、領内の森を支配しているようだ、と。

魔力を使う獣を魔獣と呼ぶが、怪狼は馬鹿みたいにデカイ上に、強力な魔法も使えるという。

魔法式という『イメージ』が不可欠な以上、ある程度の知能がなければ魔法は使えない。

逆に言うと、知能と魔力があれば、どんな生き物であれ魔法を使う可能性がある。

「それをニコラスに討伐させる」

「竜さえ屠《ほふ》る兄上であれば、怪狼と言えどひとたまりもないでしょう」

この会話はなんなんだ？　と思いながら、ひとまず合わせる。

貴族はこういう、遠回しな会話が多くて疲れるのだ。

「貴様には、怪狼討伐の補佐を命じる」

――は？

「私が、ですか」

明らかに、戦いに使えないと判明した妾腹の子。

そんな俺に、兵士が束になっても敵わない怪狼退治に同行しろと言う。

その意図はなんだ。

「補佐とはいえ、死地に赴くことには変わらない。これを達成すれば、【蒐集家】と言えど我が息子として領民にも受け入れられよう」

それを素直に受け取れるほど、俺は純真ではなかった。

たとえば、無能な三男は化け物退治で死んだということにしたいのではないか、とか。

そんなことを考えてしまう。

裏で殺して逃走や病死と発表するのでは、不名誉だったり怪しかったりするが。

実際に兄と共に化け物退治に向かう姿を色んな人に見せた上で生きて帰ってこなければ、『前世に恵まれないながら勇敢に散った息子』として、みんなにアピール出来る。

たった三年しか貴族暮らしをしていない俺だが、我が子さえ道具扱い出来るのが貴族だというのは理解しているつもりだ。

残念ながら、この考えを否定する材料を、俺は持っていない。

「どうした。何か問題が？」

書類を見たままの父に言われ、俺は答える。

「力を尽くします」

「出立は三日後だ」

俺は頭を下げ、父の執務室をあとにした。

愛なき父に絶望――なんて感情はない。

彼が俺に期待していなかったように、俺も父に期待をしていなかったから。

絶望どころか、三年の貴族生活の方を感謝したいくらいだ。

この展開は、そう悪いものではない。

最悪なのは、内々に処理されること。

この本邸の中でひっそり始末しよう、なんて思われるのが一番面倒だった。

父の前では従順ぶっていたのも効いたか。

仮にも貴族の血を引く者。不名誉な前世を背負ったことを恥に思い、自ら死地に赴くことも躊躇《ためら》わない――とか、そんなふうに思われていたのなら幸いだ。

これでひとまず、『鋼鉄の森』に到着するまでは死なない。

そのあとどう逃げるかだが、これは少し悩ましい。

兄の性格からして俺を直接手にかけることこそないだろうが、父の思惑を無視出来るような人じゃない。

つまり、俺を逃がしてくれるか分からない。

ドラゴンを殺せるあの人から逃げるのは、かなり難しいだろう。

まぁ、なんとかするしかあるまい。こんな日がくるかもと、準備の方も進めていた。

そんなことを考えながら、絨毯《じゅうたん》の敷かれた廊下を進んでいると、曲がり角からこちらを覗《のぞ》く目を見つけた。

俺は咄嗟《とっさ》に思考を切り上げ、自分に出来得る限りの柔らかい表情を浮かべる。

「リュシー」

名を呼ぶと、目の主《あるじ》がぴょこっと飛び出してきた。ひらひらとしたドレスがふわりと揺れる。

氷のような青の長髪、くりっとした瞳に、ぷにっとした頬《ほお》。

七歳の妹、リュシーだった。

その可憐さは、思わず氷の妖精なんて比喩《ひゆ》が頭に浮かぶほど。

「こんばんは、おにいさま」

彼女は俺をそう呼んで、逢えたことが嬉しくてたまらないとばかりに、破顔する。

「あぁ、こんばんは。どうしたんだい？」

尋ねると、彼女は不安そうな顔になり、廊下の向こうに視線を向けた。

父の執務室がある方向だ。

「おとうさまとのお話、だいじょうぶでしたか?」

半分しか血の繋がっていない兄に、この子はとてもよく懐いてくれている。

とてとてと近づいてきた彼女の前に屈み込み、俺はそのすべらかな髪を撫でる。

「うん、大丈夫だったとも」

「ほんとうですか? おこられたりしませんでしたか?」

「あはは、心配してくれてありがとう。大丈夫、怒られなかったよ」

暗に死ねと言われたかもしれない、というだけだ。

きゅっと首に手を回されたので、少し躊躇ったが、そのまま彼女を抱き上げる。

すると嬉しそうに、彼女は俺の胸元に額をこすりつけてきた。

長男は既に子供もおり、次男はあまり構ってくれないからか、あるいは外の世界からやってきた俺が珍しかったのか、リュシーは出逢った当初から俺のところへやってくることが多かった。

「おにいさま、今日も前世のお話、してくださいますか?」

儀式を受けた夜に、話をしてあげたのだった。

妹からすれば、まったく知らない世界の話だ。

俺にとっても、前世クロウの主観でしか体験出来なかった世界だが。

過去生継承の儀には、成功率向上のために様々な術式が施されている。

その作用で、引き継げる『能力』以外の知識はあまり引き出せないようになっているのだ。

知ってはいたが、実際に体験してみると、これがもどかしい。

たとえばクロウは『すまほ』とか『ぴーしー』なんて道具を使用していた。

その形状や機能はある程度『記憶』でわかるものの、仕組みを知ろうと頭を捻《ひね》っても、該当する知識を引き出すことは出来ないのだ。

クロウが知らないだけかもしれないが、たとえ知っていても無駄らしい。

俺がこの世界で、それらを再現することは、どうあっても出来ない。

「もちろんいいとも。君の寝物語として役立つのなら、儀式を受けた甲斐《かい》もあるというものだ」

「ふふ、おにいさまったら」

過去生継承の面白いところは、前世の自分に関わる能力や出来事が、異能《スキル》として手に入ることだ。

兄ニコラスは、決して刃こぼれせず、どれだけの血を浴びても切れ味が落ちない聖剣を手に入れた。

また彼自身も、防衛戦において自身の全能力が数倍以上に上昇するという能力を獲得。

父の場合は逆に超攻撃的な異能《スキル》で、刃《やいば》を一閃させて大地を割ったことがあるという。

そんな家からすると、【蒐集家】が外れ扱いされるのも頷ける話。

俺の異能《スキル》は――真贋審美眼《しんがんしんびがん》。

偽物と本物を見分け、美しいものと醜いものを見分け、価値のあるものとないものを見分ける。

クロウのものを見る目が、特殊能力の域にまで引き上げられ、俺に発現した。

とはいえこんなもの、目利きの商人ならば長年の経験で培《つちか》えるもの。

――と、父は感じた筈《はず》。

実は、もう少し出来ることがあるのだ。

◇

三日後、俺の準備は全部無駄に終わる。

驚いたことに、いい意味でだ。

思えば出発前から違和感はあった。

早朝、屋敷の前。

兄の妻子や妹はともかく、次男のダグまで見送りに来た。

戦い帰りで疲れているだろうに、いつも通りの偉そうな態度で声をかけてくる。

「ふんっ、【蒐集家】とはな。貴様程度では、それが限界か」

青の短髪、鋭い目つき。鍛えられているが、身体はまだ細い。

見送り前に着替えをすませてきたのか、騎士鎧は身につけておらず、貴族らしい格好。

上等な生地も、鮮やかな刺繍も、華やかな飾りも見事なものだが、俺は最後まで馴染むことが出来なかった。

「ダグおにいさま！」

俺に抱かれたリュシーが頬を膨らませ、ダグの言動に怒る。

妹を宥《なだ》めながら、俺はダグに向かって微笑んだ。

「至らない魂を恥じるばかりです」

思ってもいないことをスラスラと口に出来るのは、もしかすると貴族生活の賜物《たまもの》といえるかもしれない。

貴族は本音を名誉や品位や敬意といったもので覆い隠して話すので、直截的《ちょくせつてき》な物言いというのは好かれない。そのことを学習し、その場を乗り切るための言動を身につけた。

俺の反応に、ダグが眉をぴくりと揺らした。とても不機嫌そうだ。

「……以前から貴様のことは気に食わなかった。何もかもがどうでもいいという顔をしやがって」

それは、ちょっと違う。

何もかもがどうでもいいのではなく、自分の人生に期待していなかっただけだ。

母といる時は極貧生活を送り、母を亡くした途端貴族として暮らすことになった。

自分から何か働きかけたわけではなくとも、周囲の思惑で環境が変わってしまう。

過去生に目覚め、今度は魔獣の住まう森で怪物級の怪狼を倒す手伝いをしろと命じられた。

その命令に裏があるのかないのか、まだわかっていない。

どんな顔で生きていればいいというのか。

「私は――」

「貴様のような、力を持ちながら何事にも本気を出さない輩《やから》が、俺は不愉快でならん！」

おや、と思う。

意外なことに、ダグは俺を高く評価していたらしい。

剣や魔法の鍛錬には真剣に取り組んだが、必死だったかといえば違う。

そのあたりを、彼には見抜かれていたようだ。

俺が黙って苦笑していると、彼はフンッと鼻を鳴らし、長いコートのポケットに手を突っ込む。

「だが半分とはいえ俺と同じ血が流れる者だからな。……餞別《せんべつ》だ、持っていけ」

そして何かを取り出した。

……妹のいる前で餞別とか言わないでほしいものだ。

リュシーは俺が帰ってくると信じているというのに。

そんなことを考えながら、ダグに投げられたそれを受け取る。

宝石のついた、首飾りのようだった。

女性が着飾るためのものというより、服の内側に垂らしておくものなのか、紐が長い。

真贋審美眼で、視《み》る。

――『竜の涙』
――竜種が、心を許した者のために流した涙が結晶化したもの。
――宝石としての価値も高いが、所持しているだけで遭遇した竜種からの敵意を軽減する効果がある。
――希少度『A』

「……これは」

希少度に関しては『S』が最も高く、以降は『A』『B』『C』『D』といくにつれ下がっていくようだ。各評価において、『+』や『−』がつくこともあり、『+』ならばその評価範囲の上位、『−』ならば逆に下位となる。

ちなみに、真贋審美眼ではありふれた品には希少度がつかない。

仮に『D』であっても、一般的には充分珍しい存在である、ということになる。

金銭的な価値ではなくあくまで希少度を鑑定するものなので、たとえば金貨を視ても希少度はつかない。

金《きん》自体の希少度は、この瞳にとっては『D』にも満たない、という扱いのようだ。

ダグに貰ったこの『竜の涙』は、【竜騎士】ならではの宝物《ほうもつ》。

こんなものを俺に渡していいのかという疑問もあるが——。

これではまるで、旅に出る弟への餞別ではないか。

金に困ったら換金出来るし、持っていれば道中でドラゴンに遭遇しても生存率が上がる。

ダグは、父の命令をどう思っているのだろう。

「なんだ。【蒐集家】なる前世の異能《スキル》で価値を知って震えたか」

俺は彼の目を見て、真面目な声で言う。

「ありがたく頂戴します」

疎まれていたと思っていたのは勘違いで、彼は俺を心配してくれているのだ。

その思いを、上辺の言葉で繕うのは失礼だろう。

「ふ、ふんっ。俺はもう寝る！　兄上、ご武運を！」

後半をニコラスに言って、ダグは屋敷に戻っていく。

「もうっ、ダグおにいさまったらやっぱり意地悪だわっ」

リュシーは頬をぷくっと膨らませて怒っている。

幼い妹には、ダグの不器用な優しさはまだ伝わらないようだ。

「私のために怒ってくれてありがとう、リュシー。けれど私は気にしていないよ」

「……ねぇ、おにいさま？」

ふと、妹が不安そうな顔をする。

「どうしたんだい？」

「……かえって、きますよね？」

幼いなりに何かを感じ取っているのか。

俺はそれに、すぐに答えることが出来なかった。

安心させる言葉を吐けば、自分を信じるこの子に嘘《うそ》をつくことになりそうで。

「また君に逢えるよう、力を尽くすよ」

だから、ギリギリ嘘にならない言葉を口にした。

これからの展開で死ぬつもりはない。

そして、自分に懐いてくれたこの子にまた逢えたらと思うのも、事実。

妹は俺の真意に気づいたのかどうか。

俺を抱きしめる腕にぎゅうっと力を込め、しばらくしたあと、名残惜しそうに手を離した。

彼女をそっと地面に下ろす。

リュシーはそれからニコラスにも抱きつき、武運を祈り、そして「ロウおにいさまをまもってくださいね！」とお願いしていた。

ニコラスは複雑そうに微笑み、彼女の頭を撫でたが、明確な答えは返さなかった。

「ロウ、そろそろ行こうか」

「はい、兄上」

馬に乗り、怪狼討伐隊に任命された他の騎士たちと共に出発する。

姿が見えなくなるまで、リュシーはずっと俺たちを見ていた。

◇

家を出発し、向かうは怪狼の住まう森。

既に領民から絶大な支持を得ているニコラスは、道を通るだけで大きな声援をもらっていた。

この長兄に任せておけば、この領も安泰であろう。

他人事《ひとごと》のようにそう思う。

街壁の外に出ると、さすがに領民の数もグッと減る。

畑の広がる景色の中をしばらく進むと、後方から何やら声が聞こえてきた。

「ロウさま～～～～っ！」

その声は、こちらを追いかけてきている。そしてどうにも、聞き覚えがあった。

すぐに誰かわかった俺は、馬上で額を押さえる。

ニコラスも気づいたのか、苦笑している。

他の騎士たちは無反応だ。

俺は馬を止め、声の主《ぬし》が追いついてくるのを待つことにした。

「ロ、ウ、さ、まー！」

やってきたのは、小柄な少女だ。

亜麻色《あまいろ》の髪は二つに分けられ、それぞれ低い位置で編んでいる。

体格の割に胸が大きく、メイド服の上部はパツパツだ。

走っている最中もぽよんぽよんっと揺れて存在を主張している。

十五歳の俺よりも年下であるとは思うのだが、正確なところはわからない。

彼女は俺付きのメイドであるシュノン。同時に、幼馴染でもある。

母は俺を身籠《みごも》ったあとで父の許《もと》を離れた。

俺が生まれてからは貧しい暮らしが続いていて、シュノンは当時近所に住んでいた少女なのだ。

彼女は貧民窟《くつ》に住んでいた人間とは思えぬほど心優しく、病床に臥《ふ》せる俺の母を看病してくれていた。母亡きあと、俺を迎えにやってきたエクスアダン家の者に、俺はシュノンと一緒ならば行くと条件を出したのだ。シュノン自身も、俺と共にいることを望んでいた。

辺境伯家のメイド教育は中々のもので、たった三年で貧民窟の少女が立派なメイドに変貌。

読み書きや簡単な計算はもちろん、基本的な礼儀作法なども身につけることに成功。

これならば、いずれ俺がいなくなってもなんとかやっていけるだろう。

と、母が世話になった恩返しになればと思ったのだが……。

——ここでついて来られると、話がややこしくなってしまうだろうが。

「ふぅ、やっと追いつきました！」

立ち止まったシュノンは大きな胸を一揺らししながら、額の汗を拭《ぬぐ》った。

彼女は背嚢《リュック》を背負っているのだが、そのサイズは彼女三人分ほどと特大だ。

後ろから見たら、少女が背嚢《リュック》を背負っているのではなく、巨岩に小さな足がついているように思えるかもしれない。

何が詰まっているにせよ、想定している外出の日程は数日どころではないのだろう。

彼女が力持ちなのは知っているので驚かないが、それだけの荷物が必要になると判断したことには驚く。

単に追いかけてきたのではなく、戻れないことも承知の上だということなのだから。

「シュノン、お前……」

彼女の前では、貴族の仮面も剥《は》がれる。

シュノンはぷくりと頬を膨らませた。

「ロウさま、ひどいですよ！　わたしに黙って出発されるなんて！」

「だからって追いかけてくるか普通……」

ここからの展開がどうなるにせよ、俺はあの家には戻れない。

逃げることが出来たとしても、追手が放たれないとも限らないのだ。

そんな旅にシュノンを巻き込むまいと思っていたのだが、彼女としては不服だったらしい。

「シュノンはロウさまのメイドです。それ以外になるつもりはありませんので！」

主人に対する態度としては失格だが、それだけに彼女の強い決意が伝わってくる。

「魔獣討伐についてくるメイドとか聞いたことがないんだが」

「ではわたしが初ですね。こう見えてシュノンは武闘派ですよ」

しゅっしゅっと虚空《こくう》に拳を繰り出すシュノン。

その腕は細く柔らかいが、本人はやる気のようだ。

ちなみに、シュノンの一人称はメイド教育で『わたし』に矯正されたが、俺と喋る時は以前の『シュノン』を使うこともある。

「ロウは、主人思いのメイドを持ったな」

兄のニコラスが言った。その表情は柔らかい。

「さすがはニコラスさまですね。よくご存じのようです」

シュノンは満足げだ。

——ん？

俺は今のニコラスの態度に違和感を覚えた。

――そうだ。もし俺を殺すつもりなら、無関係なシュノンを巻き込みたくない筈。

貴族というしがらみからは逃れられないものの、ニコラスはその範囲内で許される限りの善良さを持った男だ。

俺の死が避けられないものだと思っているなら、ここでシュノンを追い返そうとする筈。

なのにこの態度。

――まさか、俺の考えすぎだっていうのか？

父に俺をどうこうする思惑なんてないのだろうか。

さすがにそこまで能天気にはなれないが、ニコラスと戦わずにすむならばそれはありがたい。

とにかく、兄の許しが出たのでシュノンが同行することになった。

俺たちは馬だが、シュノンは徒歩で追いかけてきた。

シュノンを俺の後ろに乗せようとしたが、騎士たちに止められた。

仮にも貴族様が、一介のメイドを後ろに乗せるのはよくない、という話だろう。

無視することも出来たが、シュノンが「問題ありません！」と言ったので、彼女は歩きに。

だが実際、強がりでもなんでもなくシュノンならば問題ないのだろう。

家に報告しなかった真贋審美眼の能力の一つに、人物鑑定がある。

『もの』の価値を判定する力は、『者』――つまり人を鑑定することも出来るようなのだ。

――『シュノン』

――鬼種《オーガ》の血を引く者。

――血は薄まっており、容貌は人間種のそれ。本人にも自覚はなく、血の力は優れた体力、腕力、耐久力という形で発現。

――希少度『C＋』

と、頭の中にシュノンの情報が流れる。

鬼、という部分に【蒐集家】が反応する。

たとえば、お姫様の物語を読んだ子供がお姫様に憧れたり、騎士の物語を読んだ子供が騎士に憧れたりはよくある。

それらになりきってごっこ遊びに興じるのも、理解出来る話だ。

大人になったらそんなことがなくなるのかというと、そうでもないと思う。

物語の登場人物に影響される、ということは誰にでも起こり得るのだ。

過去生継承の儀は、その何十倍もの影響力がある。何百倍かもしれない。

つまり、俺は【蒐集家】の能力だけでなく、性質も受け継いでしまったのだ。

簡単にいうと、珍しいものを見ると蒐集欲が刺激される。

それでも欲求を抑え、シュノンを置いてくることにしたのだが――。

――確かにシュノンは昔から体力があったし力持ちだった。見た目は小柄な少女という感じで血も薄まっているというが、鬼種《オーガ》というのは今ではあまり見られない種族だった筈……。

そこまで考えて、首を横に振る。

彼女にかかる希少度は、薄まった鬼の血に対してのもの。

希少度ではダグにもらった『竜の涙』のほうが上になるが、言うまでもなく俺にとっての重要度はシュノンのほうがよっぽど上だ。そもそも比較にならぬほど。

俺は【蒐集家】に惹《ひ》かれているが、クロウではなくロウという人格で生きている。

希少度を絶対とすることはない。

「ロウさま？　どうかなさいましたか？」

こてん、と首を傾《かし》げて俺を見上げるシュノン。

「いや、なんでもない」

俺は誤魔化したが、シュノンは思案顔になり、それから自分の胸を見下ろし、顔を赤くした。

「もう、そんなにジロジロ見てはダメですよ、ロウさま」

シュノンは広げた手を自分の両頬に当て、わざとらしく「きゃー」なんて声を出す。

「お前は何か勘違いしてるな」

確かにシュノンの大きな胸は、よく人の視線を吸い寄せるが……。

「今は他の人の目もありますから。どうしてもというのなら、のちほど。ね？」

のちほどならいいのか。

いやいや、と再び首を横に振る。

「そうじゃない。疲れたらすぐに言え、と伝えたかっただけだ」

そう伝えると、シュノンは目をぱちくりと開閉し、それから綻ぶように笑った。

その笑顔を見ると、野に咲く花を見つけた時のように、どこか安らかな気持ちになる。

「ありがとうございます、ロウさま」

「なんだ。やけに嬉しそうだな」

「はい！　だって、帰るように言われるかと思ったので。ついて行くのをお許し頂けたようで、嬉しくなったのです！」

幼い頃から、シュノンは感情をそのまま表に出すので、非常にわかりやすい。

そして、だからこそ信用出来る。彼女の表情や言葉には、嘘がないのだ。嘘をつく時でさえ、それが嘘だと丸わかりなので、常に真実を話しているのと同じだ。

「追いかけてきた時点で諦めた」

「ふふふ、シュノンの勝利です」

彼女は勝ち誇ったように両拳を握る。

どんな想いでついて来たにしろ、シュノンは安定した暮らしよりも俺といることを選んだのだ。

そこまでの決意を無下にするのは、躊躇われた。

それに正直なところ、俺はこの幼馴染といるのが好きなのだ。

◇

その後《ご》、俺たちはしばらく進み、いよいよ鋼鉄の森が見えてくる。

「あそこに大きな狼がいるんですね。木がギザギザしていて、強そうです」

シュノンが言う。

森の名の由来は、鋼のように硬く容易に伐採出来ない樹木が多いからとも、魔獣の棲家になっていて通行には剣、すなわち金属、金属すなわち鋼鉄が必要になるからともいわれている。

俺たちはニコラスを先頭に、森に踏み入ることに。

いつの間にか騎士たちが俺の後方に回っていた。

――逃げ道を塞《ふさ》いでいるように見えるんだけどな……。

しかし、殺気のようなものは感じない。

ある程度踏み込んだところで、兄が馬を止めた。

俺も彼に続く。

シュノンは警戒するような顔になった。

ここで何かあっても、外の街道からは見えないだろう。

「ロウ」

兄が俺の名を呼ぶ。

「はい」

剣では彼に敵わない。

だが今の家に引き取られてから三年の間、俺はずっと考えていた。

いつか家を出る時のことを。

自らの意思によるものか、追放されるような事態になってかはわからなくとも、準備は必要だと思った。

そっと、腰に下げた袋に手を伸ばす。煙玉を投げれば、多少の目眩《めくら》ましにはなるだろう。

随行する騎士は三人。

シュノンがいることで立ち回りは多少考えねばならないが、彼女の身体能力ならば問題なくついてこられる。同じ貧民窟で育った幼馴染だ、荒事を乗り越えたのも一度や二度ではない。緊急時にもすぐさま身体が動くことは、経験で知っている。

「私は、お前に詫びなければならない」

「一体何をでしょう」

予想はついているが、尋ねる。

「……父上は、お前に怪狼討伐の補佐は望んでおられないのだ」

ここまでは、予想通り。

「では、何をお望みで?」

「聡明なお前なら思い至っただろうが、貴族的な考え方でいえば、お前の前世は不都合なのだ」

「英雄の家系に相応《ふさわ》しくない異能《スキル》、それも妾腹の子となれば、仕方ありますまい。てっきり、表向きは怪狼討伐での戦死とし、兄上に斬られるものと思っていましたが」

ニコラスが悲しげな顔をした。

シュノンは戦闘が始まると思ったのか、拳を構えている。だが彼女もニコラスの人柄は知っていて、どこか寂しそうな顔をしていた。

「弟を手にかけるような悪魔になった覚えはないよ」

「助かります。兄上から逃げるのは難しそうだ」

俺の冗談にくすりともせず、ニコラスは続ける。

「とはいえ、自分を聖人とも思わない」

「何を以《もっ》て聖者とするのか、私には判断がつきませんが、兄上は間違いなく英雄ではありましょう」

彼は彼の役目を立派に果たしている。

俺は本心を告げたつもりだったが、彼は自嘲《じちょう》するように唇を歪めた。

「弟を守れない英雄か、情けないな」

「兄上には随分と助けられてきました」

実際そうだ。

貴族の生活なんて窮屈なだけかと思ったが、この兄と妹のおかげで随分と過ごしやすかった。

「この先も助け合えることを望んでいたが、そうもいかないようだ」

「ええ。よければこの先の流れを伺《うかが》っても?」

ニコラスは苦しげな表情と共に言い淀んでいたが、やがて口を開いた。

「対外的な発表は、お前の想像した通りのものだ。怪狼との戦いでお前は命を落とした」

シュノンが『そうはさせません！』とばかりに鼻息を荒くする。

友情か忠誠心か、どちらにしろありがたい限りだが、全ての仕草が愛らしいので気が抜けそうになる。緊迫した状況なのだと己に言い聞かせ、緊張感を保つ。

「実際は？」

「お前には、この地から離れてもらう必要がある」

シュノンが『ん？　どういうことです？』とばかりにぽかんとする。

「────」

拍子抜けだった。

思わず呆気《あっけ》にとられてしまう。

「……それだけ、ですか？」

俺の返答が予想外だったのか、兄は目を丸くした。

「それだけ、か。……お前のものの考え方は、貴族のそれとは違って新鮮に映ったものだが、このような状況でも発揮《はっき》されるのだな」

少し考えて、兄の言うことを理解する。

生まれながらの貴族にとって、死を偽装しての追放処分は死刑宣告も同じ、なのかもしれない。

特権を失い、己の誇りである特別な血を公に出来なくなり、己の力だけで生きていけと野に放り出される。

──確かに、考えてみれば悲惨だな。

かつて貧民窟で生きていた俺からすれば、『無い』のが当たり前。

己の力で獲得しないことには何も得られず、守る力がなければ当たり前のように奪われる。

それが常識。

ある日いきなり貴族の三男になる、なんて事態のほうが異例なのである。

だから、住処から出ていけと言われるくらい、大したことではないのだ。

元々自分のものではなかったものを手放すだけのこと。

三年の時間で得た知識や物、そしてこの異能《スキル》の分、感謝したいくらいだ。

てっきり、怪狼討伐にかこつけて暗殺されるものと思っていたが、実質的な追放処分ですむとは。

普通の貴族にとっては不幸の極みかもしれないが、俺にとっては幸運。

三年間の貴族生活という『経験』、前世という特殊な『能力』を得た上で、自由になれるというのだから。

「……それでは、俺とシュノンはこのまま去っても?」

俺が改めて状況を確認すると、ニコラスが頷く。

「あぁ、だが人目に触れぬよう、しばらくはこのまま鋼鉄の森を進んでもらう。護衛をつけるから安心していい。そしてカタラ領に入ってもらう。そのあとは自由だが……」

「此処《ここ》には戻ってこないように、ですね。承知しております」

鋼鉄の森の中ならば、その危険性から一般人は入ってこない。

この騎士たちは俺の監視役ではなく、護衛役だったようだ。

カタラ領は隣接する貴族の土地で、鋼鉄の森を通ることでギリギリまで領境に近づくことが出来る。

「……一応言っておくが、この決定は父上によるものだ」

俺が目を瞠《みは》ったのを見て、ニコラスが微かに口《くち》の端《は》を上げた。しかし、表情は寂しそうなまま。

「父上は、お前の思う通りいかにも貴族といった御方だが、お前が思うよりは人間らしい人だよ」

少なくとも、我が子を殺す判断は出来ないくらいに、といったことだろう。

確かにそこは、俺の考えすぎだったわけだ。

母は父のことを、父は母のことを、それぞれ語らなかった。

だから詳細はわからないままだが、俺は実態よりも父を悪い奴だと思っていたのかもしれない。

「そう、ですね」

酷い話だと思う者もいるかもしれないが、俺にとっては最上の結果といえる。

このままずっと貴族らしい生活を送れるとも、送りたいとも思わなかった。

堅苦しいのは苦手だ。

「これを受け取ってくれ」

兄がくれたのは金が詰まった袋と、一振りの——剣だった。

真贋審美眼が反応する。

——『始まりの聖剣』
——【剣聖】ニコラスは生涯で三振りの聖剣を手にすることが確定している。その一振り目。
——竜の鱗《うろこ》さえ薄紙のように裂き、大陸亀に踏まれても壊れない耐久性を持つ。非常に綺麗好きで、鞘まで含めて丁寧に手入れしないことには、居なくなってしまうので注意が必要。聖剣としての効力を発揮出来るのは、【剣聖】ニコラス及び当人から直接剣を譲り受けた者のみ。

――希少度『S＋』

「……聖剣、ですか」

「前世では、連戦の末に手入れを怠《おこた》ったことで失われてしまった。お前も気をつけてくれ」

異能《スキル》は、己の前世に関わる様々なものを能力に昇華《しょうか》する。

それは技術であったり、身体能力であったり、特定の出来事であったり、武器であったりと多岐に亘《わた》る。

兄がくれたこの剣も、名剣ではあるが元々は聖剣ではなかった。

【剣聖】に覚醒した兄が手にしたことで、『始まりの聖剣』へと変質したのだ。

俺の真贋審美眼で視ても本物の聖剣と判断されるくらい、存在が書き換わっている。

「しかし、兄上が困るのではないですか」

兄の前世を詳しく知らないので、彼が二番目の聖剣を既に手にしているのか、俺にはわからない。

少なくとも、今は差していないし、これまで聞いたこともない。

「あぁ。では代わりに、お前の剣をくれないだろうか」

俺は自分の剣を見る。

これもまた、普通の騎士が持っているものよりは余程上等な剣だ。

しかし当然、聖剣とは比較にならない。

俺は自分の腰に差した剣を鞘ごと外し、兄に手渡す。

「ありがとう」

受け取った兄が言う。

「それは、こちらの台詞《せりふ》かと」

聖剣と名剣の交換では、とても価値がつり合わない。

兄にとってこれは、あくまで弟への餞別なのだろうけど。

「……私はついぞ、お前が何かに怒っているところを見たことがなかったな」

「こういったところが、ダグ様のお怒りを買ったのかもしれませんね」

もしこれが次男のダグならば、追放処分に激怒していたことだろう。

彼には俺が悠然《ゆうぜん》としているように映っていたのかもしれないが、実際はものの考え方が違っていただけだ。

貴族の暮らしに期待をしていなかったから、失望することも怒りを覚えることもなかったというだけ。

「あいつはお前と競いたかったんだよ。お前を認めていたから、勝ちたかったんだ」

「なるほど」

そんな風に言われると、もう少しちゃんと対応していればよかったかな、とも思う。

勝っても負けてもうるさそうだし、やっぱり避けていたかもしれない。

どちらにしろ、もう無理な話だ。

「では、そろそろ行きます」

「……あぁ」

ニコラスが名残惜しそうな顔をするので、俺は思いついたことを言う。

「どこへ行っても、兄上の勇名ならば届きましょう。私はそれを便りと受け取ります」

俺の言葉を聞き、彼がふっと溢《こぼ》れるように笑う。

「頑張るよ。だが、お前のことはどう知ればいい？」

うぅん、と俺は少し悩んでから、言う。

「この世界の珍しいものを片端から蒐集している者の噂を聞いたら、それを私と思ってください」

【剣聖】に覚醒した兄の活躍は、やがて国中に轟《とどろ》くだろう。

その噂話がある限りは、兄も元気で生きていると安心出来る。

俺のほうは、きっと【蒐集家】としての異能《スキル》を使って好き勝手生きる筈。

この家の三男だと知られてはならないが、そこさえ守ればどんな噂の的になったって構わない。

俺たちはもう二度と逢えないかもしれないが、永遠に互いの情報を得られないわけではないのだ。

今生《こんじょう》の別れかもしれないが、繋がりの断絶ではない。

「ははは、っ。お前なら確かに、とんでもないものを集めそうだ」

明るく笑うニコラスの瞳は、潤んでいるようにも見えた。

父の決定に逆らえぬ自分を恨んでいるのかもしれないが、俺はまったく気にしていない。

彼にも気にせず生きていってほしいものだ。

最後に兄と握手を交わし、俺たちは別れた。

騎士の内、二人が俺とシュノンの護衛に残り、一人は兄と共に森の中に入って行った。

俺とニコラスの会話に何を思ったのか、シュノンがおんおんと泣いている。

「なんでお前が泣くんだ……」

「だってぇ……！」

そういえば俺の母が亡くなった時も、シュノンは大泣きしていた。彼女といると、感情表現の正解を見せられているようで、どこか羨《うらや》ましくなる時がある。

そんなことを思いつつ、馬上からハンカチを差し出す。

「あでぃがどうごじゃいましゅ」

彼女は鼻声で言いながら受け取り、涙を拭った。

「油断するな。兄上と別れた以上、この森の通行は命がけだ」

俺が言うと、シュノンが表情を引き締めた。鼻が赤くなっているので、いまいち締まらない。

「――ご安心ください。ニコラス様には到底及びませんが、我々も魔獣討伐の経験は積んでおります」

騎士の一人、真面目そうな短髪の若い男が言う。二十代前半ほどに見えるが、この歳で兄と共に鋼鉄の森行きが許されるのなら、かなりの手練《てだれ》だろう。

もう一人の壮年の男性騎士は無言だが、彼もかなりのやり手と思われる。

「そういえば、ニコラスさまは迷わず森の中に入って行かれましたが、怪狼の居場所はご存じなのですか？　間違ってこちらに来る、なんてことは……？」

シュノンがやや怯《おび》えたように言う。

「怪狼の存在は、鋼鉄の森の生態系を乱した。我々が通る外縁部に現れる魔獣がいるならば、怪狼に勝てずに外側に追いやられた個体だろう」

若い騎士が答える。メイドの質問にも応じるが、口調はきっちりと区別しているようだ。

話が一段落し、俺たちが移動を開始しようとしたその時——。

狼の、吠える声が響いた。

森全体がその声に恐怖しているかのように、木々や大地、そして馬や俺たちの肌まで震える。

一発で、普通の狼の咆哮ではないとわかる。

「……兄上が怪狼に接触したわけではあるまい？」

馬を落ち着けながら、騎士に意見を求める。

「はい、別れてからそう経っていません。怪狼は中心部にいると思われるので、ニコラス様といえどまだ目標地点へ到達しておられないでしょう」

「では、今の咆哮は……」

続けて、もう一度狼の叫びが響く。

今度も怪狼なのはわかったが、先程とは何かが違う。

「待て。今、咆哮が——重なって聞こえなかったか？」

俺の言葉に、騎士二人が顔を見合わせ、動揺を露《あら》わにした。

「ま、まさかそのようなことが……」

若い騎士の焦りようも尤《もっと》も。

魔法を使える獣を魔獣と呼称する。

魔獣と化した狼ならば、魔狼と呼べばいい。

それをわざわざ怪狼と呼んでいるのだ。

魔狼の中でも、更に特別。怪物の中の怪物。

実際に、周囲の魔獣が逃げ出しているのだ。それだけの脅威である、ということ。

そんな怪狼の声が、二つ重なって聞こえた。つまり、二頭存在しているということ。

問題は、声の一つが――俺たちの近くから聞こえたことだ。

「何事にも例外はあるものだな」

それを感じ取った俺は、平坦な声の割に動揺していた。あるいは興奮か。

ちらりと見えたその体毛に、【蒐集家】が反応している。

――わかってる。危険だと知りながら、ずっと興味をそそられていた。

魔狼を超えた特別な獣。

なんとか我慢して森を通り抜けようとしたが――遭遇してしまった。

外縁には来ないとのことだが、異常事態なんていくらでも起こり得るのが現実というもの。

「戦闘態勢！」

壮年の騎士が叫び、若い騎士が慌てて剣を抜く。

シュノンは「あわわわ」と目を回している。

騎士二人は俺を庇《かば》うように前に出た。

俺もシュノンを庇うように馬を移動させる。

「ロウ様！　すぐに森の外へ――」

「いや間に合わない！　我々がお守りするのだ！」

騎士たちの会話がどこか遠くに聞こえた。

木々の合間を縫ってこちらに迫るのは、白銀の体毛を生やした、神々《こうごう》しいまでの巨狼だ。

青い瞳は宝石のような美しさと、過酷な環境を生き抜く野生の鋭さを兼ね備えていた。

輝くような体毛の一部は、赤黒く汚れている。血だ。腹部を怪我しているのか。

しかし、他者を圧倒する怪狼が――まさか。

――『聖獣（狼）・分霊』
――動物が魔獣化したのではなく、精霊が肉体を得た存在。使用魔法は『浄化』『形態変化』『身体能力強化』など。
――悪しきものを退ける性質を持つ。存在が大きくなると、子供を産むように分霊を創り出す。
――希少度『S』

分霊……説明を見るに怪狼の場合は子供寄りの分身といったところか。

もう一体が親で、こちらは幼体と捉えていいだろう。

子供のほうは、まだ鋼鉄の森の王には遠く、親と離れている時に怪我をした？

じゃあ今こちらに向かっているのは——逃げている最中？

俺の予想を裏付けるかの如《ごと》く、数体の魔獣が子怪狼を追いかけるようにして出現。

現れたのは三体で、それぞれ魔獣化した大猿、大猪《おおいのしし》、大蠍《おおさそり》だった。

かつて兄の魔獣退治を見学する機会があったが、その時は魔獣も一体だった。

兄のいない今、この状況を切り抜けられるかどうか。

——状況を整理しろ。

興味をそそられているのは否定しない。怪狼——聖獣の分霊は正直気になる。

だが今優先すべきはシュノンの命だ。俺についてくることを選んだメイドを、出発してすぐに死なせるわけにはいかない。

同じくらい、自分の命も大事だ。俺が死ぬような結果を、シュノンは許さないだろう。

俺のことを守ろうとしている騎士二人にも死んでほしくはないが、彼らは命を懸《か》けるのも仕事の内。

俺からの心配など不要だろうし、魔獣戦における適切な行動も理解している。

守るべき相手ではなく、戦力として数えるべきだろう。

聖獣と、目が合う。

こいつがこのまま俺たちのいるところを突っ切るとして、敵意がないとしてだ。

後ろの魔獣たちの標的が俺たちに移る可能性はある。

それが最悪の事態。

——お前は聖獣なんだろう。本体は怪狼なんて呼ばれて恐れられてるんだぞ。分霊だか子供だか知らないが、逃げるだけなのか。

——三対一が難しいって言うなら、二対一ならどうだ？　一対一ならさすがに勝てるだろ？

視線だけで意思疎通が出来るとは思わない。

だが、何も通じないとも思わない。

交錯までの短い時間で、両者が生き残る道を模索する。

それを行動に移せば、聖獣なんて呼ばれる存在のことだ——。

聖獣が、頷いた気がした。

「二人は蠍を！　俺が大猿の相手をする！」

「なっ!?」

若い騎士の叫び声を聞きながら馬で疾走。

馬は怯えていたが、俺の指示にしっかり従ってくれた。

後ろからシュノンの「ロウさまっ!?」という驚きと心配の声が聞こえてくる。

聖獣と俺の距離が急速に縮まり、そして——すれ違って離れていく。

銀光が真横を駆け抜け、疾風が俺の身体を撫でる。

巨狼に噛《か》みつかれることも轢《ひ》かれることもなく、俺は標的である大猿に向かう。

――『魔獣（大猩猩《だいしょうじょう》）』
――魔獣化した大猩猩。極めて凶暴。使用魔法は『筋力強化』『硬化』。
――比較的若い個体。群れでの地位を高めるべく、聖獣打倒へ動いた。
――希少度『／』

魔獣は等しく人類の脅威だが、大猿タイプは存在としてはありふれている。

珍しさでいうと、大したことがないわけだ。

とはいえ、珍しさで勝敗が決まる戦いじゃない。

見上げるほどの巨体だ。大木の幹も片手で握り潰せそうな怪物。

巨狼との間に割って入ってきた邪魔者である俺に対し、胸を叩いて敵意を剥《む》き出《だ》しに。

人の鼓膜を破る気で銅鑼《どら》を叩いても、ここまでうるさくは出来ないだろう。

そんな音を間近で鳴らされた瞬間、馬が怯えて棹立《さおだ》ちになる。

宥める時間はない。

俺は馬の背から飛び降り、『始まりの聖剣』を抜き放った。

白く淡い輝きを纏《まと》っているようにも見える両刃の剣が、鋼鉄の森の空気に晒《さら》される。

清気を纏う刃を手に、大猿に向かう。真正面には立たず、やつの右半身に向かって駆ける。

すると必然、やつにとっては己の右拳を叩き込むのが体勢的に楽で速い攻撃となるわけだ。

そして、来た。

バカデカイ上に凄まじく速い。

喧嘩《けんか》に慣れていないと、殴られるのは怖いものだ。相手が拳を構えただけで身が竦《すく》み、思わず目を瞑《つぶ》ってしまう。それは当然の防御反応で、恥ずべきことではない。

けれど反撃したいのなら、冷静に構え、相手の攻撃をよく見なければならない。

荒くれ者共だらけの貧民窟で、自分と病気の母、そしてシュノンの生活を賄《まかな》うのは大変だった。

さすがに魔獣と戦うことはなかったが、倍の体格でこちらを威圧する大人との暴力沙汰は日常茶飯事。

その時についた度胸が、こんなところで役立つとは。

人生、何が将来に役立つかわからないものだ。

とにかく、俺の身体はこの状況でもちゃんと動いていた。目もかっぴらいている。

接触までの短い時間で更に数歩左にずれ、剣身だけがやつの右拳と接触するように調整。

そして更に――魔法を使う。

魔法の才を持つ者は数百人に一人とも言われている。その中から、少量の水を生むなどの些細《ささい》な適性しか持たぬ者を除くと、希少度は更に上がる。

魔法戦闘が可能なレベルになると、千人に一人ほどだろうか。

俺がエクスアダン家に仕える魔法使いに教わったのは、四大属性を基本とする一般的な魔法だ。

地水火風の四大属性と、それらの派生・複合属性。

習ったはいいがまだまだ魔力の操作が難しく、上手く調整が出来ない。

だが、今この瞬間にそれは必要ない。

攻撃手段は『始まりの聖剣』、必要なのは速度。使用するのは風属性で、通常では有り得ないほどの追い風を吹かせ、己の身体を急加速させる。

魔法は正しく発動し、俺は大猿の右腕を斬り裂きながら走り抜けていく。

これが普通の剣なら圧《へ》し折《お》れて、衝撃を殺しきれずに俺も吹っ飛んだかもしれない。あるいは両腕がぐしゃりと折れたか。

だが俺が振るったのは聖剣だ。

【剣聖】の兄より賜《たまわ》ったのは、竜の鱗さえも薄紙のように裂く聖なる刃。

大猿の拳など、なんの抵抗も感じずに斬り裂ける。

そこに風魔法による加速と、敵自身の速度が加わることで——一瞬の交錯が甚大なダメージを生む。

「————ッ!!??」

右腕の肘まで凄まじい裂傷を負った大猿が、声にならない叫びを上げた。

飛び散る大量の血液が、ばしゃばしゃと大地に潤いを齎《もたら》す。まるで突発的な大雨だ。

魔法の後押しを得た疾走で赤い雨の範囲から逃れた俺は、勢いを殺しつつ身体を反転させ、すぐに状況を確認。

二人の騎士は上手く連携し、蠍の尾を斬り落とすことに成功していた。

そして聖獣は——大猪の喉笛に深く噛み付いていた。

そのまま首の動きで大猪を放り投げ、蠍の真上に落とす。それだけで蠍は潰れて死んだ。

その蠍が落下するよりも先に、聖獣は片腕を負傷した大猿に迫り、その胸に爪を突き立てる。

大きな音を立てながら倒れた大猿は、体内に食い込んだ爪を聖獣が捻ったことで、息絶えた。

決着は一瞬。

圧倒的なまでの力は、俺たちがいなくても勝てたのではないかと思えるほど。

だが実際、聖獣は怪我を負って逃げていた。

俺たちの介入は少なからず役に立った、と考えてもいいだろう。

さて。

共通の脅威が失われた今、聖獣は次にどう行動するだろうか。

改めて、近くで眺めると惚《ほ》れ惚《ぼ》れとする威容だ。

毛の一本一本が美しく、陽光を吸収して身に纏っているかのように輝いている。

青い瞳も、鋭利で巨大な牙も爪も、ぶわりと揺れる尻尾も、息を呑《の》むほどに素晴らしい。

何よりも、これほどの存在が、生きているというのがすごい。

この世で最も神々しく勇猛な獣を、芸術家が想像して描いたとして。

それが現実になってしまったかのような。

心臓が高鳴る興奮と、信じられないという気持ちが同居する。

どうやら俺は、だいぶ【蒐集家】の感覚にやられているらしい。

しかし、目の前の存在を美しいと感じるのは、俺自身の心だ。

聖獣が、俺の剣を見た。

ゆっくりと、大猿の胸から下りてくる。

「出来れば、争いたくはないな」

本音だが、今はまだ剣を収めることも出来ない。

『――承知した』

俺も、俺の許に駆けつけようとしていた騎士とシュノンも、同時に驚いた。

それは音というより、頭の中に直接語りかけられるような、奇妙な感覚だった。

とにかく、聖獣が何を言おうとしているのかが理解出来たのだ。

「俺たちは、ここを通り抜けたいだけだ」

血を振るい落とし、剣を鞘に収める。この聖剣は綺麗好きと聞いたので、あとでしっかりと手入れしなければ。

『邪魔はしない』

目の前の存在から敵意は感じない。

――どうしたものか……。

「一つ、気になることがある」

『聞こう』

「近くに住んでる人間は、この森から追い出された獣たちの被害に困ってる」

『森に秩序を齎すべく、戦っている最中だった』

この森は広い。聖獣といえど、逃げる魔獣全てに止《とど》めを刺して回ることは出来なかったのか。

長期的に見れば、この聖獣が森の支配者についたほうが、安全性は高くなる。

その途中である今現在、周辺住民が困っているわけだが。

「森の外を守る立場の人間は、そうは思っていない。あんたたちを敵だと考え、討伐しようとしている」

『そうか』

「ロウ様！」

老練な騎士が、制するように叫んだ。

兄のニコラスを危険に晒す行為だと思われたのだろう。

目の前の怪狼が聖獣だと完全に理解しているのは、真贋審美眼を持つ俺だけなのだから、当然の懸念といえた。

俺は騎士に片手を向けて『大丈夫だ』と示し、話を続ける。

「今俺に話してくれたことを、この森に入った青い髪の騎士にも伝えてくれるだろうか。『ロウが問題ないと確認した』と伝えてくれたらいい」

聡明な兄のことだ、これで気づいてくれるだろう。

兄や妹の生活を脅《おびや》かす魔獣なら、俺が見逃せなどと頼むわけがない。

魔獣ではなく凄まじい力を持った存在となれば、聖獣の類《たぐい》だ。

聖獣の住み着いた土地は浄化され、悪しき魔獣が生じなくなり、豊かな自然に恵まれるようになる。

今回の件は凶兆ではなく吉兆。

しばらく森周辺の警戒が大変になるかもしれないが、それを乗り越えれば利点のほうが多い。

聖獣と目が合う。

しばらくの沈黙のあと、巨狼は頷いた。

『承知した』

巨狼がそのままこの場を去ろうとしたところで——。

「お待ちくださいっ！」

シュノンがシュタタタッと近づいてくる。

そして背嚢《リュック》を下ろし、「これじゃない、これでもなくて、これはまたあとで」なんて具合に中身を漁《あさ》り「見つけましたっ！」と何かを取り出した。

瓶に入った、青色の液体だった。

「ポーションか」

液状の薬だ。効果はものによって様々だが、今取り出すならば怪我の治療用だろう。

俺も持っているが、巨狼が負った傷を治せるほどのものではない。

「だがシュノン、並みのポーションじゃあこの傷は——」

「ふふんっ！　これは、万が一ロウさまが大怪我をされた時の為にと用意していた、とっておきなのです！」

シュノンが自慢げに胸を張る。その動きに伴って、自慢の胸がたゆんっと揺れた。

俺は驚く。

「……高かっただろう」

「お給金半年分もしました……」

シュノンがメイドとして働いたのは三年。働いた期間にもらった給料の六分の一もの金額を、いつか俺が怪我した時のためにと使ったのか。

「お前は……とんでもなくいい奴だな」

「シュノンはメイドの鑑《かがみ》なので。いつかメイド長にしてくださいね」

俺がいつか複数のメイドを雇えるくらいの人物になると信じてくれているらしい。

「お前がそう言うなら、そうしよう」

「狼さんに使用してもよろしいでしょうか？」

「それはお前のものだよ。好きに使うといい」

「はい！　あの、狼さん。これは傷を治すお薬です。安心安全ですから、ね？」

警戒心を見せていた狼が俺のほうを見る。俺が頷くと視線がシュノンに移ったが、危害を加えるつもりはないと理解してくれたようだ。

それを待ってから、シュノンは高位のポーションを巨狼の傷口に振りかけた。

しゅう、と湯気を立てながら、急速に傷が癒えていく。

『――――これは』

「助けてくれてありがとうございますっ」

シュノンは、巨狼との共闘をそう認識しているらしい。

『こちらこそ、感謝する』

今度こそ、聖獣は去って行った。

それを見送った俺は、天を仰いだ。

「……あー、くそ」

「どうしたんです？　ロウさま」

「そんな状況じゃなかったから言えなかったが……触りたかった」

「！　わかります！　もふもふしたい毛並みでした！」

シュノンは同意したが、思ったよりも俺が落ち込んでいるからか、スススッと近づいてきた。

上目遣いに俺を見て、言う。

「代わりにシュノンをもふって我慢してください」

彼女の亜麻色の髪が目の前にある。

俺はそれをそっと撫でた。

「ふっふっふ」

シュノンは嬉しそうだ。

どうしてここまで俺のことを考えてくれるのか、なんて訊《き》くのは無粋だろう。

シュノンはシュノンだ。

苦楽を共にした幼馴染であり、メイドであり、未来のメイド長。

「そろそろ行くか」

「もふもふ欲は満たされましたか？」

「ほどほどに」

「むっ、この忠臣の頭を撫でて、ほどほどとは……！」

シュノンが頬をぷくりと膨らませた。

俺とシュノンがそんなやりとりをしている間に、若い騎士が俺の馬を見つけてきてくれた。

大猿の胸叩きに怯えたあと、逃げ出してしまっていたのだ。

巨狼の去って行った方向を見ていた壮年の騎士が、俺に険しい視線を向けてくる。

俺の判断に異議があるのだろう。

真贋審美眼が生物も鑑定出来る事実は教えたくないので、説明の仕方を考えねば。

「本で読んだことがある。あの姿は魔獣ではなく、聖獣だ」

「……確かに、通常の魔狼とは姿が異なりました。ですが確証はないのでしょう」

「魔獣は人を喰う。さっきの巨狼は俺たちと協調する姿勢を見せ、俺たちに危害一つ加えなかった。言葉を喋る魔獣はいても、あそこまで意思疎通が可能な個体なんて聞いたことがない」

「……ですが、領主様から命じられたのは怪狼の討伐です」

「父上は魔獣だと考え、そう命じられたのだ。前提が間違っていたのなら、改めて指示を仰ぐべきだろう。俺は俺が得た情報からそう考えた。あとは、現場の兄上がどう判断するかだ」

「仮に聖獣であったとして、ニコラス様が二体の聖獣に襲われることも考えられます」

「それが？」

俺の言葉に、壮年の騎士が怯《ひる》んだ。

「二体の聖獣に襲われるのが俺たちならば全滅するだろう。だが兄上だぞ？　何が起ころうと誰が敵に回ろうと刻んで終わりだ」

俺のやったことは、兄に判断を委ねたというだけ。

聖獣だろうが魔獣だろうが、戦いに発展すれば兄の負けはない。

「…………」

「兄上ならば正しい判断を下すだろう。心配ならば、二人共あの巨狼を追うといい」

壮年の騎士はしばし黙考し、最終的に頭を下げた。

「失礼いたしました。任務を遂行いたします」

追放されたとはいえ、主君の三男。反論したことを詫びてから、騎士は護衛を続けることを選んだ。

「気にするな。お前たちのような部下がいれば、兄上も安心だ」

「……先程は見事な采配でございました。まさか怪狼と協力されるとは」

「一体ずつならばお前たちに任せることも出来たが、三体同時だったからな。手傷を負った巨狼も同じ状況であったなら、脅威を分担することで乗り越えられると考えた」

「普通は、そのようには考えられないものです」

巨狼が人を喰らう魔獣ではなく、肉体を得た精霊であると俺にはわかっていた。

精霊は無闇に人を傷つけたりはしない、とされている。

それにあの聖獣にはこちらの意図を理解する思考能力があった。

あとは――。

「運がよかったと思おう」

壮年の騎士は俺の言葉に微かに笑うと、以降はまた静かになった。

そして俺たちは今度こそ移動を開始。

特に問題なく、森の外縁に沿ってカタラ領との境付近まで近づくことに成功。

「ロウ様、このような場所で申し訳ございませんが――」

「あぁ」

騎士たちに促され、木々に隠れて着替えを行う。

怪狼討伐に出発する貴族の子息として、俺はそれなりの格好をしていた。

鎧こそ纏っていないが、服は上等なものだ。

間違っても家紋入りの品を持たせてはならないので、騎士たちに持ち物を検《あらた》められた。

シュノンはメイド服を貫くようだ。

「『あいでんてぃてぃ』の喪失です！　メイド服を着せずして何がメイドかと！」

とのことだ。

俺の為に用意された服も、格が落ちるとはいえ中々のもの。

成功した商人の息子だと言われれば、そう見えそうな格好だ。

それならばメイドを伴って旅をしていても……いやまぁ少し苦しいかもしれないが、護衛を兼ねると思えばなんとかなるだろう。

武闘派を自称するだけあって、シュノンは中々腕が立つ。

ある時から、俺に戦う姿を見せたがらないようになったが。

理由は、本気で戦う姿は可愛《かわい》くないからだそうだ。

とにかく、ほどほどにいい服を来た少年と、それを護《まも》る武闘派メイドの二人旅ということになる。

馬ともここでお別れだ。

ここまで乗せてくれた感謝を告げ、そっと撫でる。

「シュノンをもふった時よりも表情が柔らかい⁉　う、馬に負けました⁉」

とシュノンが衝撃を受けて涙目になっている横で、騎士たちとも別れをすませる。

「旅のご無事を祈っております」

「あぁ、兄上を頼んだぞ」

森の外に出て、シュノンと並び歩く。

街道は整備されており、道もなだらかで歩きやすい。

怪狼騒ぎで今はやや危険だが、魔獣も普段は滅多に森の外へは出てこないので、基本的には安全な通行路なのだ。魔獣を警戒して盗賊の類もこの周辺は避けると聞いている。

「また、二人だけになりましたねぇ」

シュノンは、背嚢《リュック》の肩紐に親指をかけながら、しみじみと言う。

「そうだなぁ」

シュノンの父は、彼女を奴隷商だか娼館だかに売り飛ばそうとした。

なので俺が殴り飛ばしたのだが、そのあとは行方が知れない。

それから、しばらくして俺の母が亡くなり、シュノンと二人きりになった。

そのタイミングで貴族になる機会が巡ってきたわけだ。

あれから三年。

貧民窟のガキ二人が、それなりの知識や技能を修めることが出来たのだ。

上々の結果ではないだろうか。

「これから、どうしましょう？」

「一応、考えてることがある」

「ふむふむ。何をするんですか？」

「……珍しいものを集めて回る」

「珍しいもの、ですか？」

シュノンがこてん、と首を傾げた。彼女の二つに結った髪束が、微かに揺れる。

「まだ詳しく話してなかったな。俺の前世は【蒐集家】だ」

前世を継承すること自体は、シュノンも知っている。

だがその詳細はまだ伝えていなかった。

「ほうほう。お貴族さまが、絵画や宝石などを集めるような？」

「近いな。俺は色んな異能《スキル》を得たが、同時に【蒐集家】の性質も継いでしまった」

「……確かに、以前のロウさまは貴重な品に興味を示すようなことはありませんでした」

シュノンが少し不安げな表情になる。

「あぁ、だが今は見たいし、触れたいし、手に入れたいって欲求がある。安心しろ、俺の人格を無視するほどじゃない。なんていうか、新しい趣味に目覚めたって感じだな」

胸の内に生まれる好奇心のようなものだ。

本人次第で我慢して、諦めることが出来る。

だが一度気になった心を毎度封じるのは辛《つら》いし、そもそも——そんな必要があるのか。

誰に縛られるでもない、自由の身だというのに。

「今のロウさまは、色んな珍しいものに興味津々、と」

俺は頷き、シュノンを見る。

「そうだな、そんな感じだ」

滅多に出現しないという聖獣、選ばれし者だけが抜ける聖剣、特別な力を宿した宝石、世にも珍しい種族、特殊な魔法を修める魔女、様々な効果を宿すという魔法具、天空を移動する孤島、深海に聳《そび》え立《た》つ神殿、地下深くで栄える都市、この世界の希少な存在を、俺は見つけたいんだ」

きっと、今の俺は瞳を輝かせているだろう。

俺とクロウは違うが、彼のおかげでやりたいことが出来たのだ。

「……ロウさまは、変わっていませんよ」

シュノンがぼそりと呟く。

その声は優しく、どこか安心しているようでもあった。

「ん。そう見えるか？」

「はい。面白い形の雲を探して、お空を見ている時と同じです」

確かに、昔からぼんやり空を眺めることがあった。

退屈しのぎだったが、面白い形の雲を見つけると、少し楽しい気分になれるのだ。

「あはは、そうか。あれと同じか」

「はい！　とにかく、シュノンはどこまでもお供しますよっ！」

シュノンが拳を握り、力強くアピールする。

「あぁ、よろしく頼む」

『我も同行しよう』

「あぁ、構わないぞ――って」

誰だ？

「えっ、もふもふ!?」

シュノンが驚いている。

俺たちの隣に、先程別れたばかりの巨狼が現れた。

それだけでも驚きだというのに、今、やつは同行するとか言わなかったか？

――いや、親のほうを見てないから、こいつがさっきと同じやつかはわからないか。

そう思い改めて巨狼の姿を確認すると、血のあとが残っている。

シュノンがポーションを振りかけた場所と完全に一致。傷は癒えても血の染みまでは消えない。

共に魔獣を葬った個体と考えてよさそうだ。

「あー、さっきぶりだな」

取り敢えず、挨拶してみる。

『うむ』

巨狼は鷹揚《おうよう》に頷いた。

「それで、俺たちについてくるって聞こえたが、そりゃまたどうして？」

『お前の話は母と、青い髪の騎士に伝えた』

本霊分霊とは言うが、一応母という認識なのか。あるいは俺たちの頭の中で言葉として形成される間に、そのように訳されているのか。

青い髪の騎士とは、兄ニコラスのことだろう。

「あぁ」

『青い髪の騎士は剣を収め、母も戦いを避けた』

「それはよかった」

『そして、我はお前についていくことにした』

「なるほどな、よくわからないぞ」

その時、真贋審美眼が反応。

ぴこん、という感じで視界上に文章が浮かぶ。

――聖獣は一所《ひとところ》に一体しか留まらない。

――分霊が生まれた場合、その個体は次の土地を探して旅に出る。

元々、こいつは鋼鉄の森を出ていかなければならなかったわけか。

それはわかったが、俺についてくる理由は不明だ。

『お前がどう考えているかはわからないが、我は窮地を救われた。恩を返すまでは同行する』

「今のは理解出来た」

精霊にも、返報《へんぽう》の考えはあるようだ。

恩を売ったとは思わないが、向こうが感じているのなら否定はしまい。

正直、喜んでいる俺がいる。

「ならまず、二つほど頼みたいことがある」

『なんだ』

「撫で――」「もふらせてくださいっ！」

シュノンが俺の言葉に被せる形で叫んだ。

『もふ？』

巨狼が首を傾げる。

「……撫でさせてくれってことだ」

『承知した』

俺とシュノンは同時に巨狼に飛びついた。

きめ細やかで柔らかく、森のような匂いのする身体だ。

獣臭さが一切ないのは、仮にも元が精霊だからか。

だが、しっかりと生き物の温かさもある。

「シュノンは寝てしまいそうです」

視線を向ければ、シュノンの顔は幸せそうにとろけている。

「気持ちはわかるぞ」

俺たちはしばし、巨狼の毛並みにうっとりしていた。

だがそう長くも浸っていられない。

何せここは森の外。街道なのである。

いつ人が通るかわからない。

「もう一つの頼みだが」

『あぁ』

「小さくなることは出来ないか？　それだと大きすぎて目立つ」

実は、真贋審美眼で聖獣の使用魔法も把握している。

形態変化は可能な筈だ。

『……小さく…………可能だ』

自然界では『強そう』に見せるのもとても重要だ。そういった工夫を凝らす動物もいると聞く。

貧民窟でも鍛えた身体を露骨に見せびらかす者がいたが、あれもある程度の効果はあるのだ。

見かけ倒しかどうかは、戦ってみないとわからない。だが強そうに見える者は、実際に強いかもしれない。生き残りがかかっている者は、必要のない限りリスクをとらないものだ。

それを身を以て理解している巨狼からすれば、自分の身体を小さくして『弱そう』な見た目になることには、抵抗があるのかもしれない。

だが、最終的には猟犬を思わせるサイズまで縮んでくれた。

『むぅ……』

「小さくなっても凛々しいですよ、もふもふ」

シュノンは小さくなった聖獣に抱きついている。

「旅の仲間ってことなら、呼び名がいるな。名前とかってあるのか?」

『ない、好きに呼ぶといい』

「ではもふも――」

『お前が決めろ、黒髪の剣士よ』

もふもふが名前なのは嫌らしい。

「俺はロウだ」

『ロウ。覚えたぞ』

「わたしはシュノンといいます。よろしくお願いしますね？　ところでわたし考案の可愛い名前候補がヌルッと無視された件についてお話が――」

「そうだな、リアンはどうだ？　なんとなく浮かんだだけだが」

『構わない』

「二人して無視するなんてひどいですっ！」

シュノンが涙目になってしまった。

『リアンだ。よろしく頼む、シュノン』

「むぅ！　よろしくおねがいします！」

不満そうではあるが、挨拶はしっかり返すシュノンだった。

「ところでリアンはリアンくんですか？　リアンちゃんですか？」

シュノンのいいところは、引きずらないところだ。

自分が挙げた名前候補が無言で却下された悲しみを乗り越え、リアンの新しい名前を受け入れている。

「確かに。さっき『母』とか言ってたし、リアンもいつか分霊を生み出すなら、メスか？」

『精霊に雌雄はない』

「そうなんですか!?　では、間をとってリアンくんちゃん？」

「性別に縛られない『リアンさん』ならどうだ」

「はっ、『リアンさま』というのも？」

『ただのリアンでいい』

というわけで、呼び捨てでいくことに。

俺たちは並んで歩き出す。

前世に【蒐集家】を持つ少年と、鬼の血を引くメイド少女と、もふもふな狼聖獣。

これが旅の始まり。

貴族の家から追放され、死んだことになった俺は、【蒐集家】を使って生きていく。

現時点の蒐集品は――。

『竜の涙』――希少度『A』。

『始まりの聖剣』――希少度『S+』。

旅が本格的に始まる前に希少度の高い品を立て続けに手に入れてしまったが、優れた前世を持つ兄たちからの餞別という、イレギュラーな入手方法だった。

これからは、情報収集や交渉、探索や戦闘など、目的に到達するまでに様々なことが必要になるだろう。

さて、どんな存在に巡り逢えるか。

今から楽しみでならない。

第二章◇妹を探す狼耳の少女

やや訝《いぶか》しむ様子はあったものの、領境の関所は俺たちを通してくれた。

金を持ってそうなガキに法外な通行料をふっかけるとか、まだ少女とはいえ女であるシュノンにいかがわしい身体検査を行うだとか、物語でたまに描かれるようなピンチは訪れなかった。

平和で素晴らしいことだ。

最も近い街に到着し、街の入り口の衛兵に聞いた『動物も共に泊まれる宿』に向かう。

部屋を二つとろうとしたら、シュノンが「一つにしてください。シュノンは護衛メイドなので」と最新の設定を持ち出してきたので、その通りに。

言うまでもなくベッドは二つだ。

それを見た時のシュノンが少し膨れっ面をしていて、俺は苦笑した。

リアンも同じ部屋だというのに、一緒に寝るつもりだったのか。

昔は一緒に寝たりもしたが、当時は子供だった。同じ感覚で共寝は出来ない。

ちなみに、この宿はテイマー職といった客でも泊まれるよう配慮されているようだ。

テイマーは、教練によって人に従うよう躾《しつ》けられた動物と、狩りなどをする者たち。

さすがに馬は厩舎《きゅうしゃ》になるが、小さくなった今のリアンであれば共に過ごせる。

そこで、俺はリアンの体毛が血で汚れていることを思い出し、宿の井戸を借りて血を洗い落とした。

綺麗になったはいいが当然リアンの身体は濡れてしまったので、そのまま宿の中には戻れない。

さてどうしようかと思っていると、ぶわりとリアンから魔力が放たれ、一瞬で彼の体毛が乾いたではないか。

リアンが言うには、水を弾く魔法だという。身体に付着した水を弾く他、これを使えば一時水上を走ることも出来るのだとか。面白い魔法だ。

真贋審美眼で視た情報にはなかったが、よく考えてみると使用魔法の最後に『など』と記されていた。聖獣の分霊が新たな住処を探すという情報があとから表示された件も合わせると、視た瞬間に全情報が示されるのではなく、ある程度の省略が為されているのかもしれない。

そう考え念じてみると、水を弾く魔法に関する情報が表示された。

今後、より詳細な情報が欲しい時は意識的に念じてみよう。

その後《ご》、部屋に戻った俺は、聖剣が気を損ねないようにしっかりと手入れを行った。

そうして人心地ついた俺は、この街でやるべきことがあるか考える。

旅に必要なアイテムはシュノンが用意済みとのことで、それは背嚢《リュック》がパンパンになっていることからも窺《うかが》える。一応ざっと中身を確認したが概《おおむ》ね問題はなさそうだ。

というわけで、二人と一頭で――散策に。

途中、薬屋に寄って、高位のポーションを数本買っておく。

シュノン含め、仲間が大怪我を負った時のためだ。

彼女が俺のために用意していたポーションは、リアンの負傷を治すために使ってしまった。

『……やはり、価値の高いものだったか。シュノン、改めて感謝する』

しばらく街を歩いただけでおおよそ金の価値を理解したのか、リアンがそんなことを言う。言うというか、俺とシュノンの頭の中に直接聞こえてくるわけだが。

「いいんですよ、リアン。でもよかったら、ロ——じゃなかった、ご主人さまが困った時に助けてあげてくださいね」

そうそう気づく者がいるとも思えないが、数日後には表向き死人となる俺がわざわざ本名を名乗るのも間抜けなので、しばらくは偽名を使うことにした。

だがシュノンは偽の名で呼ぶ代わりに、俺をご主人さまと呼ぶことにしたようだ。

リアンの声は聖獣自身が望んだ相手にしか聞こえないので、実質俺が名乗る時しか使わない偽名となっている。

『約束しよう』

「そこはお前だろ、シュノン。治したのはお前なんだから」

「シュノンは出来たメイドなので、主人を第一に考えるのです」

むふー、とシュノンは自信満々に言う。

『主従、忠義の概念だな』

「……ほどほどにな」

俺のためにポーションを買っていた礼をしたいのだが、この様子だと素直に受け取りそうにない。

何か別の形で返すほかあるまい。

それからしばらく街を見て回った俺たち。

「ご飯は宿で食べますし、ご主人さまの武器は既にありますし、防具くらいは買ってもいいかもしれませんが……うぅむ」

シュノンが何やら悩んでいる。

「防具ならお前のも買うぞ。メイド服の上からってなると、少し不格好かもしれんが」

「それは由々《ゆゆ》しき事態ですね、避けたいところです」

シュノンの表情は真剣だった。

「そのこだわりはなんなんだ……」

防具に関しては、また明日考えることに。

と、そこで俺はあることに思い至った。

「少し寄りたい所があるんだが、いいか？」

そう言って俺が向かったのは、骨董屋だ。

そう広いといえない店内は薄暗く、所狭しと様々なものが並んでいる。

壺、絵、食器類、家具類、曇った鏡や、どう奏でるのかわからない楽器、凝った装飾の箱、不気味な仮面、片刃で不思議な形状の刃物、古びた巻物、箱に詰まった何かしらの鉱物？　など、品揃えは中々のもの。

「いらっしゃい。何か探してるものはあるかい？」

腰の曲がった老婆が店の奥から出てきて応対してくれた。

「いや、寄ってみただけだ。冷やかしになるかもしれん」

「構わないよ、珍しいことでもない。あぁでも、そっちの犬は入れないでおくれ」

「あぁ、わかった」

犬にうろつかれて商品が壊れたりしたら……という懸念はわかるので、承諾。

リアンは犬ではなく狼……の姿をした聖獣であると説明するわけにもいかないし、シュノンと共に外で待ってもらうことにした。

店内の品を真贋審美眼で視ていく。

クロウ＝ハイヤマの記憶にもあったのだ。

彼はほとんど家から出なかったが、極稀《ごくまれ》に骨董屋や骨董市に出向くことがあった。

そこでは、価値を理解した者が商品を売っていることもあれば、価値に気づかず安い値をつけていることもあった。

こういった時、善人ならば真の価値を説いた上で適正な額を払うのかもしれないが、クロウは価値に気づけぬほうが悪い、という考え方だったようだ。

俺の場合は単に、安く手に入るなら運がいい、くらいの気持ちだ。

とはいえ、そう簡単に貴重な品が見つかるわけもないだろう——と思っていたのだが。

見つけてしまった。

それも複数。

――『理想を囁《ささや》く鏡』
――使用者が最も自分を愛せる姿を映し出す。
――髪型、化粧、装飾品など含め、使用者が所持していないものであろうと鏡に映し出す。使用者が望めば、化粧道具やその使用方法なども映し出される。ただし能力が適用されるのは、首から上のみ。また、それらの入手方法までは示されないので、自力で探す必要がある。
――希少度『D＋』

――『薄影《はくえい》の仮面』
――使用者の『正体』を周囲に悟られにくくなる。
――着用中に限り、使用者の容貌が周囲の者の記憶に残り辛くなる。使用者が何をしたかは覚えていても、どんな姿だったかは思い出せない。魔力への抵抗が強い者には効果が薄い。
――希少度『C－』

――『転移の巻物』
――書かれている内容を逆から読み切ることで、使用者がかつて訪れたことのある場所へと転移することが出来る。
――使用者の肌に直接触れている者に限り、転移に同行可能。使用可能回数は、残り一回。
――希少度『B－』

と、三つ見つかっただけでかなり幸運なのだが、もう一つ。

――『倍々の壺』

――壺の中にものを入れると、きっちり一日後に、数が倍に増えている。

――増やせるのは、壺の中に入り切るものに限る。また、生物は増やせない。倍になった時に壺から溢《あふ》れてしまう量を入れると、一日後に増えると同時に壺が砕け散る。

――特記事項・真贋審美眼で希少度のついた品は、増やすことが出来ない。

――希少度『A』

これはかなりの掘り出し物ではないだろうか。

兄にもらった金は路銀には充分だが、一生暮らすには程遠い。

これならば金貨を増やすことが出来る。

道中、路銀を稼ぐ為に働いたりせずにすむわけだ。

「ご店主、こちらの店は長いのか？」

「ん？　少なくとも、あたしが生まれた頃にはもうあったねぇ」

それだけの長い時間、様々なものがこの店に流れ着いた。

それに、いわゆる貴重な品と違って、俺が今鑑定した品々は見かけ上の価値は高くない。

真の価値に気づくには偶然や幸運が必要になる。

俺のように鑑定眼を持つ者は珍しいから、こういったことも起こるのか。

あるいは、【蒐集家】の異能《スキル》も関係しているのかもしれない。

――『奇縁』

――不思議な巡り合わせに恵まれる。


クロウの人生が、異能《スキル》として昇華されたものの一つだ。

能力が随分と曖昧《あいまい》だなと思ったものだが、こういう形でも表れるのか。

もしかすると、リアンとの邂逅《かいこう》もこの異能《スキル》の影響かもしれない。

とにかく、俺は決意した。

――新しい街に入ったら、骨董屋には絶対寄ろう。古書店もいいかもしれない。

「ご店主」

「なんだい？」

「どうやら、冷やかし客にならずにすみそうだ」

見つけた四つの魔法具を購入し、俺はホクホク顔で店をあとにした。

そのあとは真っ直ぐ宿に戻る。

部屋に入ると、俺は『理想を囁く鏡』をシュノンに渡した。

元は埃《ほこり》を被っていたので、しっかり磨いておいた。

シュノンは「えぇっ⁉」と驚いたあと、「ロウさまからのプレゼントですか⁉　やったー！」と飛び上がって喜んだ。

他に誰もいないので、呼び方が戻っていることは咎《とが》めまい。

それに、喜んでくれたようで何よりである。

早速鏡を覗き込むシュノン。

「どうだ？」

能力の説明はしていない。

少し驚かせようと思ったのだ。

「シュノンが映っています！」

「ん？」

特に変わった反応はない。

鏡に映る自分が今の姿と違えば、何かしら反応がある筈なのだが。

……少し考える。

つまり、シュノンは今の自分に満足しているから、変化しなかった？

「……強いな」

「ロウさま？」

俺の呟きが聞こえたのか、シュノンが怪訝《けげん》そうに首を傾げてこちらを見た。

た。


「いや、気に入ったならよかった」

「はい！　大事にしますね！」

そう言って鏡を胸に抱くシュノン。

彼女が浮かべた輝くような笑顔は可憐で、思ったのとは違う結果に終わったが、まぁいいかと思えた。

そのあと。

鏡を卓上に置いてニマニマ眺めていたシュノンの横を、リアンが通りすぎた時だ。

と、シュノンが慌てて振り返った。

「わわっ!?　リアン!?」

『なんだ』

「え？　あれれ？　今、リアン大きくなりませんでした？　しかも頭だけ」

『なっていない。……なってもいいのか。その場合、全身だが』

「床が抜けると思うのでダメですけども！」

『そうか、ダメか……』

どこか落ち込んだ様子のリアンと、「んん？」と首を傾げるシュノン。

——あぁ、なるほど。

鏡はしっかりと、その能力を発揮しているのだ。

リアンにとっては、本来の巨狼の姿こそが『理想の姿』で、それがシュノンの鏡に映った。

彼女からすれば、突如背後でリアンが巨大化したように見えたのだろう。

鏡の効力が及ぶのは首から上なので、頭部だけが大きく映ったようだ。

「あははっ」

突然笑い出した俺に、シュノンとリアンが怪訝な顔をする。

俺は「なんでもない」と言ったあとで、次の街へ移動する時は人通りの少ない道を使おうと決める。

それならば、リアンも元の姿で走り回れるだろう。

そんなふうに、旅の一日目は過ぎていった。

◇

翌日。旅の二日目となる朝。

俺たちは次の街へ移動するための準備を進めた。

昨日の散策で、必要なものの選別はすんでいる。

地図に関してはシュノンが用意してくれていたので、買うのは食料と――防具だ。

『理想を囁く鏡』含め、手にした魔法具については前日の夜に説明済み。

鏡はシュノンにプレゼントしたので、彼女のものだ。

『薄影の仮面』と『転移の巻物』は俺が携帯し、『倍々の壺』はシュノンの背嚢《リュック》に詰めてもらうことに。

効果を確かめるために、兄ニコラスにもらった金貨の半分を壺の中に入れておいた。

昨日の夕方に入れたので、今日の夕方には倍に増えている筈だ。

壺に入れなかった分の金で、防具を買うことに。

これについては少し考えて、アクセサリー型の魔法具を購入することにした。

そもそも、魔法具とはなんなのか。

前世クロウの記憶には出てこないので、あらゆる世界にあるわけではないらしい。

言ってしまえば、魔法の力を宿した道具、ということになる。

だが魔法の力を、何かに長期に亘って定着させるのは、非常に難しい。

ほぼ永続の効果となると、ほとんど不可能と言われている。

完璧さを求めるほどに、製作の難易度は上がるそうだ。

細かい仕組みは専門家ではないのでわからないが、そういった事情もあって魔法具には『不完全さ』がつきもの。

ある条件下で効果が消失するとか、魔法具が自壊するとか、使用制限や回数制限があったりとか。

そういった欠点を内包することで、安定性が上がるのだという。

ニコラスにもらった『始まりの聖剣』は破格の能力を有するが、その効果を発揮出来るのは彼か彼に直接聖剣を手渡された者に限る、という条件が定められていた。

それに、手入れを怠ると消えてしまうらしい。

昨日手に入れた四つのアイテムも素晴らしいものだが、それぞれに不完全さが用意されている。

で、そんな魔法具の作り手は三種類に分けられる。

一つ、【異能《スキル》】保有者。

長兄ニコラスや、次兄ダグにもらったアイテムは、まさにそうだ。

一つ、『ダイダロウズ』という幻の種族。

俺が昨日手に入れた四つの魔法具なんかは、これに該当する。

一見普通の道具に見えて、不思議な効果を宿しているタイプ。

その全ては明らかになっていないので、誰かの蔵に眠っていたり、どこかの遺跡に隠されていたり、骨董屋に並んでいたりする。

もちろん、効果に気づいて所有している者も多いだろう。

一つ、魔工職人。

門外不出の技術で、現代的な魔法具を創り出す者たち。

どこで製造されているかを王家さえ知らないというのだから、驚きだ。

三つ目の魔工職人製だけは、金さえあれば誰でも購入出来る。

というわけで、防具屋へ向かった俺たちは、そこでこんな魔法具を購入。

——『衝撃代理負担の腕輪』
——使用者の周囲に不可視の防御膜を展開し、ダメージの到達を防ぐ。
——防げるダメージには限りがあり、防御膜の消費度は腕輪の黒ずみで判断可能。

――希少度『D』

高級品ではあるが量産品でもあるので、希少度は最低ランクのようだ。

それでも希少品判定されているのは、この世界における魔法具の価値によるものか。

腕輪は綺麗な銀色で、新品であることがわかる。

衝撃を肩代わりしてくれる度に、黒くなっていくのだろう。

シュノンはメイド服のままでいられるし、俺も身軽がいい。

なんとかリアンにも装備出来ないかと思ったが、本人が不要というので諦めた。

店の在庫が三つだというので、一つは予備にと全て購入し、店をあとにする。

「ふぉお……っ。ご主人さま、太っ腹すぎませんか!?」

手首に嵌《は》めた腕輪をキラキラした目で眺めながら、シュノンが言う。

「旅にも安全が欲しいからな」

危険なことも起こるかもしれないからこそ、準備は整えておきたい。

「あとは、昨日と違う骨董屋を探して、それから次の街へ行こう。もう一泊してもいいしな」

そういえば、ニコラスはどうしているだろうか。

あれから思ったのだが、父の予定が崩れたことになる。

俺が名誉の死を遂げ――たという設定で――兄が怪狼を討つのが本来の筋書きだった。

【蒐集家】の三男を追放しつつ、復讐を果たした英雄として兄の名声は高まり、更に怪狼が消えたことで周辺住民も安心する。

だが、ニコラスはリアンの母聖獣を殺さなかった。

ので、俺が無駄死にしたことになりそうだな、と。

いや。聡明なニコラスのことだ、上手くまとめてくれるだろう。

俺が気にしてもしょうがない。

と、その時。

リアンが俺の服の袖を銜《くわ》え、くいっと引っ張った。

『ロウ』

「どうした？」

『眷属《けんぞく》の匂いがする』

――眷属？

『我は行く』

そう言って駆け出してしまう。

「リアンっ!?」

シュノンが声を上げた。

道行く人々も、なんだなんだと驚いている。飼い主を伴うことなく狼が街中で疾走すれば、注目を引くのは当然だ。

「よくわからんが、追うぞ」

リアンは敢《あ》えて、俺たちがなんとか追いかけられる速度で走っているように思えた。

大通りから小道に入り、入り組んだ道を何度も曲がる。

だんだんと道に射し込む陽の光が少なくなり、ゴミが転がっていたり異臭がする道に入っていく。

一般人は近寄りたくもないだろうが、貧民窟育ちの俺やシュノンにはむしろ馴染み深い。

やがて、リアンが立ち止まった。

彼は、ガラクタの山の前に立ち、俺とシュノンを振り返る。

『この中だ』

俺はシュノンと顔を見合わせ、それからガラクタをどかしていく。

彼が何かを見つけたなら、それを確かめようと思ったのだ。

そして、それを発見する。

「……うぅ」

隠れようとしていたのだろうか。

そこには、白銀の髪をした少女がボロボロの姿で倒れていた。

その頭には、狼を思わせる獣の耳が生えており。

その首には、ある身分であることを示す首輪が嵌められていた。

——亜人の奴隷だ。

前世の記憶を見る限り、あの世界あの国には奴隷という身分はなかったようだ。もしくは、かつてはあったが制度が失われたのか。

俺自身、奴隷を所有したいという願望はない。

だが、この少女は……。

「ひどいっ……！」

狼亜人の少女の傷を見て、シュノンが口許を手で覆うようにしながら悲痛な顔になる。

ボロボロというのは衣類のことだけではなく、身体の状態も含めてのもの。

そう、彼女は全身傷だらけなのだった。

俺は彼女を見て、そうなった理由に当たりをつける。

——おそらく逃走し……『罰』を受けたのだ。

全てがそうというわけではないが、価値の高い奴隷を使役する際には、この首輪が使用される。これは魔工職人製で、俺たちが先程買った『衝撃代理負担の腕輪』とある意味逆のことが出来る。

つまり、『衝撃の押しつけ』である。

正確には、奴隷が特定の行動に出た際、あらかじめ溜めておいたダメージを負わせる、というもの。

具体的な例で言うと『命令違反したら』『首輪に仕込んでおいた電流魔法が流れる』といった具合だ。

押し付ける衝撃は、先んじて溜めておかねばならない。十回分の電流を溜めておいた場合、連続十一回命令違反をしたら、最後の命令違反には罰が下されない仕組みだ。

少女は、一体どんな命令に逆らったのか。

押し付けられたダメージは電流魔法ではなさそうだが、百人の暴漢に襲われたかのよう。

なんとか息をしているのは、彼女が頑丈な獣の亜人だからだろう。

俺はすぐさま高位のポーションを取り出し、三分の二ほど彼女の身体にかけ、残りを彼女の口許に運ぶ。身体の内部にもダメージを負っていると考えてのことだ。ポーションは最初、唇からこぼれるばかりだったが、しばらくして飲み込み始めた。

様子を見て、もう一本必要そうなら使おう。

『……感謝する、ロウ』

リアンが気遣わしげに少女を見下ろしたまま言う。

彼は既に、このポーションの効果も価値もわかっている。

「いいさ、放っておけないんだろう？　『眷属』の説明はあとで頼むよ」

「さすがご主人さまです……っ！」

シュノンが尊敬の眼差しで見てくる。

……お前も怪我したリアンにポーションをかけてただろうに。

ポーションの効果は劇的で、彼女の傷や腫れはすぐに治まり、肌は本来の白さを取り戻していく。

ボロボロの衣服まではどうしようもないが、怪我は完治。命は助かり、呼吸も安定。

改めて見ると、血で汚れているが白銀の髪は美しい。ほとんど人間の少女と変わらないのに、狼耳と尻尾はついていて、不思議な感じだ。

真贋審美眼が反応する。

――『マーナルム』

――かつて、聖獣と結ばれた者の子孫。

――血は薄まっており、容貌は人間のそれに近づいてはいるが、優れた聴覚、嗅覚《きゅうかく》、俊敏性、耐久力、膂力《りょりょく》などを誇る。

――異能《スキル》を持つ個体が生まれることもある。『マーナルム』は未所持。

――希少度『A』

なるほど、それで『眷属』か。

従者的な意味ではなく、同胞的な意味の方だ。

この子から聖獣の気配のようなものを感じ取ったので、放っておけなくなったのだろう。

にしても、こんな種族がいたとは。

前世を継承していないのに、異能《スキル》を使える者がいるという情報も初耳だ。

まぁ、貧民窟での生活と三年の貴族生活で世界の全てを知るというのも、無理な話。

驚きはしたが、そういうこともあるだろう。

普通の奴隷ならこんな『罰』を受ければ死んでしまうが、そこは彼女の耐久力を理解して設定されたものなのだろう。それにしても酷いダメージだったが……。

【蒐集家】が、彼女を欲しいと訴えかける。マーナルムのことが知りたい、と。

リアンをもふもふしたいと感じた時と同じ衝動だ。

『ロウ、複数の足音が近づいてきている。この者を捜索している者がいるのだろう』

「だろうな……」

こんな希少種族。しかもこんな美しい少女。

それが奴隷……つまり商品であるなら、その価値はとても高い。

今頃持ち主は大慌てだろう。

貧民窟じゃ、厄介事には首を突っ込まないのが賢い選択だった。

「ご主人さま……」

シュノンが不安げな瞳で俺を見上げる。その瞳は水気を帯びているように見えた。

「シュノン、わかってるからそんな目で見るな」

俺は、彼女の涙目には弱いのだ。

「この子を背負ってもらえるか？　……服は汚れてしまうが」

「そんなの平気ですっ！」

シュノンは迷わず少女を背負う。鬼の血を引くだけあって、小柄ながら力が強い。

俺はその間に荷物の中から、とあるアイテムを取り出した。

『薄影の仮面』である。

これを、いまだ意識を失っている少女の顔に被せる。仮面に紐がついていて、それを頭の後ろで結ぶ形だ。

これで、彼女を探す輩と遭遇しても、彼女の『正体』がバレることはない。

実際、俺たちの前を、いかにもチンピラといったガラの悪い男たちが通りすぎていった。

――と思ったら先頭の男が急停止し、訝しげにこちらを振り返る。

後続の者たちは慌てて立ち止まり、先頭の男に続いた。

「どうしたんだ、ここはお前みたいな上等な服を着た坊っちゃんの歩く道じゃないぞ？」

……確かに。

汚物や壊れた樽、元がなんの道具だったかわからない部品などが転がる道に、俺の今の衣装は似つかわしくない。

良い悪いではなく、貴族のパーティーに路上生活者が参加するくらいに、浮いてしまっているという話だ。

「いや何、この狼は私の相棒なのだが、急に走り出してね。慌てて追いかけたら、このような場所に迷い込んでしまったわけなんだ」

リアンを撫で回しながら、俺は困ったように言う。

「ほぅん」

先頭の男――この集団の中では、こいつが仕切り役なのだろう――が、ボサボサの髭を撫でながら俺たちを見回す。

「そんなガキ放っておきましょうよ！　急がねぇと旦那にドヤされる！」

こいつらは全部で三人。ボサボサ髭と、今声を上げた鷲鼻《わしばな》と、顎《あご》のしゃくれた男だ。

「ばぁか、あの奴隷はどうせ遠くへは逃げらんねぇ。他の奴らが捕まえるさ」

こいつらが、マーナルムを探している一団であることは間違いなさそうだ。

ボサボサ髭は言いながら、下卑《げび》た視線でシュノンを見た。

「ん？」

そして首を傾げる。シュノンが何かを背負っていることに気づいたようだ。

「あぁ、連れの一人が気分を悪くしてしまったのだ」

「はっ、無理もねぇ。いいとこ育ちの奴らにとっちゃあ、この掃き溜めは辛いだろうよ」

実は、俺とシュノンにとってはそうでもないのだが、まぁわざわざ訂正はしまい。

「もし、ここがお前たちの縄張りだというのなら、すぐに失礼する」

このメンバーでチンピラに後れを取ることは有り得ないが、なんでもかんでも暴力で解決というのも品がない。

というか、俺は別に暴力が好きじゃない。必要があって身につけただけだ。

「おい坊っちゃん、ここは俺たちの縄張りで合ってるぜ。一度入ったからには、通行料を置いていきな」

腹立たしいが、まだマーナルムの置かれた状況も理解していない。

彼女から話を聞いた上で今後の動きを決めたいので、今騒ぎを起こすのは得策ではない。

「……仕方あるまい。いかほどだろうか？」

ボサボサ髭が、シュノンを指差す。

「そこのメイドを置いていきな。良心的だろ？　坊っちゃんをボコボコにして身ぐるみ剥いで、その狼を食っちまってもいいんだ。メイドと引き換えに、無傷で表通りに帰れる。いい取引だとは思わないか？」

先頭の男の言葉に、鷲鼻としゃくれ男は、ようやく事態を理解したようだ。

要するに、奴隷捜索をサボって、乳のデカイメイドで遊ぼうというわけだ。

「あっはっは」

俺は笑う。わざとらしく、大げさに。

ボサボサ髭は、それを好意的に受け取ったらしい。

その程度ですむならいい、という安堵《あんど》の笑いだとでも思ったのか。

次の瞬間、ボサボサ髭が――吹き飛ぶ。

鞘に収まったままの聖剣で顔面を殴りつけたのだ。

そのまま石造りの壁に激突し、ドサリと地面に落ち、以降は動かなくなる。

気絶したようだ。

鷲鼻としゃくれ男は唖然《あぜん》としている。

「よく聞こえなかった。通行料はいかほどか？」

もう一度尋ねると、鷲鼻のほうが震えながら「タダです……ッ!!」と叫ぶ。

「それは良心的な値段設定だな、助かるよ」

そうして俺たちは裏路地をあとにする。

「もう、ご主人さまったら、シュノンのことになるとすぐ怒るんですから。むふっ」

シュノンは困ったふうを装いながら、口許がむにむにと緩んでいる。

彼女も暴力は嫌いだが、荒事には慣れているし、それが必要になる時のことも理解していた。悪漢が倒れたことよりも、自分のために怒った俺のことが気になるようだ。

「……取り敢えず、宿に戻ろう」

マーナルムが目を覚ましたら、色々と話を聞く必要がある。

その後《ご》、宿に戻った俺たちは受付に一人増えたことを伝え、マーナルムの身体を拭くために湯を用意してくれるよう頼む。

追加の宿代と湯の分の代金を払ったあと、部屋に向かった。

『薄影の仮面』のおかげで、周囲の誰にもマーナルムが狼亜人であることはバレていない。

部屋に入り、シュノンが少女をベッドに寝かす。

『それで、ロウ。どうするのだ？』

「まぁ、幾つか考えてることはあるが……この子の話を聞いてから決めたい」

と、ちょうどそのタイミングで、マーナルムの身体がぴくりと動いた。

目を開いた瞬間、彼女はベッドから飛び跳ね、部屋の角に着地。俺たちを警戒するように見回す。

その拍子に、仮面が外れて床に落ちた。

——起床直後にすごい反応だな……それに、確かに優れた敏捷性《びんしょうせい》だ。

獣のような唸《うな》り声《ごえ》を上げるマーナルムの前に、リアンが進み出る。

『落ち着け、眷属よ』

「――――ッ⁉」

リアンの発言の効果は劇的で、マーナルムは目を見開いたあと、即座に片膝をついた。

ボロボロの服を着ているので、体勢的に色々と見えて目に毒だ。

シュノンがジト目で俺を見ている気がするが、錯覚だと思っておこう。

「その気配……お身体こそ小さいですが、間違いない――聖獣様……！」

リアンも彼女のことが気配でわかったようだし、人間には備わっていない感覚で同胞が判別出来るのかもしれない。

彼女はすぐに、自分の傷が癒えていることにも気づく。

「で、では……聖獣様が私をお救いに？」

『否《いな》、貴様を救ったのはこの者だ』

と、リアンが俺を見上げる。

「そちらの方々は……？」

マーナルムは困惑している。

聖獣が人間と旅をするというのは、彼女の種族にとっても理解し難《がた》いことらしい。

リアンが特殊なのだろう。

「リアン……この聖獣を俺たちはそう呼んでるんだが……リアンと共に旅をしている。つまり、仲間だな」

「な、なかま……聖獣様と……」

　自分の中の常識と折り合いがつかないのか、マーナルムの頭に無数の疑問符が浮かんでいるのが表情からわかった。

『我の苦境を、この者たちが救ってくれたのだ。この男は武勇優れる魔法剣士であり、この女は慈愛に満ちた「めいど」だ』

　褒められたシュノンが「リアンったら……」と照れている。

「聖獣様の恩人が、私のこともお救いくださった、と……」

　マーナルムは一度立ち上がり、俺の前まで来て、再び片膝をつく。

　彼女の狼耳が揺れ、尻尾が床を軽く撫でるように動いた。

「感謝いたします、剣士殿」

「お前を見つけたのはリアンで、助けたがったのはシュノン……このメイドだよ」

「無論、お二方にも感謝を」

「どういたしましてっ！」

　シュノンが元気に応える。

「マーナルムと申します。この御恩は決して忘れません……。しかし、御恩に報いるのは、しばしお待ち頂きたく。現在、私はその……」

「首輪を見ればわかるよ。逃げてきたんだろ？」

「は、はい……」

　恥じ入るように、縮こまるマーナルム。

奴隷身分に落ちたことは、彼女にとって不本意なことなのだろう。

「どうにかしてやりたいと思ってるが、その前に話を聞かせてくれ」

マーナルムは驚いたように顔をはね上げる。

「そのようなことまでして頂くわけには……！」

「気にする必要はない。どうせリアンとシュノンはお前を助けたがる。なら俺も同じだ」

それに、今の短いやりとりで、俺は彼女という人間を気に入っていた。

聖獣が大きな力を持っていることも、自分の重傷を治したことや俺の服装からそこそこ以上に金を持っていることも、彼女にはわかった筈だ。

だが、俺たちに頼るのではなく、自力で解決しようとした。

その精神が好ましい。

「し、しかし……」

「なら、それも『御恩』に追加しておいてくれ。お前が早く自由になれば、俺たちはそれだけ恩返しを早く受け取れる。そうだろ？」

マーナルムは目を丸くし、それから俯《うつむ》いた。

「感謝します、剣士殿」

「ロウだ」

「ロウ殿、シュノン殿、聖獣様、ありがとうございます。お三方に逢えたのは、我が先祖の導きでしょう」

普通に偶然だと思うが、わざわざ否定はしまい。

と、そこで部屋の扉がノックされた。

湯が到着したようだ。

敵かと警戒するマーナルムに「大丈夫だ」と言ってから、再び仮面をつけてもらう。

彼女は不思議そうにしていたが、指示には従ってくれた。

俺は扉を開け、桶に入った湯を受け取ると、シュノンに声をかける。

「シュノン、着替えを貸してやってくれ」

「もちろんですっ。でもその前に――っと」

桶を床に置くと、シュノンに背中を押され、部屋の外に追い出されてしまう。

「今から、少し男子禁制のお時間です」

マーナルムの身体を綺麗にする以上、ボロボロの服を脱がせたり身体を拭いたりする必要があり、俺には見せられないということだろう。

「リアンはご主人さまを見張っていてください」

『……心得た』

リアンも部屋の外に出てくる。

「信用ないな」

「シュノンの着替えなら、覗いてもいいですから」

彼女は照れるように身を捩《よじ》りながら言った。

「お前にはまず、俺に覗き趣味がないことを知ってもらう必要があるな」

シュノンと軽口を叩き合っていると、マーナルムが恐縮した様子で声を上げた。

「あ、あの、シュノン殿。私は気にしませんので。私のためにお二方を廊下に立たせるなど申し訳なく……」

「ダメですよマーナルムちゃん。身体は大切にしないと。さっきだってご主人さま、ちょっとえっちな目で見てましたからね」

「見てないぞ」

芸術的というか、非常にもふもふだなというか、あくまでそういう視点だ。

シュノンの言葉に、マーナルムがかぁっと顔を赤くした。

「……くっ。しかし、大恩あるロウ殿がお求めならば……このマーナルム、肌身を晒すくらいは……っ！」

「変な覚悟決めなくていいですから。そういうわけで、しばしお待ちを」

まぁ、実際のところ外で待機することに不満はない。

こうして俺は、しばらくリアンと共に廊下で立つことになったのだった。

廊下で待機中、リアンの声が頭の中に響く。

『ロウ』

「ん？　どうした？」

リアンの声は、こいつが選んだ対象にしか聞こえないので、俺は小声で応じる。

そうしないと、独り言を言っている奴みたいになるからだ。

『あの者たちを見逃してよかったのか？』

先程のチンピラたちのことだろう。

さすがに、弱肉強食の世界に生まれた者は考え方が違う。

確かに、魔獣は民に被害を及ぼすから討伐するのに、民に被害を及ぼすチンピラは放っておくというのは、言われてみると変な話かもしれない。

「人間の世界には面倒なルールが沢山あって、あぁいう奴らでも殺して『はい解決』とはならないんだよ」

『人間なりの、秩序の保ち方か』

「そうだな」

『だが、力の差を理解して従う者ばかりでもなかろう』

確かにその通り。

「あいつらの報復を心配してるなら、多分大丈夫だろ。あの三人は下っ端で、その上の奴らはもっと重要なことにかかりっきりだ」

『眷属か』

「あぁ。だから、下っ端三人が捜索サボった挙げ句にガキ相手に手も足も出なかったなんて話をしたところで、真面目に取り合ってもらえるとは思えない」

リアンが、頷くように頭を揺すった。

『理解した』

「まぁ、本人たちが仕返しを狙う可能性はあるが……」

『あの程度ならば、何度来ようと同じこと、か』

「そういうことだな」

そこで一度会話が途切れる。

次に言葉を発したのは、リアンからだった。

『……眷属について、話をする約束だったな』

そういえば、マーナルムを助ける時にそんな話をしたか。

だが俺は真贋審美眼で彼女を視てしまったのだ。

「聖獣と結ばれた者の子孫、だろ」

聖獣にとって、我が子とは分身のようなものである筈だ。

しかし、この世界には聖獣や精霊、神や天使など、人ではない生き物が人と愛し合う物語が非常に多い。創作と切り捨てるのは簡単だが、神秘の時代に、今では考えられない奇跡があったとしてもおかしくない。

『――――。何故《なぜ》わかる』

「お前には話してなかったな。実は――」

と、真贋審美眼についての説明をしておく。

リアンは共に旅をする仲間なので、最低限の情報は共有しておくべきだろう。

『……理解した。しかし森での戦闘、先程の動きを見る限り、【前世】にかかわらず、ロウは優秀な戦士だと思うが』

俺が実家を追放されたこともついでに話していたのだが、そこが引っかかったらしい。

「【前世】が直接戦闘系じゃないと無価値って考え方なんだよ。工夫すれば使えるとか、そういうのは求められてなかったんだ」

俺が部下ならば話は別だったのかもしれないが、血の繋がった実の息子に求めるは後継として充分な戦闘系の前世。

『そういうものか』

「そういうもんさ。それに、おかげで自由の身なんだから恨んでないよ。お前とも逢えたしな」

『我の毛並みは、蒐集欲を刺激するか』

「お前もシュノンも、大事な仲間だよ。蒐集品だなんて思っちゃいない」

誤解されないよう言うと、リアンがふんすと鼻息を漏らす。

『冗談だ』

俺は目を丸くする。

それから、自然と吹き出してしまう。

「あはは、聖獣って適応力が高いんだな」

もうジョークという概念をものにするとは。

『ロウが我を毛皮としか見ていないのであれば、ついていこうとは思っていなかっただろう』

「そっか。まぁ刈ったりはしないけど、たまに撫でさせてくれると助かる」

『……承知した』

リアンが心なしか頭を近づけてきたので、そっと撫でる。

やはり、癒やし効果が凄まじい。

そんな風に、しばらくふわふわの毛並みをもふもふしていると。

「終わりましたよー」

と、シュノンの声が聞こえてきた。

俺たちは顔を見合わせ、それから部屋に戻る。

「聖獣様、ロウ殿。私の所為《せい》でお二方を廊下に立たせることになってしまい、誠に申し訳なく――」

と、彼女が再び片膝をつこうとするので止める。

そんなに頻繁に膝を床につけていたら、こすれて怪我してしまいそうだ。

「それよりどうですかご主人さま！　このピカピカに磨き上げられたマーナルムちゃんは！」

シュノンが目を輝かせて言った。

確かに、素晴らしい。

白銀の髪は、夜空に浮かぶ星々をちりばめたかのように輝いているし、青い瞳は宝石に劣らぬ美しさ。肌は白くきめ細やかで、弾力に富んでいる。

おまけにふさふさの尻尾と、柔らかそうな耳がついているのだ。

また、貫頭衣《かんとうい》を着用しているのだが、元が小柄なシュノンの着替えであるからか、丈が異様に短く見える。

胸部の膨らみはシュノンに劣らずあるので、胸回りのサイズ感は問題なさそうだ。

「美しい……」

思わず漏れた感嘆の声に、マーナルムが顔を赤くする。

「きょ、恐縮です」

「そうですマーナルムちゃんは美しい……って、シュノンはそんなふうに言われたことないですけど!?」

途中まで自慢げだったシュノンが、突如涙目になって叫ぶ。

「そうか？　それで言うならシュノンは可憐だよ」

ぼふっと音でもしそうなほど、シュノンが真っ赤になってしまった。

「ロ、ロウさまってば、『シュノンは世界で一番可愛いよ』だなんてそんな……」

「言ってないな」

シュノンは両手を頬に当て、嬉しそうに身体を揺らしている。

まぁ機嫌が直ったならいいか。

「それで、マーナルム」

「は、はい！」

「まず始めに、俺たちはお前を助けようと思ってる。……というか、助けが必要で合ってるよな？」

「……その通りです。奴隷身分に落ちたのは己の未熟さ故《ゆえ》と諦めもつきますが、一つだけ、決して諦めるわけにはいかないものがありまして……そのためには、売られるわけにはいかないのです」

「だから、タイミングを見つけて逃走を図ったと」

俺の言葉に、彼女が真剣な表情で頷く。

「はい。しかし、『罰』が想定以上に重く、街を出ることさえ叶わず……。力尽きる前になんとか姿を隠そうとしたのですが……」

そういえば、彼女を見つけたのはガラクタの山の中だった。

「とれる選択肢は幾つかあるが、お前の話次第でどう行動するか決めようと思ってる」

「ロウ殿には、既に現状を打破する策が幾つも浮かんでいると？　……さすがです」

マーナルムが尊敬の眼差しで見てくる。

警戒心が強そうな子に見えたのだが、あれだろうか、聖獣リアンの仲間ということで一気に信頼されているのだろうか。

まぁ、話が早いに越したことはないのでよしとしよう。

「そのためにも、この街に来るまでの経緯を教えてくれ」

マーナルムは真剣な表情で頷いた。

「承知いたしました」

それぞれ、椅子なりベッドの縁《ふち》なりに腰かけてから、マーナルムの話を聞くことに。

「我々は、聖獣様……リアン様とは異なる御方の加護の許、森で暮らしておりました」

鋼鉄の森にいるリアンの母、今俺たちと行動を共にしているリアン。

狼タイプの聖獣は、何も世界に二体ではない。他にいても不思議ではないだろう。

「ですが近年、我々の同胞が次々と姿を消す事件が起き……。聖獣様はお心を痛めて、森の秩序を保つべく奔走されました。しかしある日、聖獣様までもお姿を消してしまわれたのです」

『何？』

リアンが怪訝そうな声を上げる。

「聖獣様のお子が森を離れることはあれど、聖獣様自身が森を空けることはこれまでありませんでした」

たとえば、リアンの母はもう鋼鉄の森を離れない、ということだろう。

聖獣は住処を決めたら、そこに永住する。そこを守り、魔獣を排し、土地を浄化するのだ。

そんな聖獣がいなくなってしまったとなると、大問題だ。

「……倒されたか、連れ去られた？」

彼女が言いにくそうなので、俺は尋ねた。

マーナルムが悔しそうな表情で、なんとか現実を受け入れるように頷く。

「信じられませんが、おそらくは……」

『…………』

リアンは黙っているが、同胞が消えたという話は聞いていて辛いに違いない。

話を進める役は俺が務めたほうがよさそうだ。

「聖獣が土地を守っていたのに、それが姿を消したとなると……森に魔獣が入ってきたりしないのか？」

「ロウ殿のご推察の通り、魔獣の侵入がありました。ですが、我々の一族であればその討伐は難しくありません」

……俺の場合、兄の聖剣やリアンの存在がなければ、魔獣を討伐するのは難しかっただろう。

それを軽く『討伐は難しくない』と表現するなら、彼女の一族の身体能力は凄まじい。

「あのー……いなくなってしまった同胞さんっていうのは、家出をしたってことですか？　それとも、攫《さら》われてしまったのでしょうか」

シュノンが言う。

「当時は判然としませんでしたが、結論から言えば——捕縛されていた、ということになります」

マーナルムの瞳が怒りに燃える。

借金、親に売られる、敗戦国の民、罪人など、奴隷身分に落ちる理由は色々とある。

良いか悪いかの議論は置いておくとして、それらはこの国では合法だ。

だが、奴隷という商品に需要がある以上、より価値の高い商品を違法な手段で仕入れようとする者も現れてくる。

魔獣をも倒せる屈強な種族。狙いをつける者がいるのはおかしくない。

問題は、その方法だ。

魔獣を倒せるくらい強い奴を捕獲するには、捕獲する側にも相応の戦力が揃っていなければならない。

「捕縛って、そんな……！　ひどいです！」

シュノンは、まるで我が事のように苦しげな表情になる。

「そいつらが、お前のことも捕まえたのか？」

「……そうなります」

マーナルムは認めたが、何やら釈然としない様子。

「今の話だと、お前が奴隷になったあとで逃亡した理由が抜けてるな」

「はい。私は、今もどこかで誰かに利用されているだろう――妹を救いたいのです」

「……妹」

肉親を救う、というのは目的として非常にわかりやすい。

俺も、妹のリュシーが攫われたらきっと全力で助けようとするだろう。

シュノンのほうも更に感情移入したらしく、涙ぐんでいる。

「はい。我が一族では稀に異能の力を持つ者が生まれるのですが……」

「異能《スキル》だな」

言いつつ、昨日渡したのとは別のハンカチをシュノンに渡す。昨日のものは今朝シュノンが洗い、今はまだ干されている。

「あぁ、人間はそう呼ぶのでしたね。その異能《スキル》ですが、私の妹は――未来を視ることが出来たのです」

――未来視！

これから先に起こることを、事前に知ることが出来る能力。

そんなものは物語でしか聞いたことがない。いや、歴史書などに予言者の存在が記されていることもあるのだが、やはり実際見てみないことには信じられない能力だ。

是非、実在を確かめてみたい。

「お前の話を信じよう」

「とても信じられないことと思いますが――えっ」

マーナルムが、きょとん顔になる。

「お前が聖獣に嘘を語る奴とは思えない」

「シュノンもマーナルムちゃんを信じますよ！　妹を救いたいという言葉に本気を感じました！」

「ロウ殿……！　シュノン殿……！」

マーナルムが感動した様子で俺たちを見つめる。

『未来が視えるのならば、何故捕縛されることに？』

リアンの疑問に、マーナルムが複雑な顔になる。

どのように未来を視るかはわからないが、自分の身に危険が及ぶくらいは把握出来ないものだろうか。

出来るのなら、回避のために動くことも可能に思える。

しかし、姉妹は捕まってしまった。

「私も、それだけがわからないのです。あの日……あの日……私や同胞、妹が捕らえられることになった日……妹は魔獣の襲撃を視たと言い、私と一部の者が討伐に向かいました」

シュノンがごくり、と息を呑んでいる。

「ですが、魔獣を討伐して村に帰ると、村は既に鎧姿の集団に占拠されていました」

「鎧姿の集団？」

「頭目らしき金髪の男は、自らを『せいきし』と称していましたが、詳細はなんとも……」

森で暮らしていたら、世間のことに疎くなるのも無理はない。

だがせいきし……聖騎士、か。

「なるほど、そういうことか」

「何かご存じなのですか……!?」

マーナルムが身を乗り出す。その拍子に、彼女の白銀の髪がふわりと舞った。窓から射す光をキラキラと反射する姿は、白銀の雪を思わせる。

「聖騎士団ってのがある。異能《スキル》は、神が尊き血にだけ許した特別なもの、って考えの集団だよ。マーナルムは知らないかもしれないが、この国では特権階級の奴らだけが、自分の前世の力を異能《スキル》として引き出せるんだ」

過去生継承の儀を執り行う『協会』は、あくまで世の混乱を避けた上で前世持ちを生み出そうと、対象を特権階級に絞った。

しかし、そのあたりを自分に都合よく解釈し、自分たちが特別だから前世に覚醒出来るのだ、と考える貴族も多い。

聖騎士団は、そんな貴族子弟によって構成されている。

「前世……。我らにも、死した命が次の生を授かるという考えはありますが……」

確かに、このあたりの考え方は国や種族や宗教によって様々だ。

人は死ぬと天の国か地獄へ送られるという教えの宗教では、過去生継承の儀を邪法として糾弾しているところもあると聞く。

その宗教では魂と精神が同一視されているので、前世うんぬんの『魂の再利用』は教義に反するのだろう。前世持ちは、天の国から他人の魂を引きずり下ろして憑依《ひょうい》させているのであり、それは決して許せぬ悪魔の所業なのだとか。

とにかく、マーナルムの反応を見る限り、前世持ちという存在に嫌悪感はなさそうだ。

「まぁ、ピンとこないのも無理はない。だが、俺も持ってるぞ」

「ロ、ロウ殿が……？」

マーナルムが困惑した声を出すが、詳しく説明すると話が逸《そ》れるので、あとに回そう。

「まぁ、色々あってな。とにかく、聖騎士の仕業なら納得だ。あいつらは、自分たちが認めた者以外が異能《スキル》を持つのが気に食わないんだよ」

尊い血の者以外が異能《スキル》を持つことを許せば、自分たちの特別性が薄れてしまうから。

「そ、そのような理由で……ッッ！」

怒りにギリッと歯を軋《きし》ませるマーナルム。彼女の髪の毛が逆立ち、瞳が獰猛《どうもう》に開かれる。

今すぐ窓から飛び出して、妹探しを始めそうな勢いだ。

「怒りは尤もだが、どうか抑えてくれ」

彼女は怒気を吐き出すように、深く息を吸い、ゆっくりと吐くを数度繰り返す。

そして首を横に揺すり、一度目を閉じる。

再び開かれた時には、髪も瞳も元に戻っていた。

「……失礼しました」

「いや、いいんだ。その、一つ尋ねてもいいか？」

「なんなりと」

「……こんなことを訊くのは心苦しいんだが、マーナルムは何故妹が生きているとわかるんだ？

さっき言ってたよな、利用されているだろう、って」

マーナルムはぴくりと肩を揺らしたものの、今度は感情を抑えることに成功したようだ。

「それは、奴ら自身がそう口にしていたからです。『我々の活動のために有効活用する』と」

「そう、か」

俺たちにとっては、マーナルムの妹が生きているとわかってありがたい情報だ。

しかし、奴らの行動としてはおかしい。罪深い筈の存在を、有用だからと生かす連中だろうか。

……その一団、あるいは金髪の聖騎士って奴の独断、かな。

まぁ、俺は聖騎士団と関わったことがないので、実際のところはわからないのだが。

「生きてるなら助けられます！　ね、ロウさま！」

マーナルムを元気づけるべく大げさに主張するシュノンに、俺は曖昧に頷く。

「あぁ」

聖騎士団には、貴族の次男三男が非常に多い。家督は継げないが何かを成し遂げたいという連中の集まりだと聞く。

つまり前世持ちだらけ。我が家の父や兄たちのような前世持ちは珍しいだろうが、一般人とは比べ物にならぬ強敵だろう。相手どるには面倒だが、仕方がない。

助けることは決まったのだから、なんとかするほかあるまい。

「話が脱線したが、リアンの質問に戻ろう。未来視を持っている筈なのに、何故こういう結果になったのか、だ」

「は、はい……。村が占拠され、妹が人質にされていることで私は投降しました。逆らった者もいましたが……みな……騎士共に……ッ」

殺されてしまった、か。

戦闘系の前世持ちならば、マーナルムの種族を殺せても不思議ではない。

俺は考える。

「……今まで、妹の視た未来を聞いて、結末を変えることは出来たか？」

マーナルムは頷く。

「……はい。だからこそ不思議なのです。何故、あの最悪の未来を事前に教えてくれなかったのか……そうすれば、回避する方法を考えることも出来たのに、と……」

「視たのは確実なのか？　お前の話だと、彼女は何も言わなかったようだが……」

「妹が能力を使用すれば、姉である私は気づきます」

「なるほど」

それで、何故教えてくれなかったのか、という発言に繋がるわけだ。

「では次の質問だが、未来が変えられなかったことはあるか？」

「……村の老人が老衰で命を引き取る際、不運にも周囲に誰もいないという未来を視たことがありました。結果的にその老人は家族に囲まれて逝《い》くことが出来ましたが、亡くなったのは妹が視た未来と同じ日でした」

「……なるほど、『老人の死』という出来事は変えられなかった、ということだな」

「はい。以前、妹に聞いたことがあります。彼女いわく、未来は不確実なもので、『自分が視ているのは複数の可能性』だそうです。その可能性を視た上で行動を変えれば結果も変わる、と。とはいえ、人の寿命や自然災害など『それが起こること自体は変えられない』場合もあるようで……」

「だろうな。にしても、未来が複数視えるのはすごいな」

サイコロを振るという未来を視た時、未来視の人間の目にはたった一つの結果ではなく、全ての目が出る可能性が映る、という感じか。

一が出た場合の未来、二が出た場合の未来……という具合に。

その上で、最良の未来を選ぶようアドバイス出来る。

あるいは、そもそもサイコロを振らないほうがいいぞ、と警告したり。

「はい。だからこそ、不思議でならないのです」

「そうか？　お前の妹の選択を理解するのは難しくないと思うがな」

「ど、どういうことでしょうか」

マーナルムが身を乗り出す。これで二度目だ。今度は鼻と鼻がくっつきそうな距離だった。

吸い込まれそうな青い瞳が、俺の目を真っ直ぐ見ている。

俺は視線を逸らさずに言う。

「この未来が最良なんだろう」

「――――っ。お待ちください！　それはあまりにも……！」

同胞は死ぬか奴隷になるかで、聖獣は所在不明で、自分は聖騎士団に捕まった。

そんな未来が最良だと信じたくない気持ちは、わかる。

事実、マーナルムにとっての最良ではないのだろう。

「未来視といっても、世界の全てを視ることは出来ない筈だ」

俺の言葉に、マーナルムがうっと言葉に詰まる。

「た、確かに妹が視ることが出来るのは、面識のある者の未来だけです。『国の行く末』といった漠然としたものを視ることは出来ません」

「彼女は村が襲撃される未来を視た。そしてそれは変えられないと知ったんだ」

彼女の未来視は村では信じられていただろうが、謎の勢力がやってくるから村ごと移動しようと言って、「はいそうですか」とはならないだろう。

ほとんどの人間は、そう簡単に自分の居場所を捨てられない。

それに、彼女の種族は魔獣に勝てるくらいに強い。襲撃者が来ると言っても、撃退すればいいと考えたのではないだろうか。

事実を告げても、襲撃を回避は出来ないことを、マーナルムの妹はすぐに理解出来た筈。

そしてマーナルムのこの真っ直ぐな性格を思えば、姉妹だけでの逃走も現実的ではない。

仲間を見捨てて逃げるなど、マーナルムには出来そうにない。

そして先程彼女自身から聞いた、逆らった者たちの末路だ。

これは完全な想像だが、マーナルムの妹は——襲撃で姉が死ぬ未来を視たのではないか。

姉は決して逃げない。突如村が襲撃されれば、応戦して命を落とす。

だが、魔獣襲撃を理由に村から離れさせ、その間に村が占拠され——妹が人質にとられたら？

姉は投降し、殺されずにすむ。

俺はそういった自分の考えを、マーナルムに告げた。

「そ、そんな……。いや、ですが……。それは、妹ならば、あるいは……」

動揺を隠しきれない様子のマーナルムに、俺は更に言葉を投げかける。

「お前は死にかけるような『罰』を受けてでも妹を助けようとした。同じくらいの気持ちで、妹がお前を助けようとしてもおかしくないんじゃないか？」

俺の言葉に、彼女が愕然《がくぜん》とする。

「姉の死が『最悪の結果』、村を捨てての逃亡が『実現しない未来』と考え、どちらも奴隷になるという未来を『最良の結果』としたと……？」

マーナルムはふらふらと後退し、ベッドの縁に足を引っかけ、ぼふんっとベッドに倒れてしまう。

そのまま顔を腕で覆い、しばらく沈黙が流れる。

「……ロウ殿」

「あぁ」

次に顔を上げた時、彼女は落ち着きを取り戻していた。少なくとも、表面上は。

「……おそらく、真相はロウ殿のお考え通りなのでしょう。悲劇が避けられぬ中で、妹は最もマシな未来を選択したのだと、貴殿の話を聞いて理解しました」

「未来視を持ってるのは俺じゃなくてお前の妹だ。実際のところどんな考えだったかは、本人に訊けばいい」

「はい……！」

マーナルムが上体を起こし、瞳に決意を漲《みなぎ》らせ、強く頷く。

「よーし……！　そうと決まれば、マーナルムちゃんの妹さんとお仲間さんたち、そして聖獣さんも見つけましょう！」

シュノンもやる気を出す。

元々、あてのない旅だ。

自分の気の赴くまま動いてもよいだろう。

「そ、それで、ロウ殿……。現状を打破するお考えがあるとのことでしたが……お聞かせ願えますか？」

「そんな大層なものじゃないが、選択肢は大きく分けて二つあると思う。このままマーナルムを連れて逃げるか、マーナルムを自由にして堂々と妹を探しに行くか、だ」

マーナルムが考え込むような顔になる。

「そう、ですね……。しかし、どちらも現実的ではないかと」

「そうだな、両方の選択肢に課題がある。奴隷の首輪にはそこまで詳しくないが、マーナルムの居場所が今の所有者にバレてないってことは、居所を特定する機能はないんだよな」

「そうですね。そもそも逃げられぬよう『罰』を設定しているようでした」

「だな。もう『罰』を受け終わった以上、この街から抜け出して旅をすることは出来る」

マーナルムが言いにくそうに、しかし意を決した様子で口を開く。

「し、しかしこの首輪は外せません。『罰』を受けたので今のところ拘束力はありませんが、私を伴っての移動は厄介事を生みます」

俺は頷いた。

彼女には現状を正しく認識する知性と理性がある。

「奴隷の所有者確認だな」

奴隷は所有物扱いで、しかも高級品。

たとえば貧民窟の住人がピカピカの宝石を見せびらかすように歩いていたら、誰でも不思議に思う。

同じように、彼女ほどの奴隷を連れていれば、いやでも目立つ。

そうなると起こるのが、所有者確認だ。

俺とこの子が一緒にいるのを役人などに見咎められた場合、契約魔法で繋がっている主従なのか確認されてしまうのだ。

契約魔法は、四大属性魔法以外で国に認められている限られた魔法の一種だ。

奴隷契約であれば、主従関係の締結・証明を行う。

俺とマーナルムがチェックされた場合、俺が主人でないとバレ、最悪奴隷泥棒として扱われる。

『我ならば破壊出来るが』

リアンの言葉に、マーナルムがブンブンと首を横に振った。

「い、いいえ、聖獣様に、このような汚《けが》れた道具の始末をお任せするなど出来ません！　そ、それに……商人は私が妹の許に駆けつけると読んでいる筈です」

彼女の言葉に、俺は首を傾げる。

「ん？　妹は金髪の聖騎士の一団が囲ってるんだよな？　お前の今の主人は、そいつらの居場所を知ってるのか？」

彼女が小さく頷いた。

「はい、私は囚われの身で、街の名を聞くことも出来ませんでしたが……。同胞たち含め、一度奴らの拠点で牢に入れられていたのです。そこに複数の商人がやってきまして……」

「その一人が、マーナルムを買ったと」

「そうなります」

……それはいいことを聞いた。

つまり、今のマーナルムの所有者に話を聞ければ、妹の所在がわかる。

仮に既に移動している場合でも、重要な手がかりには違いない。

「じゃあ、二つ目の選択肢だな」

「……商人が、私を解放するとは思えません。ロウ殿やシュノン殿、そして聖獣様の武力を疑うわけではありませんが、そもそも私の為に罪を犯すような真似を、恩人にさせるなど……」

「ん？　あー、そうか。うん、お前は何か勘違いしているな」

彼女は、俺の言う『解放』が武力行使だと思っているようだ。

とはいえ、仕方のない面がある。

旅の途中とはいえ、滞在中のこの宿は決して高級宿ではないし。

メイドを伴っている、そこそこいい服を着た少年とはいえ、俺は貴族の子息には見えないだろう。

だから、マーナルムが俺の懐事情を勘違いするのは、むしろ当然のことと言えた。

だが、俺には追放を予期して自分で溜めていた金の他、兄に貰った路銀、更に――『倍々の壺』があるのだ。

一日経てば、中に入れたものが倍になるという夢の魔法具。

「大丈夫。正攻法で行くつもりだ」

「せ、正攻法……つまり――」

「あぁ。マーナルム、俺がお前を購入する」

シンプルだが、それ故に簡単ではない。

彼女自身、自分が奴隷として高級品であることは、ここまでの流れで理解しているだろう。

だから、単純なその答えを導くことが出来なかったのかもしれない。

「ロウ殿……失礼ですが、私につけられる値は、その……」

「大丈夫だ、任せてくれ。だが、お前を買うにあたってやることが二つある」

俺があまりに悠然としているものだから、マーナルムは気圧《けお》されている。

「な、なんでしょう……？」

「お前につけられるであろう値段を知らなければならないのと」

「ならないのと？」

「値段によっては、数日待ってもらう必要がある」

『倍々の壺』に入れたものを増やすには、丸一日待つ必要があるのだ。

「は、はぁ……」

マーナルムの困惑顔を見て、俺は自分の持つアイテムについて説明してやることに決めた。

◇

そして数日後、俺たちは奴隷商の許を訪ねていた。

俺、シュノン、リアン、マーナルムと全員参加だ。

マーナルムには『薄影の仮面』を着用してもらっている。

入り口で店の者に面会希望と伝えると、商会の主人は忙しいと言われるが……。

「お捜しの『商品』に関して情報があると主《あるじ》に伝えてくれ。そうだな……『白銀の』とでも言えば伝わるだろう」

人をモノ扱いする趣味はないが、ここは奴隷を扱う場所。より通りのいい表現を使ったほうが話が早くてすむ。

このことは事前にマーナルムにも伝えており、彼女も納得済み。

店の者は困惑した様子だったが、俺の堂々とした態度に気圧されたのか、頷いて店内に戻っていく。

数分としない内に、同じ者が慌てた様子で駆け戻ってきた。

「主《あるじ》がお逢いになられるとのことです……！　こちらへどうぞ」

そうして、応接室に通される。

俺はソファーに腰を下ろしたが、シュノンとマーナルムは護衛のように背後に立った。

シュノンは護衛メイドの意地という感じだろう。

マーナルムはマーナルムで、俺の隣に座るのは恐れ多いとか、シュノン殿が立っているのならば私も同じようにとか、そんなことを考えているに違いない。

俺は近くに来たリアンを撫で回した。

――店の中を見るに、繁盛しているようだ。

派手さはないが清潔にされており、調度品も落ち着いた雰囲気を醸し出すことに成功している。

少ししてから、やけに顔の輝いた中年男性が部屋に入ってきた。

この店の主人だろう。

「これはこれは、お待たせいたしまして」

お腹に肉を蓄えており、身につけているものは上等だが、店内と同じく派手さは出していない。

自分が成功者であることを喧伝《けんでん》するようにギラギラと飾り付ける者もいるが、この男はそういった類の人間ではないとわかる。

名をゴードンというらしい。彼はテーブルを挟んだ向かいのソファーに座った。

そんな彼の背後には、冒険者ふうの剣士が控えている。

「構わんさ。捜し物の価値を思えば、仕方のないことと言える」

笑みの形に細められていた目が、ぴくりと動く。

だが店主はすぐには食いつかず、案内係とは別の者が人数分の茶を運んで来て、それから退出するまで、当たり障りない話を続けた。

終始にこやかだが、その裏にこちらを品定めする視線を感じる。

俺は俺で、彼の反応を見て安心していた。

あのチンピラたちの雇い主ということで、若干の不安があったことは否めない。

だが、それは店内の様子や彼の態度で払拭《ふっしょく》された。

おそらくあのチンピラたちは、ゴードンの部下、あるいはその更に部下が人数集めで臨時に雇ったのだろう。

今商人の後ろに控えている剣士などは、一分の隙もない一流だ。

それに、この商人は俺が年若いガキであるとわかっても、表面的な態度や言葉遣いを露骨に変えることなく、あくまで丁寧に応対している。相手によって態度を変える商人、見た目で相手を侮《あなど》る輩が珍しくない中で、彼は交渉相手としては充分。

「――ところで。本日お越しいただいたのは、何やらわたくし共の捜し物に関係がおありだとか」

カップに口をつけてから、ようやく本題を切り出す店主。

「あぁ」

俺は頷き、リアンの白銀の毛並みを撫でる。

「こいつに似た、亜人の少女の話だ」

ぎらり、と彼の瞳が光った気がした。

「――――。詳しくお聞かせ願えますかな？」

「その前に、一ついいだろうか」

「もちろん、情報に見合う謝礼はお支払いいたします」

ケチな商人ならば焦って話を進めそうなところだが、彼は金の出しどころを心得ている。

だが、今したいのはその話ではなかった。

「いや、それはいいのだ」

「では一体……？」

「これは仮の話なのだが」

「……なんでしょう」

「貴殿のところから逃げ出した奴隷を発見した者がいたとする。凄まじい『罰』を受けて死にかけていた奴隷だ。その者に治療を施し、一時的に保護したその人物は、その奴隷を気に入ってしまった」

「……ふむ」

商人ゴードンが思案顔になった。

再び俺を見る。頭のてっぺんから爪先までじっくりと。

「その人物は、返却と同時に当店からその奴隷をお買い上げになりたい、と」

「そういうことになる」

「こちらからもよろしいでしょうか」

今度はゴードンから質問があるようだ。

「構わないとも」

「まず、発見者にはやはり感謝と謝礼をせねばなりませんね。その奴隷が負った『罰』を癒やすには相応のポーション、あるいは治癒魔法が必要だった筈ですから」

「そうか」

治癒魔法もまた、四大属性以外で国に認められた魔法だ。治癒魔法の場合は、癒やしの女神が人に与えた魔法という扱いで、また少し事情が違うのだが、今は関係あるまい。

「その者が奴隷を返却する理由は推察出来ます。そのまま逃げれば奴隷泥棒になってしまいますからな。問題は、どのようにしてその奴隷と信頼関係を築いたか、です」

当然の疑問と言えた。

自分が妹の元に向かうことを商人は予想する筈だ、とマーナルムは言った。

誰かが善意で彼女の傷を治癒したとしても、マーナルムは単身妹の許に向かうのが自然で、自分を助けた者が新たな主人になることを受け入れるのはおかしい。

「命の恩人だからではないか？　その奴隷は、義理堅い性格と聞いたぞ」

ゴードンは素直に納得出来ないようだが、食い下がらなかった。

思案するように、立派に肉のついた顎を撫でる。

「ふぅむ……まぁ、その点はよろしいでしょう。多くの人手を割いて発見出来なかった奴隷が、完全な状態で戻ってくるのならば文句はありません」

「それはよかった」

しかし、と商人は指を一本立てる。

「お話はもう一つございまして、つまり――値段です」

「大事なことだな」

俺が頷くと、彼は続けた。

「既にご存じでしょうが、奴隷というものは仕入れと同時に売り物になるわけではありません」

「剣を持っただけでは騎士になれない。それと同様に、奴隷として求められる能力を叩き込まねばならないのだろう？」

「その通りでございます。その点、件《くだん》の奴隷は難航しておりまして……」

マーナルムが、奴隷の作法を素直に身につける様子は想像がつかない。

しかも脱走までしたというのだから、奴隷に求められる従順さはないと言っているようなもの。

とはいえ、それは一般的に奴隷を求める者が重要視する項目でしかない。

「奴隷を保護した人物は、気にしないそうだ。だがそちらも商売、本来であれば奴隷の作法を完璧に身につけたほうが高く売れるのだろう？　見つけてやった恩で安く買わせろ――などとは言わないそうだ。貴殿がその奴隷を売却することで得られる筈だった利益は、決して損なわない」

「なるほど……なるほど……」

懸念は大きく二つある。

一つは、そもそも相手にされないこと。

俺のような存在が突如店にやってきて交渉事を持ちかけてきたら、とても怪しい。

そんな奴は信用出来ん、と突っぱねられることは充分考えられる。

もう一つは、既にマーナルムの売却先が決まっていた場合だ。

通常は調教がすんでから売りに出す筈だが、マーナルムのような希少種族の場合、『手に入った場合は自分に売ってくれ』と事前に注文を出している客がいる可能性もある。

「正直、頭の中に多くの疑問が渦巻いておりますが……。二つほど確かめさせて頂ければ、例の奴隷はお売りいたしましょう」

「奴隷の所在と、支払い能力の確認だな」

「その通りにございます」

――もっと難航する可能性も考えていたが、ゴードンの中で損得勘定はすんだようだ。

嘘を言っているようには見えないし、最悪嘘でも構わないのだ。

交渉ですむならそれが最上だが、決裂しても対応は可能。

「シュノン」

「はい、ご主人さま」

シュノンの話し方がいつもと違う。何やら出来るメイド感を出そうとしているのか、ゆったりと静かに声を発している。

彼女から代金の入った革袋を受け取り、卓上に置く。

「マーナルム」

「はっ」

そして、マーナルムが『薄影の仮面』を外す。

「――――っ」

ゴードンと、後ろの剣士が驚くのがわかった。

「なるほど、最初から連れていたのですな。しかし、貴重な魔法具をお持ちだ」

さすがは商人、魔法具のこともすぐに受け入れたようだ。

「では、ゴードン殿。この奴隷を売ってもらおうか」

マーナルムの所有者変更は、思いのほか簡単にすんだ。

現所有者が首輪に触れた状態で譲渡の意思を示し、新たな所有者が首輪に触れるだけ。

一瞬、首輪から伸びた光の鎖が見え、ゴードンの腕から俺の腕へと移ったように見えたが、すぐに掻き消えてしまう。

これで、マーナルムが追われる理由はなくなる。

「これほどの奴隷を買える御方は限られます。それほどの資金をお持ちで、周辺に住まわれている方々は把握しているつもりでしたが……」

代金は既に商人ゴードンの手に渡っている。もちろん、マーナルム譲渡前にしっかり数えていた。

「世界を旅して回っている。この街にやってきたのも、最近のことだ」

「なるほどなるほど。ご存じでしょうが、その娘は白銀狼族《はくぎんろうぞく》の者でして、今後の旅においても護衛としてお役に立つでしょう」

「だろうな」

「いやはや、今回は実に助かりました。お客様のおかげで、このゴードン、大損失を回避することが出来たのですから」

俺たちがマーナルムを見つけなかったら、彼女はあのまま死んでいたかもしれない。

そうなれば商人が大損していたのは間違いない。

「実は、本日ここを訪れたのはマーナルムを買うためだけではないのだ」

「ほうほう。当店は他にも素晴らしい奴隷を取り揃えておりますが、どのような者をお探しで？」

【蒐集家】が反応するのがわかった。

「希少種族……特に、白銀狼族の奴隷について知りたい」

「はっはぁ。お客様は亜人を好まれるのですねぇ」

何やら盛大に勘違いされているが、まぁいいだろう。

「とはいえ、白銀狼族に並ぶ『八大幻想種《はちだいげんそうしゅ》』は残念ながら当店では取り扱いがございません」

「『八大幻想種』？」

「はい。火焔《かえん》の化身『紅獅子族《くれないじしぞく》』、竜の血を継ぐ『蒼翼竜族《そうよくりゅうぞく》』、雷撃を操る『黄雷虎族《こうらいこぞく》』、森の賢人『緑精霊族《りょくせいれいぞく》』、幻惑と怪力の『紫煙鬼族《しえんきぞく》』、変幻自在の『橙管狐族《とうかんこぞく》』、幸運を招く『黒角兎族《くろつのうさぎぞく》』、聖獣の眷属『白銀狼族』。以上八種の亜人は、滅多にお目にかかれない希少種として、お貴族様のような方々に大変人気となっております」

エクスアダン家の書庫には沢山の本があったが、『八大幻想種』に関する情報は目にしたことがない。まぁ、歴代当主の蔵書なので、彼らが興味のない本は置かれていなかったのだろう。

亜人への関心はなかったのか。

だが俺は違う。いつの日か、全ての種族を目にしたいものだ。

「なるほど……大変興味深い話だが、用件は別にあるのだ。この者から聞いたのだが、一度に多くの白銀狼族が奴隷になったというではないか」

「あぁ、そこまでご存じでしたか。ですがわたくしが手に入れられたのはその娘だけなのです」

それについてはマーナルムからも聞いているので、知っている。

知りたいのは……。

「俺には夢があってな。希少種族だけの村落……果ては街を作りたいのだ」

もちろん嘘だ。俺が希少種族蒐集に執着している奴だと思われたほうが楽なので、適当に用意した夢だ。

「規模は違えど、同様の趣味をお持ちの方は多くおられます。素晴らしい夢ですな」

奴隷を沢山買いそうな客なら持ち上げといて損はない。

商人なら嘘でも肯定するだろう。

それはいいのだ。今はとにかく、話を進める。

「出来れば、誰が購入したかわからないものだろうか。このような機会は逃したくない」

「お気持ちはわかりますが……」

情報の価値がわかっていればこそ、そう簡単に渡せないという理屈はわかる。

俺はシュノンに向かって手を伸ばす。

シュノンは新たな革袋を俺に手渡した。

中に入っている金貨を、俺は卓上に積み上げていく。

「なんなら、貴殿がその者から白銀狼族を買い上げ、それを俺に売るのでも構わない。貴殿に損はさせないが？」

「……いえ、そういうことではなく。その、買った相手というのが問題でして……」

ピンとくる。

ゴードンはやり手の商人のようだ。そんな彼だから俺のような者でも交渉相手と認めてくれたが、
貴族ではそうはいかないだろう。

怪しいとか無礼とか以前に、旅人如《ごと》きでは面会さえ取り付けられない。

「わかった。ではせめて場所だけでも教えてくれないか？　白銀狼族の群れをひと目見たいのだ」

「ふぅむ……」

「奴隷を保護した者へ謝礼を出すと言っていたではないか。だが俺は金には困っていない。その情報を謝礼として受け取ることは出来ないか？」

ゴードンは最終的に、そこで折れた。

どうやらマーナルムとその妹以外の者たちは、とある貴族がダンジョン攻略用に購入したようだ。

ダンジョンはこの世界に突発的に生じる異空間で、そこにはこの世界で見られないものが手に入る。魔獣の素材であったり、不思議な草花であったり、美しい宝石であったり様々だ。

ゴードンに聞いた貴族の名には聞き覚えがあったが、そいつの領地にダンジョンがあると聞いたことはない。

ダンジョンが出来ると、そこを中心に街が出来て急速に栄える。一攫千金狙いの冒険者と、その冒険者相手の商売人たちが集まってくるのだ。

なので他領であっても存在くらいは知られるものだが――出来て日が浅いダンジョンなのだろうか。

冒険者たちが群がる前に、その貴族が宝を独り占めしようとした？

そのために頑強な白銀狼族を沢山買ったのだろうか。

厄介であると同時に、ありがたくもある。

世界各地の様々な客に売却されていたら、解放にかかる時間がどれだけになったかわからない。

一箇所に集まっているのなら、話は単純だ。単純なだけで、簡単ではないだろうが。

噂によると、ダンジョンはレンフェアという街近くの森にあるのだとか。

ゴードンも独自に情報収集をしていたらしい。奴隷を用いたダンジョン攻略をしているのなら、確かに彼にとっては商機だろう。自分のところの奴隷を売り込もうとでも考えたのか。

「助かったよ」

「いえいえ、これでお返しになればよいのですが」

「充分だ……と言いたいが、あと一つだけ」

「なんでしょう？」

「この者が一度故郷に帰りたいそうなのだが、森から出たことがなく場所がわからないらしい。俺としては、旅の途中で連れていってやりたいのだが」

「それはそれは……」

「この者を仕入れた街を教えてくれ。そこからならば、匂いで故郷を辿れるそうだ」

「ほうほう、白銀狼族の嗅覚は凄まじいですな」

感心するような声を上げてから、商人はマーナルムを買ったのがキルクという街だと教えてくれた。

聞きたいことは概ね聞けたので、俺たちはそろそろ帰ることに。

「よい取引が出来た」

俺が言うと、商人は笑顔で頷いた。

「こちらの台詞でございます。まさか、逃げ出した奴隷が素晴らしいお客様と共に戻ってくるとは、わたくしも想像していませんでした」

こいつからすると、気性の荒いマーナルムは、困った存在だったのかもしれない。

「……そういえば、何故この者だけ貴殿が扱うことに？」

「あぁ、実は当初は売り物ではなかったようなのです。何かがあって、手放すことにしたのだと聞きましたが、詳しいことはなんとも」

「……そうか。なら、俺にとっては幸運なことだったな」

妹関連だろうか。

確かに、妹を盾に姉を投降させたように、姉を人質に妹の未来視を利用するほうが、聖騎士としてはやりやすい筈だ。

当初はそのつもりだったが、何かがあって――マーナルムが不要になった？

そこをたまたまゴードンが仕入れ、この街まで戻ってきて、そこでマーナルムが逃走し、リアンがそれを発見。

俺たちと出逢うことに。

もしかすると、マーナルムの妹にはここまで視えていたのかもしれない。

いや、もっと先まで、だろうか。

どちらにしろ、俺のやることは変わらない。

店をあとにし、宿に戻る。

部屋に戻ると、マーナルムが我慢の限界とばかりに口を開いた。

「か、か、か、感服いたしました……！」

尊敬の眼差しで俺を見つめるマーナルムは、感動に身体を震わせている。

「いやいや、金さえあれば誰でも出来たことだ。その金も、魔法具で増やしたものだし」

「ご謙遜を！　あの商人には、ロウ殿に私を売らないという選択肢が常にありました！　私は商売には疎いですが、突如現れた者よりも、今後更なる取引が望める者にこそ、ものを売りたいというのが商人というものかと思います！」

同じものを売るなら、今後一生逢わないであろう者よりも、また来てくれそうな客に売りたいという話か。それでいくと、マーナルムにしっかりと作法を叩き込み、亜人好きの貴族に売ったほうが奴隷商の未来の利益のためにはよかったかもしれない。

その通りだろう。

「……マーナルムの姿を確認したあとで、後ろに控えてた用心棒に俺たちの始末をさせれば、マーナルムを楽に取り戻せただろうな。というか、あの商人がアホならそうしてただろう」

だが、奴は目利きの商人だった。

俺の剣が名剣——さすがに聖剣とは思わなかっただろうが——だということも、リアンがただの狼ではないことも、ちゃんと気づいていた筈だ。

それに、マーナルムが本当に俺に恩義を感じているかどうかも。

つまり、俺がピンチの時にマーナルムが俺の味方をするかどうか。

首輪がついていようとも、マーナルムは逃亡の『罰』を既に受けている。

用心棒が襲いかかって来ても戦うことが出来る。

商人と俺は、お互いスムーズに交渉を進めていたが、頭の中では様々な展開を描いていた。

彼は最終的に、事を荒立てずにマーナルムを売ってしまうことが、一番損が少ないと判断しただけのこと。

だが確かに、そう判断してもらうために、小細工を弄したのも事実だ。

『薄影の仮面』は、マーナルムの正体を途中まで隠すという目的の他に、『他の魔法具もあるかもしれない、なんなら使用中かもしれない』という疑念を抱かせる目的もあった。

直接、言葉で互いを脅すことは一度もなかった俺たちの交渉だが、武力行使に発展しないよう、種を蒔《ま》いていたのも事実。

あの商人は俺の能力や危険度を正しく見積もり、厄介事に発展しないよう立ち回っていた。

マーナルムは、それを理解しているようだった。

「よくわかりませんが、さすがロウさまですね……！　ロウさまは昔から喧嘩も得意でしたが、睨むだけで相手を追い返すのも得意でしたから」

よくわかっていないようでいて、シュノンはよくわかっていた。

まさにそんな感じだ。

喧嘩しなくちゃいけないなら仕方がないが、相手が賢ければ勝手に戦力を計算して引いてくれる。

そのほうがずっと楽だ。俺は何も戦闘狂ではないのだ。

「私の一族は戦闘能力を高く評価するのですが、ロウ殿のやり方も素晴らしい！　敵を武力で挫《くじ》くことなく、貴殿は求めるもの全てを手に入れた！　凄まじいことです！」

マーナルムの所有権、白銀狼族の所在、そしてマーナルムたちの購入場所――つまり妹を捕らえている騎士が滞在していた都市。

奴隷となり、『罰』覚悟で逃げるしかなかったマーナルムからすると、俺のやったことは輝いて見えるようだ。

彼女がそう思うなら、強く否定するのも無粋だろう。

「どういたしまして。取り敢えず、この首輪を外すか」

購入したとはいえ、俺は奴隷が欲しかったわけではない。

あの商人に首輪の使い方も教わっていたので、外すことも出来る。

だがマーナルムは――拒否した。

「いえ！　ロウ殿さえよろしければ、どうかこのままで」

なんて言い出すものだから、俺は困惑する。

「どうしたんだ？」

「考えたのですが、私のような種族が人間の街を普通に歩いては目立ってしまいます」

まぁ、滅多に目にしないから希少種族なわけだし。

たまに目にする希少種族は、通常は誰かの奴隷……あぁ、そういうことか。

俺の奴隷でいるほうが、無駄に目立たずにすむ。

「……お前が負けるとは思わないが、面倒くさい輩に絡まれるかもしれないしな」

首輪がないと、捕まえて売ろうとする悪漢もいるかもしれない。

襲われても撃退出来るだろうが、そもそも襲われるのが面倒くさい。

「そういった問題も避けられましょう」

「まぁ、お前がいいなら……」

「はい！　よろしくお願いいたします——主殿《あるじ》」

マーナルムの言葉に、シュノンが愕然とする。

「マーナルムちゃん!?　ロウさまを主人と仰ぐ美少女枠はシュノンだけだと思ったのに……！　まさかの従者として参戦ですか!?」

「シュノン殿、これからは共に主殿《あるじ》を支えていきましょう！」

マーナルムの瞳はメラメラ燃えている。こうと決めたら一直線のようだ。

「マーナルムちゃんの加入は嬉しいのに複雑な気分です」

シュノンに漂う空気が重くなるのを感じ取って、俺は口を開いた。

「シュノンは将来メイド長になってくれるんだろ？　その時は、俺に沢山メイドがいるってことにならないか？」

「た、確かに……！」

「それに、枠ってのはよくわからないが、俺の幼馴染はシュノンだけだろ」

「ロウさまっ……！　そうですね！」

シュノンが元気になった。

相変わらず切り替えが早くて助かる。

『次はどうするのだ？』

話が途切れたタイミングで、リアンが声を上げた。

「マーナルムとしては、すぐにでも妹の許に駆けつけたいだろうが……俺はまず、他の白銀狼族を助けるべきだと思う」

「わたしも同胞たちを救い出したいという思いはありますが、何かお考えが？」

「聖騎士団は【前世】持ちで構成されてる。俺やマーナルムの妹みたいに、異能《スキル》は戦闘系以外にもあるけど、仮にも騎士を名乗るなら戦闘系が大半だろう」

「……確かに、魔法のような力を使う者もいました。我らが敵わぬ怪力を持つ者も」

故郷を襲撃された時のことを思い出しているのか、マーナルムが苦々しげに言う。

「妹をどんな方法で助け出すかにもよるが、人手は多いほうが選択肢も広がるし、それが裏切らない仲間なら最高だ」

こっちにはマーナルムや聖獣リアンがいるので信用されるだろうし、彼らを救出した上でマーナルムの妹を助けたいと言えば、力を貸してくれる者もいるだろう。

マーナルムは頷いたが、その表情は優れない。

「大丈夫だ、お前の仲間たちを特攻させたりはしない。妹を救い出す為とはいえ、味方を死地に向かわせたくはないもんな」

そう補足すると、彼女は言いにくそうな顔になる。

「いえ……その……主殿《あるじ》を疑っているわけではなく。同胞が主殿《あるじ》の作戦を理解出来るかのほうが心配で……」

「あー……」

そういえば、妹を人質にとられたことでマーナルムは降伏したが、一部の者は逆らって殺されてしまったのだったか。

彼女は真っ直ぐな性格の中に柔軟さも見えるが、真っ直ぐすぎる者たちが細かい作戦を理解して従ってくれるかは微妙だ。

『マーナルムの妹を助ける』という部分にだけ同意して、騎士団に突っ込む可能性もある。

「よし、旅の途中でそいつらを説得する方法も考えよう」

『助け出す方法は何かあるのか？　大人数が強制的に従わされているのだろう？』

「あぁ。それに今度の所有者は金で譲ってはくれないだろう。白銀狼族を使ってダンジョンで一山当てるほうが儲かる。ダンジョンは危険だから早く救出しないとどれだけ頑丈な種族でも死者が出る。だから……マーナルムは嫌がってたけど、リアンに首輪を破壊してもらおうと思う」

確かマーナルムは、汚れた道具を聖獣に壊されるなど申し訳ない、みたいなことを言っていたと思う。

『我は構わぬ』

「う……。確かに、仲間の命には代えられません。よろしくお願いいたします、聖獣様」

『うむ』

前回聞いた時はあっさり流したが、魔法具を破壊出来るとは、さすが聖獣である。

「あとは現地に行って偵察してからだな。おそらくまとめて一箇所で管理されてると思うが、見張りもいるだろうし」

と、今後の方針も固まった。

するとマーナルムが緊張した面持ちで、おもむろに近づいてくる。

「主殿《あるじどの》」

「どうした？」

「聖獣様からお聞きしました……主殿《あるじどの》とシュノン殿は……無類の『もふもふ好き』であられる、と」

リアン？　いつの間にそんな話を？

「まぁ、否定出来ない」

「シュノンは大好きです！」

「シュノン殿には、数日前、身体を拭いて頂いた際に色々とその……あれでしたが」

俺はシュノンを見る。

シュノンは目を逸らして口笛を吹き始めた。誤魔化し方が下手すぎる。

一足先にもふっていたとは。

再びマーナルムを見ると、頬を赤く染めていた。羞恥心があるのだろう。

「この程度で御恩が返せるとは思いませんが、何もしないというのも己が許せず。主殿《あるじどの》さえよろしければ、この身をお好きになさってください！」

顔を赤く染めたまま、覚悟を決めたように言うマーナルム。

「お好きにって、もふっていいってことですからねロウさま」

シュノンがジト目で言った。

そんな補足がなくとも、勘違いしないから大丈夫だ。

「いいんだな、マーナルム」

実はずっと気になっていたのだ。

よくぞここまで我慢したと、自分を褒めてやりたい。

「ど、どうぞ……！　ですが、出来れば優しくしていただけると……」

普段は凛々しい彼女が、弱々しい声を出す。

顔は朱色に染まり、耳や尻尾は力無げに垂れ、こちらを見る視線は伏し目がちで、蒼玉の瞳は濡れたように潤んでいる。

まるでこちらが意地悪をしているような気分になってくるが、同時に妙な色気も感じた。

思わず、ごくりと喉が鳴ってしまう。

首輪の『罰』にも耐えた白銀狼族の少女が、そんな小さな音にビクリッと肩を震わせる。

しかし、ここでやめると言っても彼女は納得しないだろう。

緊張こそしているが、彼女は覚悟を決めて提案してきたのだ。

「わかった」

俺の指先が、彼女の柔らかい耳に触れ――。

「んっ」
そして俺は――マーナルムの耳と尻尾を堪能《たんのう》するのだった。

第三章◇囚われの白銀狼族

翌朝、俺たちは街を出発。

実は昨日の内に、馬でも買おうかとも思い見に行ったのだが。

聖獣リアンに気圧されてしまうのか全ての馬が怯えてしまったので、諦めることに。

やや落ち込んだ様子のリアンに、シュノンが「リアンが優しいってシュノンたちはわかってますからね」と励ましの声をかけていた。

マーナルムも「彼らは聖獣様への畏敬の念に震えていたにすぎません。どうか、お気を落とされず」とフォロー。

『すまぬ、ロウよ。代わりに、我の背にまたがるといい』

「そうだな、周りの目がないところとかで、頼むかもしれない」

謝る聖獣に、俺はそう告げたのだった。

リアンが巨大化すれば俺たち全員を乗せて走ることも余裕だろうが、道行く人々が混乱してしまう。

とにかく、旅は三人と一頭で正式にスタートすることになった。

メイドのシュノン、狼のリアン、白銀狼族のマーナルム、そこそこの服を着た俺。

中々に奇妙な構成は目を引くが、気にせず街道を進む。

ちなみに、マーナルムの衣装もしっかりと購入したので、既にシュノンの服をぴちぴちに着こなす彼女はいない。

ただし、目の毒な姿という点では以前と同じだった。

森の中で狩猟をしながら暮らしていたマーナルムには、服に求める要素が『身軽さ』のみだった。

たとえば貴族ならば煌《きら》やかさ、街のご婦人なら貞淑さ、都会の者なら流行の最先端など、気にする要素はそれぞれ異なる。

男女共に『強さ』を重んじ、部族単位で暮らす白銀狼族には、彼らなりの考え方がある。

出来る限り受け入れてやりたいが、最初に彼女が選んだ衣装ではあまりに目のやり場に困ったので、俺やシュノンの意見を取り入れてもらい、少々妥協してもらった。

「……先程から、すれ違う者たちの視線が妙に不愉快なのですが」

そう呟くマーナルムは、視線を引き寄せる理由がピンときていないようだ。

彼女が最初に選んだのは、水着程度の面積しかない胸当てと、太ももから下が全て露出してしまう丈の短すぎるズボンであった。

確かに動きやすかろう。身体の動きを遮るものがないのだから。

俺とシュノンの説得により、彼女は渋々装備を追加。

薄手の生地で作られた丈の長い靴下と、臀部《でんぶ》を隠すための腰布。上着は着用したくないようだったので、二の腕付近までを隠す手袋を購入。あとは『衝撃代理負担の腕輪』も渡してある。

これでも胸当てによって強調された胸部のインパクトは軽減されず、肩や脇や腹部の露出も残ってしまうが、仕方がない。

「やはり、この格好はおかしいのでしょうか……」

難しい顔になってしまうマーナルム。

「よく似合っているし、それにあんまりゴテゴテしたのは嫌いなんだろう？」

「はい……。主殿《あるじ》の恥になってはならぬと、ご提案頂いたものは身につけましたが……。これ以上はさすがに機動性が損なわれそうで避けたく思います」

「ならそれでいいさ。鬱陶《うっとう》しいだろうが、視線は無視してやってくれ」

「特段の害がない限りは、そのように」

「あはは、そうだな。お前が美しいからとナンパでもしてきたら、さすがに対処しないとな」

「……きょ、恐縮です」

マーナルムが頬を朱色に染め、俯いてしまう。

「むぅ」

シュノンが頬を膨らませた。

「シュノンも沢山いやらしい視線を向けられているんですけどもっ」

と、何故かマーナルムに張り合う。

「そうだなぁ。シュノンは可愛いし――」

胸がデカイ上に歩くだけで揺れるので、つい視線が吸い寄せられてしまうのだろう。

だが、俺は後半部分を言葉にするのをやめた。

「なんです？　ロウさま」

シュノンがこてんと首を傾げるが、顔に感情が乗っていない。

「可愛いし、優しげな感じがするからな。男はそういう女性に弱い」

「んふっ」

彼女の顔に感情が乗せられる。喜びの色だ。

シュノンは自分の胸部を魅力の一部と捉えている気配があるが、だからといってそこだけ切り取って己の価値と言われては不愉快だろう。

実際、シュノンの魅力はその心にあると思うので、嘘もついていない。

機嫌の直ったシュノンを横目に、俺は内心で安堵の息をつく。

『ロウよ』

「なんだリアン」

『眷属マーナルムの妹を救う手がかりがキルクという土地にあり、他の眷属が囚われているという土地がレンフェアというのだったか』

「そうだな。俺たちはまずレンフェアに行く」

「そこで、無理やりダンジョン攻略をさせられているマーナルムちゃんのお仲間さんを、救出するんですよね！」

シュノンはやる気に燃えているようだ。

「だな。こんな状況じゃなければ、ダンジョン探索もしてみたいんだが」

「ロウさまが気に入るような、お宝が出てくるかもしれませんもんね」

「そうだな。だがさすがに今回は諦めよう」

マーナルムの仲間を助けるのが優先だ。

「それにしても、主《あるじ》殿の異能《スキル》は凄まじいですね」

「そうか？　未来視のほうがよっぽどすごいだろ」

マーナルムにも、前世や能力については一通り話してある。

「いえ、他の者が気づけずにいるモノの価値を見抜く、というのは大変有用かと」

恩人だから持ち上げているのではなく、本心から感心しているようだ。

白銀狼族は強さを重んじると聞いたが、マーナルムの場合は妹が未来視持ちだったことも関係しているのかもしれない。肉体的な強さ以外の能力にも、価値を見出《みいだ》す下地があったわけだ。

「確かに便利ではあるな。それにしても、あの街は豊作だった」

俺は思い出して、自分の表情が緩むのを感じる。

最初の骨董屋ではシュノンに贈った『理想を囁く鏡』の他、『薄影の仮面』『転移の巻物』『倍々の壺』を手に入れた。

それだけでも充分だったが、出発までに他の店舗も回り、更にいくつかの品を入手することに成功したのだ。

魔力を込めて地面に刺すと、周囲に虫除けの結界を展開する金属製の棒――『見えざる蚊帳《かや》』。希少度は『D＋』。

これまた魔力を込めて念じると、火がつくランプ――『絶えぬ灯火』。希少度は『C－』。

最後は一見薄汚れた革袋なのだが、衣類を入れると三時間で清潔にしてくれる――『洗濯袋』。希少度は『Cー』。

どれもシュノンが大層喜んでいたので、管理は彼女に任せた。

確かに、旅の道中は野宿することもあるだろうし、常に清潔な服を用意するのも難しい。

そのあたりの助けとなるアイテムを早々に入手出来たのはありがたい。

これも、異能《スキル》『奇縁』の効果だろうか。

というか、世の中には想像以上に魔法具が転がっているのかもしれない。

幻の種族『ダイダロウズ』が製作した魔法具は、日常的に用いる道具や普通の武具の形をしていたり、時にはただのガラクタにしか見えなかったりする。

しかもそれぞれに正しい使用方法が定められており、魔力を必要とするものも多い。

俺の真贋審美眼やそれに類する力がなければ、ピンポイントで見つけ出すのは非常に困難だ。

当初の持ち主の手を離れたあと、長い時の中で価値を知らぬ者の手に渡ったものが沢山あるのだろう。

「この調子だと、世界中の骨董屋さんを巡るだけで、宝物庫いっぱいの魔法具が見つかりそうですねぇ」

シュノンが軽い調子で言う。

「それも楽しそうだが、俺は色んな種族や色んな場所も見てみたいからなぁ」

「そして、シュノンをメイド長にしてくれるんですよね？」

「わかってる。忘れてないさ」

シュノンと話していると、街道が森に差しかかる。

俺はみんなと共に立ち止まり、リアンの頭を撫でた。

「よし、リアン。一つ頼んでもいいか？」

『なんだ』

「この森の中を、俺たちを乗せて突っ切ってほしいんだ。近道になる」

リアンの尻尾が、嬉しげに持ち上がった気がした。

『お前たちを乗せるのならば、身体を元の大きさに戻す必要があるが』

「森の中なら構わないだろう」

『承知した』

全員で街道を外れ、森の中に踏み入る。

しばらく進み、少し開けた空間に出たところで、リアンは身体を元のサイズに戻した。

初めて逢った時の巨狼姿だ。

瞬間、シュノンがリアンに飛び込み、その毛並みに恍惚《こうこつ》とする。

「至福のもふもふです～」

数秒してから、ハッとしたように離れる。

「移動でしたね。マーナルムちゃんのお仲間さんたちを一刻も早く助けに行かねばなりません！」

目的を思い出してくれたようだ。

俺たちが乗りやすいようにか、リアンが一旦地面に伏せてくれたので、まずは俺が彼の背によじ登り、またがった。

続けてシュノンだ。途中まで来たら、あとは俺が引っ張り上げる。

続いてマーナルムを、と思ったのだが。

「聖獣様の背に乗るなど、あまりに恐れ多く……」

『我は気にしない』

「ど、どうかご勘弁を……」

彼女は恐縮している。

信仰や敬愛の対象の背中に乗る、というのは、考えてみると抵抗があって当然かもしれない。

「無理強《むりじ》いはしたくないが、乗らないと移動速度がな……」

マーナルムだけ徒歩となると、馬より速いリアンの脚が活かせない。

「いえ、私も白銀狼族の端くれ、脚には自信があります」

『問題ないだろう』

「そう、なのか？　それなら一度試してみて、ダメそうならまた考えよう」

「必ずやご期待に応えてみせます！」

準備運動とばかりに、身体を解《ほぐ》すマーナルム。

「よいしょっと」

彼女をぼんやり眺めていた俺だが、背後から聞こえた声と背中に当たった感触に、意識が一気に持っていかれる。

シュノンが俺の背中に身を寄せ、腕を腰に回したのだ。

それはいい。シュノンもリアンの移動速度は一度見ているのだ。あの速さでは何かに掴まっていないと振り落とされてしまうだろう。俺もリアンに許可をとって、彼の白銀の体毛に掴《つか》まらせてもらっている。

問題は、シュノンが——巨乳だということだ。

幼い頃から共に生きてきた幼馴染への信頼なのか、それとも自分の武器を意識した上でからかっているのか。

どちらにせよ、彼女の柔らかな双丘は俺の背中に押し付けられて形を変えながらも、その柔らかさをこれでもかと主張していた。

「どうかしましたかぁ？　ロウさま」

その悪戯《いたずら》っぽい声色に、俺は確信する。彼女はわざと押し当てているのだ、と。

そういうことならばと、俺は負けじと応じることにした。

「いや、もっとしっかりと掴まったほうがいいんじゃないか？」

俺の言葉に、幼馴染のメイドはくすりと笑った。

「えっちなご主人さまですねぇ」

「それを言うなら、お前は悪いメイドだ」

「シュノンは小悪魔系メイドの素質があるのです」

「……そういえば、悪魔って実在するのか？　気になってきたな」

いるなら、是非見てみたいのだが……。

俺の意識が悪魔に向いたのを感じ取ったのか、シュノンが腕に込める力を強めた。

背中が感じる暴力的なまでの柔らかさと弾力が、更に圧力を増す。

と同時に、薄まったとはいえ鬼の血を引くシュノンの腕力が、俺の身体を締め付ける。

「シュノン、それ以上力を込められると、俺の背骨が折れてしまうんだが」

「折れたらポーションを飲ませて差し上げますので、ご安心をっ」

どうやら怒らせてしまったようだ。

「悪かったよ。ただの照れ隠しだったんだ」

「っ！　そういうことなら仕方ありませんねぇ。ロウさまってば素直じゃないんですから」

シュノンの力が少し弱まる。

今後は、シュノンに触れている時に別種族や魔法具について思いを馳せるのはやめておこう。

俺がそう心に刻んでいると、マーナルムの準備運動がすんだらしく、彼女が声を上げた。

「お待たせしました。マーナルム、行けます！」

「お、じゃあそろそろ出発しようか」

『うむ』

伏せていたリアンも、四足《しそく》で立ち上がる。

「わぁっ」

シュノンから声が上がった。

気持ちはわかる。

先程までもそうだったが、立ち上がると更に視点が高くなった。

まるで樹木か、そうでもなければ大型のオークにでもなったかのようだ。

「こ、これがリアンの景色っ。すごいですねぇ」

俺に引っ付きながら、シュノンは周囲を見渡して楽しげな声を上げる。

「そうだな。馬上の景色も高く感じたものだが、これはその上を行く」

『我も気をつけるが、振り落とされぬように』

「あぁ。地図によると、ここから西の方にしばらく行くと、だいぶ近道になる」

俺は指で大まかな方向を指差す。

『承知した』

リアンが一つ頷き、それから動き出す。

「うおっ」

グンッ、と引っ張られるような感覚。

髪が逆巻き、頬肉が揺れる。風を受けた服のバサバサという音がやけに大きく聞こえる。

そして、流れる視界のなんと速いこと。

リアンが気を遣ってくれているのか、移動による衝撃はほとんど感じない。

だからこそ、その速さに集中することが出来た。

「すごい！　すごいなリアン！」

「ひゃあっ」

シュノンはまだ楽しむ余裕がないのか、俺にしがみついている。

リアンは凄まじい速度を出しながらも、危なげなく木々の隙間を駆け抜けていく。

聖獣にまたがって森を駆けるという経験に感動していた俺だが、ハッともう一人の仲間のことを思い出した。

彼女を探すように視線を巡らせると、驚くべきことに――彼女はリアンと並走していた。

リアンは俺とシュノンを振り落とさぬよう加減してくれているようだが、それでも馬よりはよっぽど速いのだ。

なのに、マーナルムは二本の脚で俺たちの隣を走っている。白銀の髪を風に靡《なび》かせながら。

「す、すごいなマーナルム」

リアンに向けたのと同じ感嘆の言葉だが、俺の声には戸惑いの色が混じっていることだろう。

人の姿をしたマーナルムが馬より速く走っている姿は、どこか非現実的な光景だった。

「はっ、光栄です！」

白銀狼族はみんなこの速度で走れるのだろうか。

そんなことを考えてから、俺は視線を前に戻した。

◇

森を抜けて街道に出た俺たち。

まだまだ物足りなそうなリアンに再び小型化してもらい、徒歩での移動に戻る。

リアンの協力もあってかなりの距離を稼ぐことが出来た。

明日には、このカタラ領から、隣のエカーズ領に入ることが叶うだろう。

そうすればレンフェアまではそう遠くない。

旅路は概ね順調と言えたが、しかしちょっとした問題も起きた。

街道に設けられた関所で、ひと悶着あったのだ。

通行料を求められたのはいいのだが、兵士たちは女性陣のことも求めた。

俺がマーナルムのような美しい亜人の奴隷と、シュノンのような可憐なメイドを連れているのを見て、そこそこの金持ちと踏んだらしい。

通行料をふっかけられたところまでは許容出来たが、二人に手を伸ばそうとしたので斬――ることはなく、渋々演技をすることに。

このマーナルムはそちらの領主様に届ける予定の商品であり、可能な限り急いで届けるようにと命じられている、と。

どうしても我々を足止めするならば、領主様とお逢いした時に弁明をしたいので、是非とも貴方方《あなた》の名前を教えてほしい、と。

俺の奴隷商演技はそこそこだったようで、彼らは青い顔をしたあとに咳払《せきばら》いし、慌てて俺たちを通してくれた。

焦った彼らは、奴隷を徒歩で運んでいることや俺の若さなどに違和感を持てなかったらしい。

関所を通過した俺たちは、もう少し進むことに。

「さすがは主殿《あるじどの》です。奴らめ、最早八つ裂きにするほかないと思いましたが……主殿《あるじどの》の機転によって命拾いしましたね」

「ロウさまは昔から口も上手いんです」

シュノンは何故か誇らしげだ。

「しかし、今後もこういうことがあると思うと面倒だなぁ」

「ごめんなさい、ロウさま。シュノンが可愛いばっかりに……」

未来のメイド長がわざとらしく申し訳なさそうな声を出す。

「え、えぇと、私も、申し訳ございません……？」

シュノンの言葉には困惑しつつも、ここは謝るべきところと判断したのか、マーナルムも続く。

どうやらシュノンの冗談は通じていないようだ。

「お前らが謝ることじゃない。ただ今回限りってわけにはいかないだろうから、何か対策をしたいな」

「『薄影《はくえい》の仮面』を被ります？」

「それも考えたが、片方にしか使えないのがなぁ。似たアイテムがもう一つ見つかれば話は早いんだが」

『関所なる道を避ければよいのではないか？』

「バレずに通行出来るならそれでもいいが、もしバレたらその周辺での活動が面倒になる。あれだ、聖獣の縄張りに無断で魔獣が入ってくるみたいな」

『ふむ……。確かにそれは、排除の対象になるな』

「そうなんだよ。人間の場合は、捕まって何かしらの罰を受ける」

『理解した』

俺たちの戦力なら強引に関所を突破することも、あとから来るだろう追っ手を撃破することも出来るだろうが、その追っ手たちは職務を遂行しているだけの善良な兵士かもしれない。そういう者たちを傷つけるのは気分が悪いし、やはり問題は避けるに越したことはないと思う。

その時、どこからか鳥の鳴き声が聞こえた。

「空を飛べたら、関所なんて関係なく移動出来るんですけどねぇ」

シュノンが空を眺めながら、そんなことを言う。

「それはいいな。空を飛ぶ絨毯や空中移動要塞でも見つかるといいんだが。ドラゴンに乗って飛ぶ、ってのもあるか」

「あとは、空を飛ぶ箒《ほうき》も可ですね。魔女だけじゃなく、メイドにも箒は似合うと思うのです」

「箒だと、リアンが乗れないだろ」

「そこは、今より更に小さくなってもらって……」

『これ以上小さく、か……』

途中からただの雑談になってしまったが、俺はシュノンのアイディアを意外と名案なのではないかと思い始めていた。

飛行して移動することが出来れば、活動範囲もグッと広がる。

海や山を越えての移動が楽に出来るのは、とても魅力的だ。

今すぐとは言わないが、いつかは叶えたい。

雑談に加わっていなかったマーナルムが、神妙な声で俺を呼ぶ。

「あの、主殿《あるじ》」

「どうした？」

「今のお話ですが、その、空中移動……」

「空中移動要塞？　あ、要塞ってのは防御の為に建てられた城のことで……城はわかるか？」

生涯を森の中で過ごす一族にとって、要塞も城も馴染みのない単語だろう。

「はい、特別堅固な建造物ですね。その性質から、重要な人物の住居としても利用されるという……」

「まぁ、その理解で問題ないな。で、空を飛ぶ城がどうかしたのか？」

「……あれが城だったかは定かではありませんが、空中を移動する大地であれば、目にしたことがあります」

「――本当か⁉」

思わず立ち止まってマーナルムに顔を寄せると、至近距離で彼女と目が合う。

彼女からは、草原を吹き抜ける清涼な風のような、そんな香りが漂っているように感じられた。

吸い込まれそうな青い瞳が水面《みなも》のように波打ち、白磁の肌に朱が差す。

「マーナルム？」

「は、はいっ！　あれは一族が捕縛されたあと、森を出るまでの間でした。騎士共が何やらざわめき出し、空を見上げていたので視線を追ったところ、大地が空を飛んでいたのです」

「それだ！　森ってのはお前の故郷だよな……キルクって街から近いのか？」

「森を出たあとは馬車で二日ほど運ばれましたので……」

道の悪い森の中に、馬車では入っていけなかったのだろう。だから森の外までは捕らえた白銀狼族たちを歩かせたわけだ。その最中、マーナルムは空中移動要塞を目にした。

「遠くはないな」

「ですが主殿《あるじどの》、あの大地は移動し続けているようでしたので……」

今から森に行ったところで、見つけられるわけではない。

「わかってる。進行方向……いや、常に一定とは限らんか。それに移動速度もあるしな……。うぅん、探すのは難しいか。いや、騎士たちが気づいたなら、周辺の民も目にしてるかも……。目撃情報を辿っていけばいつかは……？」

空中移動要塞や空に浮かぶ孤島は、貧民窟のガキでも聞くような噂話の存在。

だが同時に、貴族にも目撃者がいるような存在でもある。

この世には魔法も魔法具も前世もあるのだ。空を漂う大地があっても不思議ではない。

「あ、主殿《あるじ》？」

「あぁ、いやすまん。大丈夫だ」

「は、はぁ……」

マーナルムの戸惑った顔に、俺は苦笑を浮かべる。

「もう気づいてるかもしれないが、俺は珍しいものに目がないんだ」

「真贋審美眼のような力をお持ちであれば、無理もないことかと」

白銀の少女は、俺の嗜好に理解があるようだ。

いや、ちょっと顔が赤い。俺の嗜好によってもふられたことを思い出しているのかもしれない。

「だが安心してくれ。リアンもマーナルムも仲間だし、お前の仲間や妹を助けるのが優先だ」

マーナルムは目を丸くしたあと、溢《こぼ》れるように微笑んだ。

「それは疑っておりません」

その笑顔はとても美しく、思わず見とれ——そうになったところで、邪魔が入る。

シュノンが俺とマーナルムの間に身体を割り込ませたのだ。

「いつまで見つめ合っているんですかっ！」

頬を膨らませながら、シュノンが俺たちの背中を押す。

そうして再び歩み出した俺たちだが、ほどなくして日が落ちかけてきた。

暗くなる前にと、街道沿いで野営の準備に取りかかる。

ここでシュノンに預けた便利魔道具たちの出番——なのだが。

肝心の彼女はというと、マーナルムに膝枕されていた。

マーナルムの腹のほうに顔を向け、横になっている。

「うぅ……お尻が……お尻が痛いです……」

シュノンが涙声で呻《うめ》く。

野営地点を決める少し前から顔色が悪かったのだが、理由が判明した。

「あー……そうか、そうだった。馬もそうなんだが、慣れない内は尻を痛めるんだよ」

皮を擦りむいたり、股間や座骨が痛くなったり。筋肉痛にもなる。

反動や衝撃を上手く殺すにはコツがいるのだ。

リアンは責任を感じているのか、気遣わしげにシュノンに顔を寄せる。

「大丈夫ですよ、リアン。リアンは精一杯動きに気を遣ってくれましたし、それなのにとっても速くて、すごかったですから……うぅ」

シュノンはリアンを撫でながら、弱った声を出した。

「マーナルム、シュノンの尻を診《み》てやってくれ。擦りむけてるなら、この塗り薬を使え。骨とか身体の内側が痛いなら、低位のポーションを置いとくからこれを飲ませるんだ」

俺はシュノンの背嚢《リュック》を漁《あさ》り、必要なアイテムをマーナルムに手渡す。

それから続けて、預けてあった魔法具も取り出し、野営の準備に取りかかる。

「承知いたしました。シュノン殿、失礼いたします」

「ぬぁっ!?　いきなりスカート捲《まく》らないでくださいマーナルムちゃん！　えっちな男子並みの躊躇い

のなさですね!?　あぁっ、せめてロウさまから少し距離をとって——って既にこちらに背中を向けている！　少しは興味を持ってもいいんですよ!?」

彼女の言う通り、俺は既に二人に背を向けていた。

「見られたくないのか、見られたいのか、どっちなんだ」

「見られるのは恥ずかしいけれど、関心は抱いてほしい乙女心なんです！」

後ろから聞こえる「シュノン殿、そう暴れないでください」「自分で！　自分で脱げるので！」「しかし臀部の状況を己の目で確かめるのは難しいでしょう。私にお任せを」「ひゃあっ！　まさか女の子にお尻を撫でられる日がくるなんて！　初めては獣欲を抑えきれなくなったロウさまって決めてたのに！」「なっ、撫でてなどいません！　私はただ怪我の程度を確かめようとしているだけでっ」「マナちゃんのえっち！」「んなっ!?　……ま、マナちゃん？」という仲睦《なかむつ》まじい女子トークを聞きながら、準備をすませる。

まずは『見えざる蚊帳』だ。

長さは指先から肘までくらい、太さは親指と人差し指で円を作ったらそこに収まるくらい、色は鈍《にび》色《いろ》。片側の端が尖っており、槍に見えないこともない。にしては短すぎるが。

それを地面にぶっ刺し、魔力を流す。

視覚的な変化はないが、集中すると僅《わず》かに魔力が放出されているのがわかった。

俺の注いだ魔力を、虫除けの魔法に変換して周囲に流しているのか。

魔法具の中には、特定の魔法が込められたものも存在するというので、その類のアイテムなのだろう。

俺が知っているのは、素人《しろうと》でも火球や風刃を飛ばせるという魔法の杖だが、虫除け魔法なんてものがあるとは。

そうなると、『絶えぬ灯火』も火属性魔法が込められた魔法具、ということになるか。

魔法の火が灯《とも》ったランプを開き、木の枝を突っ込んで火をもらい、焚き火《たび》に利用する。

火を熾《おこ》さなくていいのは楽だ。俺は一応魔法も使えるが、あれは加減が難しい。

魔獣戦で発動したが、実戦での使用はあれが初めてだったりする。

エクスアダン家の方針で戦闘用の魔法優先で習ったが、もう少ししたら生活魔法も学べた筈なので、それは少し惜しいなと思う。

生活魔法といっても戦闘魔法と属性が違うわけではなく、出力の差だ。

敵を燃やし尽くすのではなく、暖炉に火をつけるとか。水球で敵を包んで溺死させるのではなく、飲み水を生成するとか。魔力の少ない者でも、魔力操作をよく学べば生活魔法は使える。

俺は威力を抑える方向での鍛錬を積んでいないので、生活魔法はまだ難しい。

「あっ、料理、シュノンが料理しますのでっ！」

「今日のところは俺に任せておけ」

「主人に料理させるなんて……メイド失格、です」

背後でシュノンが落ち込むのがわかる。

料理、といっても作るのは簡単なスープだ。あとは堅いパンと干し肉を食べる。

お貴族様の食卓に並ぶ料理には劣るどころではないが、特段気にならない。

美味《うま》い飯にありつければありがたいが、野宿でそれを求めるほどの熱量はない。

マーナルムやシュノンからも文句は出なかった。

尻を庇うように座りながら食事していたシュノンは、味どころではなかったのかもしれないが。

ちなみに聖獣であるリアンは、食事の必要がないとのこと。

空気中の魔力を吸収する能力があり、それが食事に近いのだとか。

周辺の魔力濃度が薄かった時など、食べ物などから魔力を得ることも可能だそうだ。

食後、ぱちぱちと薪《たきぎ》の爆《は》ぜる音を聞きながら、各々好きに過ごす。

マーナルムは周辺の警戒をすると言って少し離れている。

リアンは焚き火の炎をぼうっと眺めていた。

シュノンは荷物整理や、『洗濯袋』の機能確認。

今日の出発前に入れていた洗濯物は、確かに清潔になっていた。これは便利だ。

シュノンも「ふぉおっ」と感動している。

俺も自分のアイテムを確認しておこう。

今日は使用していないが、兄にもらった『始まりの聖剣』を汚れていないか確認。こいつは綺麗好きらしく、手入れを怠ると消えてしまうというのだ。

刀身は問題ないので、柄と鞘を綺麗にしておく。

次に『倍々の壺』だ。昨日の内に入れておいた金貨銀貨が、きっちり倍になっていた。

普通の買い物をする分には銀貨のほうが使い勝手がよいので、こちらも増やすことにしたのだ。

一旦壺の中身を全て取り出し、増やしたい分を再度投入。一度取り出すのは、壺の効力を発揮するために必要な行程だった。増やすには『壺に入れる』ところから始めねばならない。

増やす用の金貨を壺に入れ、残りは金貨と銀貨を分けて、それぞれ革袋に入れていく。

金を複製することに抵抗がないでもないが、これのおかげでマーナルムが救えたという事実もある。

金は有用な道具で、いつ必要になるとも知れない。金が足りない所為で死ぬ者や、金があれば救える者は沢山いる。そういった問題に直面した際に役立つことを考えれば、やはりこのアイテムを使わないという選択肢はない。

「ロウさま？　どうしたんですか？」

シュノンに声をかけられ、俺は自分が一枚の金貨を眺めていたことに気づく。

袋に収める直前に、物思いに耽《ふけ》っていたようだ。

「いや、俺は結構、悪い奴なのかもしれんと思ってな」

「それはそうだと思いますけども」

シュノンが「何を当たり前のことを……」とでも言いたげに、俺を見ている。

「そうだよな。これ、通貨偽造だもんな」

「はい？　あの、ロウさま。シュノンが言っているのは、昔のことですよ。ロウさま、人を殴ったりものを巻き上げたりしていたじゃないですか」

「あぁ、あれか」

貧民窟での生活は苦しいものだった。口より先に手が出るような輩ばかりの中、平和に暮らしていくことは難しい。喧嘩もしたし、人から奪う者からは逆に奪ったりもした。

「メイドになるまで知らなかったのですが、人を殴るのは犯罪だそうですよ」

「俺も、最初にそれを聞いた時には驚いたな」

なにせ、貧乏人が貧民窟で喧嘩してようが、それを咎めに来る役人などいなかった。

子供を暴力で屈服させて笑う大人のほうが多い地域で、正しい生き方を学ぶのは難しい。

「なので、ロウさまもシュノンも犯罪者です」

「あはは、確かに」

自分は間違ってないとか、そういうことは思わない。悪いことをしたなら、知らなかったとしても犯罪者だ。進んで罰を受けたいとも思わないので、これは単なる開き直りかもしれないが。

「でも、ロウさまはシュノンを助けてくれて、リュシーさまには優しいお兄ちゃんで、マナちゃんのことも救い出しましたし、これからマナちゃんのお仲間さんや妹さんも助けようとしています」

「お前だって母さんの世話をしてくれたり、リアンにポーションかけたりしてただろ」

「ならシュノンたちは、いいこともする犯罪者ですね」

そう言って、シュノンは悪戯っぽく笑う。

「……そうかもな」

つられるように笑って、この話は終わりにする。

旅を始めてから最初の野宿は、思っていたよりも悪くなかった。

◇

その後《ご》、俺たちは無事にレンフェアに到着。

街を散策して魔法具を探したい気持ちをグッと堪《こら》え、情報収集に徹した。

森の中にあるというダンジョンを直接目にした者こそいなかったが、さすがに隠し通せるものでもなかったようで、大まかな位置は程なくして判明。

ダンジョン発生時には『変動』が起こる。たまたま平原や更地に出現するならばいいが、ダンジョンは人類に気を遣って出現することはない。びっしりと草木の茂る森の中であったり、海の真上であったり、時には都市の中心部であったりと、法則性がないのだ。

元々そこにあったものは全て、ダンジョンに上書きされる。消失するのだ。動植物も無生物も、呑み込まれてしまえばおしまい。二度と取り戻せない。

この上書きを『変動』と呼び、周辺地域にその余波が及ぶこともある。

地震、土砂崩れ、津波、動物や魔物の異常行動、時には雷雨や嵐を呼ぶこともあるという。

この街では、地震として表れたようだ。

ここらでは地震など滅多なことでは起きないので、それだけでも一大事なのだが……。

そのあたりから領主の動きが慌ただしくなったのだというから、怪しい。

実際に彼は白銀狼族の奴隷を買い占め——マーナルムは当時売り物ではなかったので、これを逃れたのだ――ダンジョン攻略用の人員とした。

俺にマーナルムを売った商人がダンジョンの件を知っていたことを見るに、領主は情報を隠すのが得意な御方ではないのだろう。

奴隷を指揮する者、見張る者、ダンジョン周辺の警備、怪我人を癒やす治癒師などといった人材面。

白銀狼族に持たせる武器防具、緊急時のポーションなどといった装備面。

地面に寝て草を食《は》むわけにもいかないから、必要な道具や食料の用意も欠かせない。

ダンジョンが発生したら王都に報告する義務があるが、この領主はその前に一稼ぎしたいのだろう。

だから急いで準備を進めたし、その分、色々と疎《おろそ》かになった。

街から運び出される物資の向かう先などから、大まかにダンジョンの位置を知られてしまうほど。

俺たちは領主の手の者に悟られぬよう、やや遠回りをしながらダンジョンへ接近。

正確な位置を把握せずとも問題なかったのは、リアンとマーナルムのおかげだ。

リアンは眷属を感じ取ることが出来、マーナルムは鋭敏な嗅覚で仲間の匂いを探れる。

大体の場所さえわかれば、あとは聖獣と白銀狼族の力で詳細な位置が判明するというわけだ。

「あれか」

ダンジョン……というより、ダンジョンの入り口は、凸型の建造物だった。石造りで、全体的に土色をしている。最近出現したという割には古びた感じがするが、ダンジョンのイメージには合っている。出入り出来そうな箇所は一つで、扉はなく、代わりに洞穴のような空洞が設けられていた。

「思ったよりも小さいですね？」

シュノンが言う。

確かに、あれが普通の建造物だとすれば、一家族で暮らすのが精々だろう。

「重要なのは入り口部分で、他は飾りなんだ。境界線が引かれていたり、特定の手順を踏むことでことは違う世界――異界に入れるってパターンの話もあるが、ダンジョンの場合は『扉』『建造物』『洞穴』といった具合に、視覚的に『移動』を連想させるものが多い」

そこまで言って、俺は仲間たちの視線が集まっていることに気づいた。

……少々熱く語りすぎていたようだ。

「と、本に書いてあった」

誤魔化すようにつけ足す。

嘘ではない。エクスアダンの家で暮らしていた時は、読書で時間を潰すこともあった。さすがは辺境伯家、蔵書量も中々で、退屈を紛らわせるのに役立った。

そこで得た知識を、自分が嬉々として語る時がくるとは、当時は思いもしなかったが。

「さすがは主殿《あるじどの》、博識ですね」

「沢山の本を読んでいましたもんね」

マーナルムもシュノンも、茶化すことなく温かい視線を向けてくるのが、妙にこそばゆい。

「悪いな、マーナルム。今はそれどころじゃないだろうに」

「いえ、お気になさらず。ここに来るまでに、心を鎮める時間は充分にありましたので」

俺たちは今、ダンジョンの入り口周辺を見下ろせる位置にいる。

俺たちの姿は木々が覆い隠してくれているので、容易には見つからないだろう。

そして、入り口の近くには幾つもの天幕が張られていた。

あのどれかが、白銀狼族を押し込むためのものに違いない。

『……妙だ。眷属の存在の痕跡が、ここで途切れている』

「聖獣様の仰る通り、匂いは残っていますが、これ以上辿れません」

「ダンジョンの中に入っているから、でしょうか？」

こてんと首を傾げるシュノンに、俺は頷く。

「ダンジョンも一種の異界だからな。あの入り口を通ったら、どこか別の世界に飛ばされるも同じなんだ。逆に言えば、リアンもマーナルムも追跡出来ないなら、白銀狼族のみんなはダンジョンに潜っているってことで間違いない」

異界というものをリアンたちがすぐに理解出来たかはわからないが、状況は把握してくれたようだ。

「つまり、待っていればあの入り口から仲間たちが姿を現す、ということですね？」

「だな。今の内に、出来るだけ敵の人員や装備、配置を確認しておこう」

「そして、マナちゃんのお仲間さんが出てきたら、一気に救出ですか!?」

「いや、それは危険だな。ダンジョン内に領主の手の者がどれだけ随行してるかわからないし、マーナルムの仲間たちが怪我しているかもしれない」

「た、確かに……」

シュノンがずーんと落ち込む。軽率なことを言ったと後悔しているようだ。

「では、敵が我が同胞の治療を終え、天幕なり牢なりに押し込んでから決行、でしょうか？」

「そうなるが……決行は夜にしたい」

『我や眷属であれば夜目も利く。敵との戦いを想定し、優位性を確保しようというのだな』

リアンの順応性には毎度驚かされる。

並の人間と白銀狼族の差異を知る時間も少なかっただろうに、既にそれを利用した戦い方にまで思考が回るとは。

「それもあるが、そもそも俺は領主軍の奴らをなるべく傷つけたくはないんだ」

「……理由を伺ってもよろしいでしょうか？」

マーナルムの表情がやや険しくなる。

彼女の気持ちを考えれば当然で、眼下に見える兵士たちは、白銀狼族を奴隷として扱い、監視している者たちなのだ。

しかし奴隷自体は現状合法であり、違法な手段で白銀狼族を捕らえたのはあくまで聖騎士団の連中である。一介の兵士たちに、領主の奴隷の入手手段など知る由《よし》もないし、疑問に思ったところで藪《やぶ》をつつくような真似は出来ないだろう。

彼らは自分や大切な者の生活を養うため、ダンジョン周辺の土地を警備、維持しているにすぎない。

しかし、それらを滔々《とうとう》と説いたところで、マーナルムの感情を納得させるのは難しいというのも理解していた。

「この救出作戦が成功したとして、その先の展開は二つある。敵に被害を出さずにすんだ場合、これはただの奴隷の脱走事件で終わる。領主一人が大損するわけだな」

警備していた者たちも責任を問われるかもしれないが、さすがにそこまでは気を回せない。

関わる者全てに迷惑をかけず、穏便な手段で幸福な結果を……というわけにはいかないのだ。

「もし敵の兵士を殺したりした場合、俺たちは『仇《かたき》』となってしまう。死んだ兵士の仲間、友人、家族は白銀狼族全体を強く恨むだろうし、俺たちの追跡にかける熱量も変わるだろう」

聖騎士団に仲間を殺され、妹や自分を含む一族が捕らえられたからこそ、この話はマーナルムにも通じるだろう。

仇敵への怒りや憎しみという感情は、彼女も知っているものだから。

「……理解しました。少なくとも、今回彼らを殺《あや》めることは、このあとで妹を救い出すことを考えた時に、好ましくないということですね」

「あぁ、そうだな。お前の妹を救出しようって時に、後ろから怒りに燃えた奴らが追いかけてきたんじゃ、やり辛いだろ」

マーナルムは俺の話を理解してくれた。

それと同時に、暗にこう言っているのだ。

あの兵士たちを見逃すことには合意するが、次回もそうとは限らない、と。

さすがに、一族の仇である聖騎士団を前にした際は、先程のような詭弁《きべん》は通じないだろう。

俺もそれは理解している。

◇

数時間後、ボロボロの白銀狼族がダンジョン入り口から姿を現した。

幾つかのグループに分けてダンジョン攻略をさせているらしく、帰還は一度に全員ではなく、断続的だった。その数、実に四十三人。

マーナルムとその妹を合わせても、四十五人。

皆一様に表情は暗く、傷ついた者も少なくない。

「……数が足りません」

マーナルムが強く拳を握り、歯で磨《す》り潰《つぶ》したような声を漏らす。

村で聖騎士団に逆らって殺されてしまった者を除いてもまだ足りないというのなら、おそらくダンジョン攻略中に命を落としてしまったのだろう。

ダンジョン内には無数の魔獣やトラップが潜んでいるというから、それによるものか。

「もう少し、待ってみよう」

俺の口から出たのは、そんな気休めだった。

結局、それ以上の生還者は現れなかった。

治療を施された白銀狼族たちはグループごとに天幕に押し込まれ、各グループの監督者である兵士だけが離れていく。

「…………」

静かに怒りを募らせるマーナルムを、シュノンが気遣わしげに見つめていた。

『ロウよ、夜まで待ったあとはどうする』

「気になるところもあるが、作戦はシンプルなものでいこうと思う」

ダンジョン入り口の警備、白銀狼族の監督・監視役、治癒師やその他の人員。

全て合わせても三十名に満たない。

最小限の人材で、この施設を回しているように思える。

様々な理由があるのだろうが、大きなもので言えば二つか。

一つは、白銀狼族の集団を支配下に置いている、ということ。

ダンジョン攻略もそうだし、もし襲撃などがあっても、奴隷である白銀狼族に命じて対応させればいい。白銀狼族を数に入れれば、ここに詰める人員の総数は七十名ほどになるわけだし。

奴隷の主《あるじ》は領主に設定されているのだろうが、彼がいない場合の代理も指定しているのだろう。

『俺がいない時はこいつに従え』とでも命じ、それに反した時の『罰』を設定しておけばすむ。

観察してわかったが、この主人代理の数は限られている。

このキャンプの指揮官と思《おぼ》しき兵士と、ダンジョン攻略に同行した兵士たちだけだ。

これが合計六人。

その六人は白銀狼族への接し方に余裕や傲慢《ごうまん》さを感じたが、天幕の外で奴隷の監視についている兵士たちはどこかビクビクしていた。

奴隷たちが逆らわないと上官の言葉で理解していても、自分たちには奴隷を制御する術《すべ》が与えられていないので、恐怖感が拭えないのだろう。

もう一つは、その六人の装備だ。

俺たちも持っている『衝撃代理負担の腕輪』と思しき腕輪に加え、他の兵士とは異なる武器防具が確認出来た。

真贋審美眼で詳細を把握するには距離が遠すぎたが、ただの格好つけではあるまい。

この六人は監督役と緊急時の重要な戦力として、特別に魔法具が与えられていると考えられる。

俺はそのことを仲間に説明してから、作戦を伝える。

「作戦は単純だ。突っ込んで全員無力化する。優先順位は、命令権を持つ六人、治癒師、兵士の順だ。さっきも言ったように、殺しはなしで頼む」

◇

夜。月は出ているが、その明かりは木の葉に遮られて森の大地までは届かない。

『変動』によって大地が剥き出しとなった一画はまだマシだが、月光だけでは心もとないのか火が焚《た》かれていた。

それでも、闇の全てを払うにはとても足りない。

俺たちは夜陰《やいん》に乗じてキャンプに侵入。

現在、リアンには小さくなってもらっている。

命令権を持つ六人の内、五人は同じ天幕で就寝。残る一人は一人で一つの天幕を利用しているようだった。

俺は途中で仲間と分かれ、指揮官用の天幕へ向かう。

目的地に到着すると同時。

少し離れたところから、天幕が引き裂かれ、ものが押し潰される音と共に、兵士たちの叫び声が聞こえてきた。

巨狼の姿に戻ったリアンが、五人の天幕に飛びかかったのだ。

指揮官の天幕の外には、警備の兵士が一人立っていたが、彼の排除は難しくなかった。

鞘に収まったままの聖剣で頭部を殴打すると、すぐに倒れる。

そのまま天幕に押し入ろうとした俺だったが、寸前で殺気を感じ――大きく後ろに跳んだ。

一瞬遅れて天幕から三つの穂先が飛び出し、即座に引っ込む。残るは、横並びになった穴だけだ。

回避が遅れていれば、その穴は俺の身体にも開いていたかもしれない。

天幕から出てきた男の手に握られているのは、三叉《みつまた》の槍。

男は四十近い白髪《しらが》交じりの男で、屈強な肉体に性格の悪そうな顔をくっつけている。

「どうした？　迷子か？」

奴は倒れている部下を一瞥したものの、表情を変えることなく俺に冗談を飛ばす。

既にキャンプ内は混乱に陥っており、怒号や破壊音が飛び交っているが、慌てた様子はない。

目の前の俺を始末してから白銀狼族のもとへ向かい、賊退治を命じれば事態はすぐに収拾すると思っているのだろう。

「あぁ、実は白銀の毛並みにもふもふの耳と尻尾をした四十三人とはぐれてしまったんだ。よかったら案内してくれるか？」

「ふっ」

嘲笑《あざわら》うように口の端が歪められたかと思うと、次の瞬間には穂先が迫っていた。

「くッ……！」

剣を抜く暇はない。

鞘に収まったままの聖剣をはね上げるように振るい、槍の軌道をずらす。

「……ほう」

壮年の兵士から溜息のように放たれた声には、僅かに感心が宿っているようにも聞こえた。

「今のを避けるか。ただの賊ではないな」

「ありがとう。目がいいんだ」

嘘ではない。

男の槍を初見で回避するのは、確かに難しいだろう。

この三叉の槍は魔法具だ。真贋審美眼に情報が表示されたので間違いない。

突きに合わせて柄が伸びるという能力を有しており、間合いを読むのが難しい。

伸びる刺突と言うとシンプルだが、それ故に厄介だ。

逡巡《しゅんじゅん》。

俺は男に見せつけるように、聖剣を鞘から引き抜く。

月光に照らされて白く輝く刀身は、真贋審美眼などなくとも至高の名剣であると感じ取れるだけの美しさがあった。

実際、男は剣を抜いた途端に俺への警戒度をはね上げたようだ。

これだけの名剣の使い手ならば、考えなしの賊では有り得ないと考えたのか。

――ありがたい。

そのまま槍と剣の勝負に発展することは、なかった。

俺が魔法を使ったからである。

「な――ッ」

俺の眼前の空間から、凄まじい勢いで大量の水が放出され、男に打ち付けられた。

急流に巻き込まれてしまえば、槍の腕など関係ない。

男は水の勢いに槍を取り落とし、そのままに吹き飛ばされた。

自分の天幕に突っ込み、その覆いをも巻き込んで後方へと消えていく。

「聖剣使いが、剣士とは限らない」

男は自分の槍に自信を持っていたからこそ、同様に素晴らしい剣を持つ俺が、互いの得物《えもの》での戦いを始めるものと思い込んだ。

だが俺に剣士の矜持《きょうじ》はない。

敵が『衝撃代理負担の腕輪』を着用しているなら、加減の心配なく魔法をぶっ放せる。

俺は聖剣を鞘に収めると、敵の落とした三叉の槍を拾い上げた。

聖剣であればこの槍を断ち切ることも出来たが、それは避けたかったのだ。

指揮官に指示を仰ぎに来たのか、それとも指揮官が天幕を巻き込んで吹き飛んだ音を聞きつけたのか、一人の兵士が近づいてくる。

「お、おい！　何してる！」

俺は柄と穂先を逆にして構え、石突《いしづき》を敵のいる方向へ突き出す。

すると柄が延伸し、石突が兵士の腹部に的中。鎧がボコッと凹み、兵士は呻き声を上げてから倒れた。その頃にはもう、柄の長さは戻っている。

伸びるのが穂先ではなく柄であれば、逆に持つことで伸びる棍《こん》のようにも使えるかと思ったのだが、上手くいった。

ただこの魔法具の場合は『突く』という動作が伴わないと能力が発動しないようなので、そこには注意しなければならない。『振るう』動作ではダメなのだ。

俺は槍を担ぐように持ち、仲間たちに合流すべく歩き出す。

◇

無力化した兵士たちは、武器を没収した上で縛って放置。

命令権を持つ六人を欠いたことでキャンプ内に生じた混乱を突き、俺たちの奇襲は見事成功。

最後のほうは投降する者もいたくらいだ。

いくらマーナルムやリアンが頼りになるとは言っても、真っ昼間に堂々と突っ込んでいたらもう少し手こずっただろう。

ちなみに、シュノンは俺の目に映らないところで七人ほど拳で仕留めたという。

彼女が大活躍したのは、どちらかというと無力化後《ご》に彼らを縛る作業だったが。

シュノンの背嚢《リュック》の膨らみが増しているのは、命令権持ちの兵士たちから魔法具を回収したからだ。

「マーナルムッ！　マーナルムだよな⁉」

リアンが首輪を破壊したことによって、四十三名の白銀狼族たちは無事に解放された。

その内の一人、二十歳《はたち》近い男がマーナルムに気づく。

「マーナルム！」「助けに来てくれたのか！」「聖獣様は我々を見捨てなかった！」

と次々に歓喜の声が上がる一方で――。

「……もう少し早ければ」「その人間たちはなんだ？」「そ、それにこの聖獣様は、我々の森にいらした方とは違うのでは……？」「何故敵を生かしているんだ？」

誰もがすぐに喜べるわけでもないようだ。

俺が呼ぶと、彼が頷くように頭を揺らす。

「リアン」

『眷属たちよ。疑問は尽きぬだろうが、今はこの場を離れるのだ』

白銀狼族にとって、聖獣は信仰の対象。

多少の疑問や不満は置いて、指示に従うには充分な相手。

俺は巨狼状態のリアンにまたがる。シュノンを引っ張り上げる時、彼女が一瞬「うっ」と表情を歪めたのは、尻の痛みを引きずっているのか。

少し可哀想《かわいそう》だが、今はそこを気遣う余裕はない。

聖獣が人を背中に乗せたことに驚いている白銀狼族たちに、声をかける。

「みんな、聖獣様についてきてくれ」

しばらく走り、ダンジョン入り口からそれなりの距離が開いた頃。

「そろそろ説明してもらえないか」

一人また一人と立ち止まり、歩みが止まる。

リアンもマーナルムも止まった。

「そうだな。このままじゃみんなも不安だろう」

俺はここまでの経緯をざっくりと説明する。

話が終わると、それが真実であると保証するようにマーナルムが声を上げた。

「この方の話は事実だ！　このロウ殿とシュノン殿は聖獣リアン様の危機を救い、私の命を助けてくださっただけでなく、残る同胞を解放すべく力を貸してくださった！」

「聖獣様がお背中に乗ることを許していることからも、ただの人間じゃないのはわかる。実際、俺たちは助けてもらったわけだしな。だが、理由は？」

声を上げたのは、解放後最初にマーナルムに声をかけたのと同じ青年だ。

当然の疑問だ。

ここで彼ら彼女らを納得させられるかどうかで、今後の動きのスピード感はグッと変わるだろう。俺を認めてマーナルムの妹奪還に協力してくれるのが最善だが、不信感を持って別行動となることも有り得る。

「初めてリアンとマーナルムを目にした時、俺はその美しさに震えた」

全員が俺を見ている。

「今では、リアンとマーナルムの見た目だけでなく、内面にも惹かれている。種族は関係ない。俺は二人が好きだ」

なるべくシンプルに。深く考えるまでもなく、放った言葉が通じるように。

「その二人が、お前たちを助けたいと言った。理由はそれだけだ」

夜の森にも、音はある。風の音。それに伴う葉擦れの音。虫の鳴き声。小動物の動く音。それに、この場にいる俺たちの呼吸音や、土や木の葉や木の根を踏む音、身じろぎした時の装備の擦れ合う音。耳を澄ませば、少し遠くから川のせせらぎのような音も聞こえてくる。

それなのに、俺の言葉は無音の空間に染み渡るように響いているようだった。

この場にいる者たちが俺に意識を向けているから、そう感じるのだろうか。

「……俺たちは貴族とかいう奴の奴隷だった。普通の人間はあいつが恐ろしくてならないんだろ？　兵士たちの態度を見てりゃわかる。あんたは、聖獣様とマーナルムが好きってだけで、貴族に逆らったってのか？」

「そうだ」

青年の問いに即答する。

彼が呆気にとられている内に、畳みかけるように続ける。

「お前たちならどうする？　愛する者が悲しんでいる。聞けば、大事な仲間が悪人に囚われているというじゃないか。手に負えないからと聞かなかったことにするのか？　助けようと動くのは、そんなにおかしなことか？」

彼に目を合わせ、視線を逸らさずに言う。

「……いや、おかしくない」

青年の言葉を皮切りに、他の者たちからも声が上がる。

「そうだ！　私だって同じことをする！」「愛する者のために戦う！　当たり前のことだ！」「聖獣様の素晴らしさがわかるとは、お前はいい人間だな！」「マーナルムを選ぶのも趣味がいい！　なにせ村の若者では一番の戦士だ！」「人間の戦士ロウ殿に感謝を！」「剛力の女戦士シュノンにも感謝を！」

次々に雄叫《おたけ》びが上がる。

仮にも逃走中なので避けたいところだが、口を挟むのも野暮だろう。

夜でもわかるほどに赤面したマーナルムと、背後で頬を膨らませているシュノンが気になると言えば気になるが、まだ白銀狼族たちに言わねばならないことが残っている。

「奴隷の立場から解放されたばかりで悪いが、俺からみんなに頼みがある。今も囚われの身である

「マーナルムの妹を助けるのに、力を貸してもらいたいんだ」

月夜に、救出した四十三人の青い瞳が燃えるように輝いて見えた。

「もちろんだ！」「あの子は俺たちの同胞だ！」「どこに囚われている！」「セイキシの連中じゃないか⁉　あいつら、あの子の力を悪用してるに違いない！」「許せん！」

妹の話題になり、マーナルムの表情が変わった。

精悍《せいかん》な顔つきで、皆の前に進み出る。

「みんなはもう自由だ。村の場所は聖騎士共にバレてしまい、姿を消した聖獣様の行方も不明だが、違う場所でやり直すことは出来るだろう。それでも力を貸してくれるというのなら、その上で一つ頼みがある」

そしてマーナルムは、一度俺を見てから、視線を仲間たちへと戻す。

「私は、この方を信じると決めた。妹を救うため、みんなも彼を信じ、ついてきてほしい」

返事は森中に轟《とどろ》く雄叫びだった。

この日、希少種族である白銀狼族四十三人が、仲間に加わった。

ダンジョン攻略をも生き抜いた猛者《もさ》たちだ。

彼らを頼もしく思う一方で、俺はあることを考えてしまう。

マーナルムの妹を救出するまではこのままいくとして、そのあとはどうなるのだろう。

彼らと別れることになるのか、それともその後も行動を共にするのか。

後者となると、考えることが山積みだ。

これだけの大所帯での旅となると、こっそりとはいかないので、何か考える必要があるだろう。

グループ分けをして移動するとか、拠点を設けて必要に応じて人員を投入するとか。

白銀狼族は希少種族だから、悪質な奴隷商人や聖騎士たちに狙われる危険もある。

……あぁ、マーナルムが見たという空中移動要塞が手に入れば楽なのに。

そんなことを頭の隅で考えながら、まずはマーナルムの妹奪還に集中せねばと意識を切り替える。

その前に、この雄叫びの合唱はいつ終わるのだろうか。

第四章◇万物を生む乙女

「なぁ、兄ちゃん」

誰かに声をかけられ、俺の意識が現実に引き戻される。

人を待っている間、ぼうっと昔のことを思い出していたのだ。

白銀狼族の集団を救い出し、マーナルムの妹奪還に向かったのも、もう五年前になる。

当時は前世に覚醒したばかりだった俺も、二十歳になったわけだ。

「兄ちゃん、見ない顔だな」

俺は酒場のカウンターに一人でいた。

一度目に無反応だった俺に再度声をかけてきたのは、赤ら顔の中年男性だった。

俺は木樽ジョッキの中のミルクを一口飲んでから、今度は応じる。

「あぁ、旅をしているんだ」

とっくに成人しているので酒でもいいのだが、生憎《あいにく》とこのあとに用事があるので控えていた。

「へぇ～。この街はなぁんもないだろ」

「そうでもないさ。来る途中、花畑を見た。綺麗だったよ」

事実、色鮮やかな花々が一面に広がる様は圧巻だった。

「そうかそうか」

酔っぱらいは気をよくしたらしく、俺の隣にドカッと腰を下ろした。

……まぁ今は暇だからいいんだが。

「そういや最近、この街で噂になってることがあるんだが、兄ちゃん知ってるか？」

「いいや、ここには昨日来たばかりでね。教えてくれるか？」

男は何故か、小声で囁くように話し出す。

「あれを見たって奴が沢山いんのよ。ほら、最近話題のあれだよ。なんつったっけ、空中移動……要塞？」

「……あぁ、聞いたことあるよ。この街でも話題になってるのか？」

「そりゃあもちろんさ！　国中の話題なんじゃねぇの？」

今、このあたりの国々を騒がせている集団がいた。

そいつらが最初に起こしたとされる事件が、『奴隷となった白銀狼族の群れを盗んだ』というもの。

その後《ご》、そいつらは各地で希少種族の奴隷を解放し始めた。

貴族や商人が保有する特殊な魔法具を盗むこともあったという。

一夜でダンジョンを攻略して、宝をごっそり回収していったこともあったそうだ。

様々な者たちが彼らを捕まえようと躍起になったが、いまだ首魁《しゅかい》が誰なのかさえわかっていない。

たまに構成員を捕らえても、彼らは決して仲間を見捨てないので、すぐに奪還されてしまう。

だが一つ、彼らの本拠地だけはわかっている。

空に浮かび、移動する要塞だ。

竜にでも乗らない限り近づくことも出来ない上、こんな話もある。

竜を使役する前世持ちが要塞に近づいたが、何故かそこで竜が命令に従わなくなり、帰還せざるを得なかった、というものだ。

その集団自体も竜を従えており、今や要塞に侵入出来る戦力などどの国にもないと言われている。

「そいつらの空飛ぶ要塞が来たってことは、このあたりにお目当てのものがあるのかもな」

俺が言うと、酔っぱらいの目がキラリと光った。

「それをみんな噂してんのよ。さっき兄ちゃんが言ってたけどよ、この街で誇れるもんなんて花しかねぇから」

「花壇に彩りが欲しくなったんじゃないか？」

俺の冗談に、男は大笑いして肩をバンバンと叩いてきた。

「はっはっは！　それなら平和でいいんだがなぁ」

「まぁ、大丈夫さ。あいつらは、一般人には手出ししないんだろ？」

「そういう話だけどな。今、街ではこの噂で持ち切りさ。一体誰が、何を隠し持って狙われてるんだってな」

「なるほど」

男の話に適当に相槌《あいづち》を打っていると、店の入り口にローブ姿の客が入ってくるのが見えた。

フードで顔を覆っているので顔は見えないが、俺には誰だかわかった。

「連れが来たみたいだ。そろそろ行くよ」

席を立つ。

「おっそうか。んじゃあ、楽しい旅をな」

「あぁ。そうだ、話を聞かせてくれた礼に」

俺は懐から銅貨数枚を取り出し、カウンターに置く。

「おっ、こりゃありがたい」

男はニヤッと笑い、酒のお代わりを注文。

俺はそのまま去ろうとしたが、背中に男の声がかかる。

「そうだ兄ちゃん、ついど忘れしちまったんだが……あいつらの名前ってなんだっけか」

その集団の名は――。

「――『楽園』だよ。そう呼ばれてた筈だ」

俺は一度だけ振り返り、男性にそう答えた。

自分たちで名乗り始めたわけではないが、いつからかそう呼称されるようになっていたのだ。

◇

店を出てしばらくしてから、ローブ姿の仲間が口を開く。

「お待たせしました、主殿《あるじどの》」

白銀狼族の女性、マーナルムだ。

五年の歳月を経て、彼女はより美しくなった。今は隠れているが、白銀の長髪も、もふもふの耳と尻尾も健在だ。

今では俺の右腕的な存在になっている。

「いいさ。あのおっちゃんの話も退屈しなかったよ」

「そうなのですね。あの男が主殿《あるじ》の背中を叩いている様子を見て、腕を圧《へ》し折《お》るべきか悩んでいたところでした」

「思い留まってくれてよかったよ」

マーナルムはたまに怖いことを言う。

「それより、このあたりでも俺たちは有名らしいぞ」

「主殿《あるじ》の御威光は、いずれ世界中に轟くでしょう」

マーナルムは誇らしげだ。

この五年間ずっと一緒に行動していたのだが、その間にマーナルムの忠誠心は相当に高まってしまった。

「あんまり有名になりすぎても、動きにくくなりそうだが……」

「いえ、『楽園』の存在が広く知れ渡るほどに、今を苦しむ者たちの希望となります」

「俺は、珍しいものを集めて回ってるだけだよ」

俺の言葉に、マーナルムが鈴を転がすように笑う。

「ふふっ。真贋審美眼の示す希少度ですか。ですが、楽園の地には希少度のつかない元奴隷も沢山住んでいます」

空飛ぶ要塞の土地は広く、俺や仲間たちだけで暮らすには広すぎる。だから、旅の道中で拾った者たちも受け入れているだけだ。

ちなみに、聖獣リアンは要塞の地を住処と定め、シュノンはメイド長として忙しくしている。

今でも一緒に過ごしているが、荒事が得意な仲間も増えてきたので、適材適所だ。

「……ついでだついで」

俺は【蒐集家】に目覚めたし、確かに珍しいものを欲する気持ちが強くなった。

だが、真贋審美眼の希少度を絶対とすることはない。

俺はニホンで生きたクロウではなく、この世界で生まれたロウなのだから。

「それより、盗賊団の情報は手に入ったのか？」

今回、マーナルムには情報収集を任せていた。

本来であれば希少種族であるマーナルムよりも、普通の人間である俺のほうが向いているのだが
……。

彼女は『薄影の仮面』を着用してまで、その役目を買って出たのだ。

「はい、複数人から証言を得ました。中には、奴らに荷を奪われたという商人も」

「よく生きてたな」

「肩に矢が当たったそうですが、そのまま死んだふりをしてやり過ごしたのだとか」

「それは中々の根性だ」

それにしても、獲物の生死の確認を怠るとは、詰めの甘い盗賊だ。

「えぇ。そして、やはり並の盗賊とは思えぬ装備をしていたそうです」

「ふぅん。ハーティに予知してもらうべきだったか？　でも、あんまり異能《スキル》を使わせるのも申し訳ないしな」

ハーティというのはマーナルムの妹で、未来視を持つ白銀狼族の少女だ。

「妹も主殿《あるじ》のお役に立てるのなら本望でしょうが……姉としては、そのお心遣いをありがたく思います。未来視は消耗が激しいですから」

未来視持ちが仲間になったから、全ての問題を回避して楽に生きられる……なんてことにはならないわけだ。

俺たちは今回、ある盗賊団の噂を聞きつけて、この街にやってきた。

やけに資金繰りがよく、上等な装備の盗賊団。

俺はそこに、何かしらの魔法具か異能《スキル》持ちが関係しているのではと思っている。

「だな、休める時にちゃんと休んでもらおう。その分、お前には苦労をかけてしまうが」

「いいえ、主殿《あるじ》のお側《そば》にいられることは、私の喜びです！」

「そうか……」

「はい！」

「わかったよ、マーナルム。じゃあ行こう――盗賊狩りだ」

◇

俺とマーナルムは森の中を歩いていた。

盗賊の出現場所を聞いたら、あとは簡単だ。

希少種族を連れた男がノコノコと歩いていれば——向こうから襲ってきてくれる。

そんなことを考えていると、来た。

風切り音。

マーナルムが俺の顔の近くに手を突き出し、握る。

見れば、一本の矢が握られていた。盗賊の一人が放ったものだろう。

「……助かったよ」

ダメージを肩代わりしてくれる『衝撃代理負担の腕輪』を着用しているので仮に当たっても負傷はしなかったが、ダメージの肩代わりは有限。対処出来るならばそのほうがいい。

「いえ、主殿《あるじ》をお守りするのは当然のことです」

矢が一本だけだったのは、沢山射かけてマーナルムまで傷つけてしまうのを避けるためだろう。

不意打ちに失敗したからか、木陰から盗賊の一団がぞろぞろと出てくる。

彼らは全員男で、いかにも賊っぽい格好をしていた。小汚い服に、伸ばし放題の髭。ロクに身体を洗っていないのか、彼らの方から異臭が漂ってくる。

全員が所持している武器が、彼らを単なる不衛生な集団から危険人物に引き上げている。

彼らはマーナルムの身体を舐め回すように眺めながら、下卑た笑みを浮かべていた。

「一つ提案があるんだが、いいか？」

俺が声をかけると、彼らの瞳に加虐の光が灯る。

命乞いや交渉など、珍しくもないだろう。彼らは俺の提案を聞いたあとで、それを踏みにじって遊ぼうとしている。俺の余裕が剥がれる様を楽しもうというのだ。

こういった輩の考えは、土地が変わっても大して違わない。

残念ながら、俺に彼らを喜ばせることは出来ないが。

「こういうのはどうだろう。お前らは素直に投降して、根城の場所を俺たちに教えるんだ。そうすれば、お前たちは死なずにすむ」

予想外だったのか、盗賊たちが俺の言葉に一瞬固まる。

「返事は？」

「……ふざけんなッ！」

盗賊たちは怒りの声を上げて飛びかかってきた。

かつて街中でチンピラを撃退したことがあったが、あれとは違う。

敵がこちらの命を狙ってきた以上、こちらも同じように応じるのみ。

「マーナルム」

「承知しております」

マーナルムが盗賊その一の剣を弾くと刀身が折れて飛んでいき、そのまま盗賊その二の首に折れた刃が突き刺さる。その二が「ひゅっ」と声にならない声を上げた頃にはその一の顔にマーナルムの拳が叩き込まれ、めきょっという音と共に顔面が陥没。あの威力では、今頃めり込んだ鼻は後頭部側に生えたことだろう。

盗賊その一改め後頭部鼻男が崩れ落ちるよりも先に、マーナルムは迫っていた盗賊その三に裏拳を放つ。それは顎を掠めただけだったが、それで充分。その三の首がグルグルと回転し、やがて捩《ね》じ切《き》れてポンッと宙に舞った。首と残った胴体の両方から血が噴き出す。

だが、マーナルムは返り血一つ浴びていない。

血の撒き散らされる範囲には、既に立っていないからだ。

少し離れたところにいた盗賊その四の両腕を掴み、一気に付け根から引き千切っている。

彼女がその両腕を捨てた頃、ようやく後頭部鼻男が地面に倒れた。

マーナルムの奮戦は続き、盗賊その五は身体を曲がらない方にぽっきり折りたたまれてしまったし、盗賊その六は彼女に蹴り上げられた衝撃で空高く舞い上がり、落下中に木の枝に串刺しになってしまった。しばらくは息があったようで、耳を塞ぎたくなるような絶叫が聞こえていた。

随分荒ぶっているが、敵が俺を狙った一射に憤《いきどお》っているのだろうか。それとも彼らのいやらしい視線が不愉快だったのか。俺の提案を蹴ったことも、腹が立ったに違いない。

そんなことを思いながら、俺のほうも兄に譲り受けた綺麗好きの聖剣を抜き、三人ほど撫で斬りにする。聖剣の切れ味は健在で、武器防具人体関係なしに、刀身に触れたものを断ち切る。

あっという間に、盗賊側の生存者は一人になった。

最初に俺を矢で狙った男で、射手故に少し離れたところにいたのが幸いしたのだ。

そいつが悲鳴を上げながら逃げていくのを、俺は追わない。

代わりにマーナルムが音もなく追跡を開始した。

俺は近くの岩に座り、聖剣を清潔にしてから、改めて盗賊たちの死体を見下ろした。

一つ、彼らには盗賊らしからぬ部分があったのだ。

盗賊といえば粗末な装備というイメージだが、彼らの武器は中々の品だった。

希少度はつかないが、ダンジョン攻略を生業《なりわい》とする冒険者ならば、中級くらいの者が使っていてもおかしくない。あとは兵士か。

しかも、そのレベルの武器を全員が所持しているというのだからおかしい。

旅の道中、盗賊に襲われることは何度もあったが、彼らの武器はこれまで襲ってきた者たちのものをそれぞれが流用しているので、盗賊団の中での統一感というものがないのだ。

しかし、今回の盗賊団はまるで軍隊さながらに武器が統一されている。

軍の武器庫を襲ったのでもなければ、装備をしっかりと揃えているということになる。

まとまった金が必要になる筈だが、そんな金があったところで盗賊なら適当に散財して終わりだろう。

ボスや幹部だけでなく、下っ端の装備にまで金を使う盗賊団……資金に余裕がある、という噂は事実のようだ。

ならば、それを支える何かが控えている筈。

マーナルムを待つ間、俺は空を見上げ、ぼうっと流れる雲を見ていた。

「主殿《あるじ》、ただいま戻りました」

しばらくすると、彼女が帰ってきた。

「あぁ、おかえり。なぁ、あの雲リアンに似てないか」

狼の顔のように見える雲だ。

俺が指差した方向を見上げたマーナルムは、すぐに雲を発見したようで、頷いた。

「そうかもしれません。耳のあたりが、特に」

「だよな」

俺は小さく笑って、岩から腰を上げる。

「盗賊団の根城はわかったか？」

「はい。どうやら洞窟を利用しているようです」

逃げた一人は、マーナルムの追跡に気づくことなく自分たちの根城まで案内してしまったのだ。

「中にどれだけいるかな」

「詳細は不明ですが、現在敵の拠点にいるのは三十人ほどのようです。個人的には、それが敵の総数とは思えませんが」

「ここに十人いたし、他の場所にも散ってるのかもな」

「どういたしましょう？」

「まぁ、さっきのと合わせて四十人も消えれば、盗賊団としては壊滅するだろ。俺たちは正義の味方じゃないんだ。盗賊を根絶やしにする必要はない」

「承知いたしました。では、すぐにでも突入します」

盗賊三十人が集まる洞窟。普通に考えれば二人で対応するには多すぎる人数だが、マーナルムがいれば問題あるまい。

「他の奴らを呼ぶ必要はなさそうだな」

「はい。私がいれば、充分かと」

「頼りにしてるよ」

「お任せください」

マーナルムはキリッとした顔で答えるが、尻尾が嬉しそうにふぁっさふぁっさと揺れている。

撫でたい衝動に駆られるが、グッと堪えた。

「案内してくれ」

「はっ。その前に……主殿《あるじ》」

「ん?」

「この者たちの武器を回収すべきかと」

「あー……そうだな、忘れてた」

「主殿《あるじ》は、希少度がつかない品への興味が薄いですから……」

人相手だとそうでもないのだが、物となると確かにそういう傾向がある。

マーナルムはもったいないから武器を回収しようと言っているのではなく、危険だからだ。

他の賊が手にするのもそうだし、一般人が使っても武器は武器。簡単に人を殺傷出来る。

俺は腰に吊るしていた革袋を手に持ち、袋の口を緩める。

そこに、手早く武器を回収してきたマーナルムが近づいてきた。

袋の口に武器を近づけると、シュンッと消えてなくなる。

この袋は『収納上手な革袋』という魔法具で、見た目以上の収納力を誇るのだ。

取り出す時は、何を出したいか念じればいい。

希少度はＢ＋。もう少し上でもいいと思うのだが、同タイプの魔法具が幾つも確認されているので、数の多さが希少度に反映されているのかもしれない。

「また微妙な品を蒐集してしまった……」

【蒐集家】的にはそそられないアイテムの大量ゲットに、溜息が漏れる。

それを自分への不満と勘違いしたのか、マーナルムが申し訳なさそうな顔になってしまった。

「申し訳ございません」

彼女がしゅん……と項垂《うなだ》れ、その耳も元気を失ったようにペタンと垂れてしまう。

「いやいや、マーナルムは悪くない。むしろ指摘してくれてよかったよ。今後も俺の補佐を頼む」

俺が微笑んで言うと、一瞬でマーナルムに生気が戻った。

「はい！」

そして彼女の耳もピンッと立ち、復活。

「そろそろ行こうか」

今度こそ、俺たちはその場をあとにする。

盗賊団のアジトは、しばらく森を入っていった先にあった。

「何かと森に縁があるな」

「……主殿《あるじ》？」

「いや、酒場で待ってる時、旅の始めのほうを思い出してな」

「あぁ、なるほど。確かに移動といい同胞の奪還といい、森での動きが多かったように思います」

「俺とシュノンは、リアンと出逢ったのも森だったからなぁ」

「これがすみましたら、次はどこかの街でも訪ねましょう。骨董屋巡りはいかがですか？」

「そりゃいいいな」

そんな会話をしている内に洞窟が見えてきた。

俺たちは近くの木に身体を寄せ、洞窟入り口の様子を窺う。

生き残りの射手から報告があったのだろう、洞窟内から慌ただしい気配が伝わってきた。

「洞窟に別の出入り口があるとも限らん。奴らの豊富な資金の秘密が中にあったとして、それを運び出されては困る。気負わず、けれどなるべく早めに、なんとかしよう」

「承知いたしました。まずは私が突入して敵を蹴散《けち》らしますので、主殿《あるじ》はそのあとからお願いします」

「あぁ。お前の力は疑ってないが、充分気をつけてな。早めとは言ったが、お前の無事が最優先だ。盗賊の命を一万並べても、お前一人とはつり合わないんだから」

「……この身は主殿《あるじ》のもの。主人の蒐集品に傷がつかぬよう力を尽くします」

努めて平静に言っているようだが、マーナルムは耳まで赤くなっていた。

照れている彼女をからかうのは可哀想なので、指摘しないことにする。

「盗賊団を壊滅させて、秘密を暴き、帰ったら風呂にでも入ろう」

「はい。お背中お流しいたします」

以前シュノンが風呂場に侵入してきたことがあったのだが、以来マーナルムや一部の仲間が張り合うようになってしまったのだ。

「……まずは、目の前の敵からな」

マーナルムが頷く。

「行って参ります」

マーナルムは、まず洞窟入り口の見張り二名を迅速に処理。

二人揃って頭部に衝撃を受けて倒れている。血は出ていないが、生きてはいまい。

彼女はそのまま、我が家に帰るような自然な足取りで洞窟内に消える。

すぐさま、洞窟内から奴らの悲鳴が響く。

じっと待つつもりはないので、俺も聖剣を抜いて洞窟に向かった。

マーナルムの討ち漏らしだろうか、逃げるように飛び出してきた盗賊を一人、二人、三人と斬って進む。

前世クロウの世界では、極悪人であっても基本的に殺してはならなかったようだが、この世界では違う。

法こそあるが、盗賊を殺したところで咎める者はいない。あんまりに酷い盗賊だと賞金をかけられていることもあり、むしろ感謝されるくらいだ。

街で聞いた限り、この盗賊団の活動は実に極悪。

頭目は懸賞金がかけられているほどの有名人だ。

洞窟内に踏み入ると、ジメッとした空気に迎えられる。

盗賊たちの臭《にお》いだろうか、鼻を摘《つま》みたくなるような異臭が漂っていた。

外に比べれば暗いが、適当な間隔で松明《たいまつ》が灯っているので視界はそう悪くない。

ところどころ消えているが、よく見れば周辺の壁面に血が飛び散っているので、マーナルムが処理した盗賊の返り血によって火が消えてしまったのだろう。

そういえば、少し歩いたあたりから異臭よりも血の臭いのほうが目立っていた。

盗賊たちの残骸をなるべく避けながら進んでいく。

「主殿《あるじ》」

「あぁ」

ある程度進むと、引き返してきたらしいマーナルムと合流出来た。

狭い洞窟内ではさすがに返り血を避けるにも限界があったのだろう、彼女の身はところどころ赤く染まっている。

「残る気配は、頭目と思われる男のものと、随分と弱々しい……少女？　のものです」

「少女？　……もしかして、それが奴らの秘密か？」

となると、異能《スキル》持ちだろうか。

「私には、なんとも」

「まぁ、直接確かめればいいさ。それよりも、よくやったな。さすがマーナルムだ」

盗賊の血に染まったマーナルムが、親に褒められた子供みたいに微笑む。

だが彼女はすぐに表情を引き締める。

「まだまだです。主殿《あるじ》のところへ数人逃してしまいましたので……」

「全部お前に任せきりでは主《あるじ》の面目が立たない。あれくらいの仕事はさせてくれ」

「ふふふ。主殿《あるじ》は充分以上に働かれているではないですか。このような仕事は、私にお任せください」

「俺も一応、戦うのが苦手なわけじゃないんだぞ？」

五年の間に武闘派の仲間が沢山出来たおかげで、大して目立たないが。

「承知しておりますとも」

彼女と和やかに話していると、洞窟内が突如として明るくなった。

奥の通路から、火炎球が飛来してきたのだ。

通路を埋め尽くすほどではないが、屈んだくらいでは避けられそうもないサイズ。

――魔法か。

異能《スキル》と並んで、一般人には奇跡としか思えない力だ。

貴族である父の血を継ぐ俺は、多少扱えるが。

盗賊が使えるとは思えないから、魔法具によるものだろう。

その魔法具は気になるが、魔法自体は慌てるほどのものではない。

「マーナルム」

「はい」

彼女が迷わず駆け出し、勢いよく跳躍。火炎球は宙を舞う彼女のすぐ下を通過した。

マーナルムはそのまま、四肢を使って天井を駆け抜ける。

残された俺も、慌てず聖剣を振るって火炎球を斬り裂く。

白銀の刀身は魔法の炎をものともせず、見事に断ち切ってみせた。

割れた火炎球は魔法としての形を保てなくなり、ボッと消えてなくなる。

そうして視界が開けると、ちょうどマーナルムが通路の奥で男を取り押さえているところだった。

男が抵抗を見せると、骨の折れる鈍い音。一瞬遅れて男から苦鳴が漏れる。

残る敵は盗賊団の頭目のみという話だったから、この男がそうなのだろう。

腹の出た禿頭《とくとう》の中年男だ。

俺は二人に近づき、地面に転がる木製の杖を拾い上げた。見た目も質感も木の枝そのもの。長さは手首から肘までくらいで、少しくすんだ色をしている。

真贋審美眼で視たところ、『衝撃代理負担の腕輪』と同じ魔工職人製だった。

視界上に展開される情報を確認したところ、回数制限付きで火炎球を放つことが出来るもののようだ。最大十二回で、この杖の場合は残り三回。

魔工職人製は便利なのだが、どうにも心が躍らない。

俺は杖から顔を上げ、マーナルムに声をかける。

「よくやったな」

マーナルムが一瞬嬉しそうな顔をしたあと、眼下の盗賊を冷たい目で見下ろす。

「これには訊きたいことがあるのでしたね」

「あぁ、だがあとでいい」

俺は杖を革袋の中にしまってから、今度は中から縄を取り出し、マーナルムに手渡す。

彼女は手早く盗賊の男を拘束した。

「な、何者だてめぇら……！」

折れた腕が痛むのか、男が顔を歪めながら叫んだ。

だが俺が何か答えるより先に、マーナルムが頭部に衝撃を加えて気絶させてしまう。

マーナルム……というか白銀狼族は、義に厚く仲間を大切にするが、戦いの中で生きてきたからか敵や獲物には容赦がない。

俺としては頼もしいが、その躊躇《ちゅうちょ》のなさを怖がる仲間もいる。

「そいつは一旦置いておこう。先に、お前が気づいた少女のほうを確かめたい」

「はい。気配はこちらです」

盗賊ならば盗品の保管場所などもあるだろうが、それも後回しだ。

マーナルム先導の許、辿り着いたのは洞窟内の空間を利用して造られた牢屋だった。複数ある分かれ道の内の一つ、行き止まりとなった場所に鉄格子が嵌められている。

少女はその中に閉じ込められていた。

俺たちの気配に気づくと、その子がビクリと身体を震わせた。

「――――」

彼女の姿を見て、俺とマーナルムは言葉を失う。

骨に皮を被せただけのような、異様な痩《や》せ方《かた》をしていたからだ。

貧民窟でもここまでの痩せ方は見たことがない。根本的に、肉のついていない理由が異なるのだろう。

くすんだ金の髪に、翡翠《ひすい》の瞳、顔も痩せこけているが、顔の造形は整っている。健康体であれば、笑顔の可憐な少女だっただろう。

年の頃は十五、六か。

「ご、ごめんなさい……！」

少女は俺たちを見るなり謝罪の言葉を口にした。

「ま、まだ作れないです……！　ごめんなさい！　ごめんなさい！」

身体をガタガタ震わせながら、そう叫び続ける。

俺たちを盗賊団の仲間だと思っているようだ。

俺は、既に彼女がどういう存在かわかっていた。

真贋審美眼が少女に反応し、情報が表示されたからだ。

「……マーナルム、頼む」

盗賊共と同じ男の俺では、怯えさせてしまうだろう。

マーナルムは彼女に近づき、視線を合わせ、彼女の謝罪の言葉が途切れるのを根気強く待った。

「君を助けに来たのだ」

「……………え？」

「悪い奴らは、みーんなやっつけた。私と、あそこの男の人でな」

マーナルムが優しく微笑む。

そこで初めて、少女は俺とマーナルムの格好が盗賊のそれと違うことに気づいたようだ。

だが、少女の怯えは解消されなかった。

「あ、新しいご主人さま、ですか……？」

「…………」

——なるほど、これは重症だな……。

身体的なものよりも、心の傷のほうがよほど深い。

奪われるような形で主人が変わったことも、かつてあったのだろう。

そして、誰も本当の意味で少女を助けることはなかった。

だから、彼女には『助けに来た』という言葉が持つ意味を、理解出来ないのだ。

彼女の人生に存在しないものだから。

「……今はその理解で構わない。だが一つだけ、これだけは安心してほしい」

マーナルムは優しい口調で続ける。

「私たちは、君の嫌がることをさせたりはしない。絶対、そんなことはしない」

少女がマーナルムを見て、それから俺を見た。

俺は彼女を真っ直ぐ見つめて頷く。

「本当だ。君を傷つけないし、君に無理やり何かをやらせたりもしない。絶対だよ」

すぐには信じられないだろう。

盗賊たちを倒した輩ならば、自分が逆らっても無意味だと思っているのかもしれない。

だが少女は、小さく頷いた。

我ながら向いてないと思いつつ、優しい微笑を意識して浮かべる。

「ここから出よう」

俺は革袋の中から、錆《さ》びた鈍色の鍵を取り出し、マーナルムに渡す。

見た目は悪いが、これは『盗賊の鍵』と言って、どのような錠にも合うという魔法具だ。

例外もあるのだが、このような粗末な牢屋であれば問題はない。

マーナルムが『盗賊の鍵』で牢屋の錠を開けるのを、少女は不安そうに眺めていた。

だがマーナルムが優しい笑顔と共に手を差し伸べると、しばらく戸惑いの表情を浮かべてから、
そっと手をとって牢屋から出てくる。

そこで、俺は自己紹介がまだだったことに気づく。

「俺はロウで、この綺麗なお姉さんがマーナルムだ。君の名前を教えてくれるか？」

「……モルテ、です。ご主人さま」

なるべく柔らかい声音を意識するが、彼女の表情は強張《こわば》っていた。

「そうか、モルテ。よろしくな」

「は、はい……」

「大丈夫だモルテ。主殿《あるじ》はとてもお優しい方だから、怖がることはない」

マーナルムがフォローしてくれるが、彼女の状態を思えば、そう簡単に逢ったばかりの他人を信じられないだろう。

それは仕方のないことだ。

ほんの少しずつでも、距離を縮められるよう努力するしかない。

俺は革袋から『盗賊の鍵』とは別の鍵を取り出す。

「モルテは知ってるか？　この世には、不思議な道具が沢山あるんだ」

今度のものは金色で、さっきのものよりも大きくずっしりと重い。エクスアダンの家にあった宝物庫の鍵が、ちょうどこんな感じだったな、と遠い記憶が思い起こされる。

俺はモルテが閉じ込められていた牢を一度閉じ、錠に鍵を差し込む。

見た感じ鍵穴は合わないように見えるが、なんの抵抗もなく入っていった。

そして、鍵を捻った瞬間。

牢の扉が、木製扉に変身した。

「えっ」

モルテも、これには素直に驚いたようだ。

鍵を抜きながら、俺は説明する。

「『帰郷の鍵』というんだ。これを使えば、家に帰るのが楽になる」

――『帰郷の鍵』

――『帰郷の扉』とセットで使用する。

――鍵穴のついている扉に差し込めば、その扉を『帰郷の扉』に繋げることが出来る。

――一度繋げたあとは、次に扉を閉めるまで空間は繋がったままとなる。ただし、同時に二箇所と繋げることは出来ない。

――特記事項・現在、この世界には『帰郷の扉』を設置出来ない空間、『帰郷の鍵』を受け付けない鍵穴が存在する。

――希少度『A』

とある遺跡を探索した際に発見した魔法具だ。

これを使えば、空中移動要塞の拠点へと一瞬で帰ることが出来る。

扉を開くと、広い玄関ホールが見えた。

「行こう、モルテ。紹介したい奴が沢山いるんだ」

「まずはシュノン殿ですね。モルテも、彼女とはきっと仲良くなれると思います」

「だな」

シュノンのコミュニケーション能力は非常に高い。

おそるおそるといった様子で扉に近づいてくるモルテ。

扉の向こうを覗き込み、牢屋とはまったく違う景色が広がってることに呆然としている。

まず俺が扉をくぐり、安全であることを示す。

数分かかったが、モルテは意を決したように、そっと足を踏み出した。

緊張した様子で周囲を見回している。

一瞬で異なる場所へ移動した、ということへの実感が湧かないかもしれない。

あるいは牢屋から出られた実感が湧かないのか。

最後にマーナルムもやってくる。

扉は開いたままにしておく。

まだ向こうでやり残したことがあるのだ。

「むむっ、ロウさまの匂い！」

遠くからそんな声が聞こえたかと思うと、数秒後にはシュノンが玄関に駆けつけていた。

走っていた筈なのに物音はなかった。

彼女いわくメイド流疾走術だそうだ。

俺と共に五年分成長した筈だが、シュノンの背丈はあまり変わっていない。

今も昔も小動物系だ。ただし胸部の破壊力だけは増している。栄養が全て一箇所の成長に回されているのかもしれない。

これを言うと怒るので決して口には出せないが。

「おかえりなさいませ、ロウさま。それにマナちゃん。そしてそして～新しい美少女ちゃん！」

「ひゃうっ」

シュノンのテンションについていけずビクッと震えるモルテ。

しかしシュノンは挫けない。

モルテに視線を合わせ、にっこりと笑いかける。

「私はシュノンといいます。とっても可愛い貴女《あなた》のお名前は？」

「も、もっ、モルテ、です」

「モルテちゃん！　お名前も可愛いですねぇ。お風呂に入って身体がピカピカつるつるになったら、もっと可愛くなると思いますよっ！　お風呂嫌いですか？」

「わ、わからないです……」

「なんとっ！　確かにこのあたりの国だと、お貴族さまでもない限り入らないっていいますもんねぇ。でも此処《ここ》では誰でも入っておっけーなんです！　入りませんか、このチャンスに！　お風呂、入っちゃいませんか!?　それとも……シュノンとお風呂は嫌ですか？」

シュノンの勢いに押されたのか、モルテは首をふるふると横に振った。

「嫌ではないってことですね？」

今度はこくこくと頷くモルテ。

シュノンは、にぱーっと太陽みたいに輝く笑みを浮かべた。

あらゆる疑いを溶かす、天性の人たらし。

真贋審美眼には表示されないが、間違いなく彼女が持つ特別な性質で、大きな魅力だ。

「ではでは参りましょう〜。いいですね？　ロウさま」

「あぁ」

俺はシュノンに答えてから、モルテを見る。

「そいつより優しい奴を、俺は知らない。大丈夫だよ、モルテ」

「は、はい」

シュノンがモルテの手を引いて、屋敷の奥に消えていく。

他のメイドが集まってくる前に、俺とマーナルムは扉をくぐって洞窟内に戻った。

扉を閉じると同時、フッと元の鉄格子に戻る。

「……シュノン殿はさすがですね」

「本当にな」

モルテの身体を見た時、あまりの姿に俺たちは言葉を失ってしまった。

だがシュノンはそういった驚きを一切表に出さず、モルテに微笑みかけた。

あいつは、そういうことが出来る奴なのだ。

「さすが、主《あるじ》殿が世界一優しいと評するわけです」

マーナルムがぼそりと呟いた。

……おや？

確かに先程、似たようなことを言ったが……。

マーナルムにしては珍しく、拗《す》ねているのだろうか。

「マーナルムより頼りになる奴を、俺は知らないよ」

一応、思っていることを伝えてみる。

「！　…………ありがとうございます」

必死で抑えようとしているのだろうが、耳がひくひく動いているし、尻尾が緩やかだが確実に揺れている。

喜んでもらえたようだ。

そんな彼女を微笑ましく思う。

「お前も身体を洗いたいだろうが、もう少し付き合ってくれ」

「主殿《あるじ》の為ならば、地の果てまでも」

「ははは。今回はそこまでじゃないが、その時は頼むよ」

「必ずや最後までお供します」

決意が重いな。

そんな会話をしながら盗賊の首魁のところへ戻ると、既に意識を取り戻していたその男は、もぞもぞと虫のように這《は》っていた。

俺たちが戻ってくる前に逃げるつもりだったのだろうか。

戻ってくるのに数日かかるなら逃げられたかもしれないが、無駄な努力だ。

俺たちに気づくと、男は焦ったような顔になった。

「ま、待て！　話し合おう！」

「どうした？　貴様、先程までとは随分と態度が違うではないか」

マーナルムの声は冷え切っている。

まぁ、這っている間に部下がどういうふうに殺されたかを見たのだろう。近くには盗賊たちの残骸が散らばっている。これを見れば、自分の死を実感して怖くなっても無理はない。

恐怖がプライドに勝れば、偉そうな盗賊も殊勝な態度をとるようになる。

「話す分には構わないぞ。訊きたいこともあるしな」

俺の言葉に交渉の余地ありと踏んだのか、男は食い気味に答えた。

「あ、ありがてぇ！　なんでも訊いてくれ！」

「お前たちの懐がやけに温かかったのは、あの子の……モルテの異能《スキル》を利用したからだな」

「あ、あぁ！　そうだ！　もちろんあれはあんたらに譲る！」

その後《ご》も、男は俺の質問に素直に答えた。

とある商人からモルテを奪い取り、それからは自分たちで利用していたこと。

彼女の異能《スキル》を利用して得た金で、武器を大量に購入していたこと。

武器を売ってくれた商人の名前など、知りたいこと全部だ。

「……その商人は、盗賊に武器を売れば同業者や無辜《むこ》の民が傷つけられると知っていたのでしょうか。もしそうならば、放置出来ませんね」

マーナルムの声は静かだが、そこには明確に怒りが込められていた。

彼女はかつて奴隷商に売られた経験があるが、それで商人という生き物に対して悪印象を持ったわけではないようだった。

ただ、今の話に出たような悪徳商人は別。

「あぁ、もう少し働くことになりそうだ」

最初は洞窟内の盗賊を倒すだけのつもりだったが、モルテのあの姿を見て、俺も気が変わった。

「全部正直に答えた！　逃がしてくれ！　いいだろ⁉」

必死に叫ぶ男に、俺は微笑みかける。

きっと、モルテに向けたものと違って、これは優しく映らないだろう。

「あぁ、あと一つ」

「な、なんだ？」

「何枚だ？」

「は？」

俺の質問を、男は理解出来ないようだった。

俺は少し前のことを思い返す。

モルテに自分の前世を説明している暇はなかったので、自己紹介と共に彼女に名を尋ねたが。

俺には真贋審美眼があるから、彼女の名前はわかっていた。

名前だけではなく、その能力も。

——『モルテ』

——『己の肉体から、別の物質を生み出す』異能《スキル》を持つ者。

——生み出した物質と同量の重さが、肉体から失われる。

——本人が実際に触れたことのあるものしか生み出すことが出来ない。

——特記事項・例外はあるが、真贋審美眼で希少度のついたアイテムに関しても、触れたことさえあれば生み出すことが可能。

——希少度『S』

彼女が異様に痩せていた理由は、これだ。

幼い少女の肉体を、生きられるギリギリまで、金貨に変えさせていたのだ。

体重が少しでも増えれば金貨を生ませていたのだろう。

俺とマーナルムが助けに行った時、彼女はまだ作れないと謝っていた。

まだ金貨を生める状態ではない。どうか許してくれと、謝っていたのだ。

「お前を逃してもいい。ちゃんと知りたい情報を教えてくれたからな」

盗賊の男の顔に、希望が浮かぶ。

「た、助かる！」

「それはどうだろうな。それでさっきの質問に戻るが、何枚だ？　今までモルテに、何枚の金貨を生ませた？　彼女に異能《スキル》使用を強要し、どれだけ苦しませせた？」

「は、はぁ？　そんなの一々数えてるわけ……」

男はこれから自分がどうなるのか想像が出来ないようで、困惑した表情を浮かべている。

「じゃあどうするかな。マーナルム、百枚だと少なすぎるか？」

「この男の体重も考慮して、二百ではどうでしょう」

事前の打ち合わせなどなかったが、マーナルムには通じたようだ。

さすがに五年一緒にいるだけある。

頼れる右腕の提案を、俺は採用することにした。

「じゃあそうしよう」

「おいお前ら、なんの話をしてる!!」

怒鳴る男に、俺は仕方なく説明してやる。

「お前は懸賞金もかかった悪党だし、殺しても誰も文句は言わないだろ？　だが情報を素直に吐いたから、そこは考慮してやりたいと思う。でも、そのまま解放ってわけにもいかない。だから、それ相応のお仕置きをしてから、逃してやる」

「……何をするつもりだ」

ここまで説明しても理解出来ないらしい。

俺とマーナルムは顔を見合わせた。

「ここは私が」

「一人で二百枚分は疲れないか？」

「お任せください」

マーナルムは素手で戦う派なので、俺は革袋からナイフを取り出して彼女に手渡す。

「よく聞け。これから、貴様がモルテに生ませた金貨の分だけ、貴様の体重を減らしてやる。ここから出る頃には、贅肉一つない身体になれるだろうな。その頃に、生きていればだが」

ようやく自分に用意されたお仕置きの内容がわかったのか、男が顔面を蒼白にしてガタガタと震え出す。

人をいたぶる趣味はないが、モルテのあの姿を見ては、何もせずにはいられない。

私利私欲のために、それも自分たちの犯罪行為の発展のために、幼い少女の血肉を金貨に変えるという所業。

それに、先程ぺらぺらと話していた中で聞いたが、少しでも早く金貨を生ませるために、奴らはモルテに無理やり食い物を食べさせていたという。

モルテに心休まる時間はなかっただろう。

生きるために食べなければならないが、食べた先から肉体を削らなければならない。

俺は【蒐集家】で、確かに希少な存在に目がない。

モルテの能力を見たくないと言えば嘘になる。

それに、法的に他人のものである希少種族を解放したのも一度や二度ではないから、法を守る側からすれば盗賊団と変わらぬ悪党だろう。

だが、少女に無理強いしてまでその力を使わせることはない。絶対にない。

「た、助けてくれ」

男が命乞いをする。

きっとこれまで、数々の人々がこいつらにしてきたことで。

それをこいつらは、これまで全て無視してきたのだろうに。

何故、自分だけが、その言葉を吐いて助かると思えるのか、不思議でならない。

マーナルムは呆れたような顔で男に近づく。

「おい。貴様よりも幼い少女が、長期間に亘《わた》って耐えてきた苦しみだぞ。始まる前から弱音を吐く奴があるか」

それからしばらく、洞窟内に汚い悲鳴が響いていた。

一応言っておくと、この洞窟から生きて出られた盗賊はいない。

◇

盗賊の頭領のお仕置きをしたあと。

俺は盗品の保管庫として使われている部屋を見つけた。

取り敢えず、収納力がほぼ無限の――『収納上手な革袋』に入れておく。

たっぷりと品定めしたいところだが、マーナルムを待たせることになる。

今日の彼女は頑張ってくれたので、そろそろ拠点に戻って休ませてやりたい。

「私のことはお気になさらず」

「優先度の問題だ、いいから帰るぞ」

「……！　は、はいっ」

マーナルムが嬉しそうに返事した。

保管庫の扉にも鍵穴はあったので、そこで『帰郷の鍵』を使用し、拠点に戻る。

空中移動要塞内に建てられた、俺の屋敷だ。

『帰郷の扉』は玄関に設置しているので、俺たちはさっきと同様に玄関ホールに出る。

すると、ずらりと並んだメイドたちに迎えられた。

シュノンの指示で待っていたのだろうか。

「おかえりなさいませ、旦那様、マーナルム様」

みんなが綺麗に一礼する。

普通の人間も犬耳や猫耳の亜人も、特殊な魔法が使える魔女もいる。

彼女たちの多くは元奴隷だ。

解放したあと、行き場のない者たちは此処に連れ帰り、希望者は屋敷のメイドとして雇うことに。

元伯爵家メイドのシュノンによる教育もあり、彼女たちの所作は洗練されている。

「あぁ、ただいま」

広い屋敷に沢山のメイドと執事……とこれだけ聞くと貴族のような生活だが、かつてのような窮屈さは感じない。

なんだかんだと好き勝手に生きられているからだろう。

「旦那様、既に湯殿《ゆどの》の準備が整っております」

猫耳のメイドが言う。

モルテの様子も気になるが、今はシュノンが見てくれている。

訪ねるのは、一度身綺麗にしてからでも遅くはないだろう。

とはいえ、俺の汚れは大したものではない。

「ん？　そうか。じゃあマーナルムから使ってくれ。俺は聖剣の手入れがあるから――」

マーナルムが、俺の肩をガシッと掴んだ。

「主殿《あるじ》。先程、お背中をお流しする許可を頂いた筈ですが……？」

彼女はにっこり微笑んでいるが、機嫌がいいわけではない。

主人だから直接言わないだけで、少し怒っている。

俺は観念することにした。

「それが労《ねぎら》いになるとは思えないが……まぁ、お前がいいなら頼むよ」

マーナルムは満足げに微笑む。どうやら機嫌は直ったようだ。

「不肖マーナルム、主殿《あるじ》のお背中をお流しする大役、必ずや務め上げてみせます」

これが初めてではないというのに、凄まじい気合いの入れようだ。

彼女の蒼玉の瞳がメラメラと燃えているようにさえ見えた。

「聖剣は、わたしが手入れしておきましょう」

そこにスッと現れたのは、銀髪の執事だ。

この壮年の男は歴戦の傭兵《ようへい》として名を知られており、異名が『不死』だった。

戦場でどんな傷を負っても、翌日には何事もなかったように戦っていたのだという。

その正体は『分身を生み出す』という異能《スキル》の持ち主。

己の分身に戦わせ、天幕に戻るなど一人になったタイミングで解除。

再び分身を生成。そいつに戦わせる、ということを繰り返していたのだという。

デメリットは、分身の受けたダメージは、本体の痛覚を刺激する、というもの。

分身が死ぬほどの怪我を負ったら、本体は怪我こそしないが死ぬほど苦しむ。

異能《スキル》が聖騎士団にバレて追われているところを助け、色々あって今は屋敷の執事を任せている。

分身能力を活かして、一人で数人分の仕事をこなす有能執事だ。

「あぁ、じゃあ頼む」

『始まりの聖剣』を鞘ごと外して、執事に預ける。

兄にもらったこの聖剣は、希少な品ということを除いても俺の宝物。

それを預けるだけの信を、俺は目の前の男に置いていた。

「どうぞ、ごゆるりとお楽しみを」

丁寧に聖剣を受け取り、慇懃《いんぎん》に礼をする執事。

そのまま風呂場に向かおうとした俺とマーナルムだったが——。

「旦那様、お待ちください……！」

数人のメイドに呼び止められる。

その表情には強い意志が宿っていた。

「どうか、我々にもお供させてください……！」

「メイド長が新人さんに夢中になっている今が好機！」「普段はメイド長のお怒りが怖くて無茶出来ないけど、今日ならば！」「マーナルム様ほどではありませんが、我々ももふもふです！」「私たちだって旦那様のお背中お流ししたいです!!」

と口々に声を上げるメイドたち。

この屋敷のメイドになった者たちは、解放した元奴隷の中でも特に、俺に感謝している者たち。

奴隷生活から一転、衣食住に困らぬ安全な環境を与えられれば、その主《あるじ》に感謝する心情は理解出来るのだが……。

いや、と俺は首を横に振る。

彼女たちが感じている恩義なり、あるいは好感を、俺が勝手に判断するのはよくないだろう。

「無理はしなくていいが、そうでないなら好きにしてくれ」

そう答えると、メイドたちの表情がぱぁっと輝いた。

嬉しそうに拳を握ったり、両手を天に突き上げて喜んでいる者もいる。

「あ、でも今日の功労者はマーナルムだから、マーナルムが嫌なら……」

ちらりとマーナルムに視線を向けると、彼女は肩を竦めていた。

「ここで拒否しては、私が悪者になってしまいます。それに、彼女たちの忠誠心は見上げたものです。同じ主《あるじ》を持つ者として、喜ばしく思います」

というわけで、何人かのメイドが同行することに。

全員ではなく、今日はケモ耳を持つ者たちが同行権？　的なものを勝ち取ったようだ。

この屋敷は貴族の本宅並みにデカイので、風呂場もとにかく広い。

ぼんやりとした記憶だが、前世クロウの暮らしていたニホンなる国では謎の板に触れただけで自動で浴槽に湯が溜まる仕組みがあったようだ。

この世界だと、浴槽に湯を溜めるというのは通常、重労働だ。

火を焚き、水を汲み、湯を沸かし、浴槽まで運び、入れる。

これを繰り返す。浴槽が広ければ広いほど、繰り返しの数は増えていく。

湯の温度も適宜《てきぎ》水を入れるなどして調整する必要があり、望んだ熱さの湯が自在に出てくるということはない。

のだが、俺の屋敷では事情が違う。

水魔法と火魔法を得意とする者が何人もいるのだ。

彼ら彼女らのおかげで、面倒な手順抜きで広い風呂を楽しむことが出来るのだった。

脱衣所で服を脱ぐ……というかメイドたちに脱がされる。

森での行動や盗賊との戦闘で汚れてしまった衣類だが、風呂から出て来る頃には回収され、代わりに着替えが用意されていることだろう。

背中越しに、メイドたちのきゃいきゃいした声が聞こえてくる。

俺は腰にタオルを巻き、風呂場へ足を踏み入れた。

「主殿《あるじ》、どうぞこちらへ」

タオルを胸に巻いたマーナルムが、頬を赤くしながら平常心を装って声をかけてきた。

その白銀の髪は、血に汚れていてなお美しく。

その健康的な肌は非常にきめ細やかで。

その豊満な胸部は、タオルの生地を暴力的なまでに押し上げていた。

俺は一つ頷き、彼女に案内されるままに浴槽近くの椅子に腰を下ろす。

入浴前に、桶で風呂から湯を汲み、身体を洗うのだ。

「で、では失礼いたしまして……」

マーナルムが湯を背中にかけてくれる。

心地よい熱を感じると共に、掻いた汗が流れていくようで気分もよくなってくる。

「マーナルム様！　つ、次は私たちにも……！」

俺が振り返ると、そこにはネコ耳、イヌ耳、ウサギ耳、キツネ耳、クマ耳と種族様々な亜人のメイドたちが、タオルを一枚巻いただけの姿で近づいてきていた。

そうして、俺はマーナルム&もふもふなメイドたちと、風呂を楽しんだのだった。

後日、メイドたちはシュノンに「私の目を盗んでロウさまとお風呂タイムとはいい度胸ですね……」とお叱りを受けたようだ。

シュノンは俺のほうにも来て「全員詳細を語らないのですが……ロウさま一体何を？」と頬を膨らませながら訊いてきたが、彼女たちが口を噤《つぐ》んだならば俺が明かすわけにはいかない。

心苦しいが、秘密は守った。

モルテの面倒を見てくれたシュノンには、別の形で報いるとしよう。

◇

モルテを救出してから一週間が経過した。

その間に、盗賊団の残党や奴らと繋がりのあった商人への対処、盗賊団が溜め込んでいた宝の鑑定と整理などを行い、拠点である空中移動要塞『トイグリマーラ』も既に街上空を離れている。

盗賊団とそいつらに武器を流す悪徳商人は一掃された。

奴らが盗んだものの内、元の所有者が明確なもの――送り主や受け取り手の名前が刻まれた指輪など――に関しては、仲間の手を借りて当人や遺族の許に届けた。

この世には、『誰が持っているべきか』がわかりきっているものがある。

そういう品は、希少度にかかわらず、自分のものにしようとは思わない。

あるべきところに返すのみだ。

そうでない品に関しては、まぁ俺の蒐集品に加えることになる。

今回も、少量の魔力を注ぐことで永続的に使用可能な『インク要らずの羽ペン』、枕の下に置いて眠ると望んだ夢を見られるという『夢見のお守り』、苦手意識や心の傷などを軽減する『克服のブローチ』、一度食べたことのある料理であれば完璧に再現出来るようになる『レシピを暴くコック帽』などが発見出来た。

どれも有用だが、考えてみると盗賊が楽に捌《さば》けるような品ではない。

宝石類であれば奴らにも相場が把握しやすいし、商人に流すなり金に換えることが出来るが、魔法具となるとそうはいかない。

元々が希少な品ということもあり、市場に流れれば盗品と判明しそこから足がつくかもしれないので、商人の側が扱うのを躊躇ったのだろう。

まぁ、奴らの事情などどうでもいい。

『インク要らずの羽ペン』は分身を生み出す執事に、『レシピを暴くコック帽』は厨房の料理人たちに渡した。

一度自分で試したあとは、それを上手く使えるだろう仲間に渡すことも多い。

使い方を誤ると危険な品に関しては、もちろん扱いも慎重になるが。

そういう品々は、金庫とは別に設けられた宝物庫にしまってある。

今回の件の顛末《てんまつ》はそんなところだが、それで「はい解決」とはいかない。

『己の肉体から、別の物質を生み出す』異能《スキル》を持つ者――モルテだ。

「おはようございます、ロウさま」

目が覚めると、シュノンが隣で寝ていた。

身体を横向きにし、俺を見つめている。

彼女の亜麻色の髪は編まれた状態でベッドに垂れ、その大きな胸は重力に従ってたゆんと重なっていた。

あまりに距離が近いからか、柔らかく微かに甘い匂いだけでなく、彼女の体温まで感じ取れるようだった。

「……おはよう、シュノン」

「昨日は激しかったですね」

シュノンがポッと頬を染めながら、そんなことを言う。

「おかしいな、俺の記憶にはないんだが」

それもその筈、昨日はシュノンと寝ていない。

「すみません、夢の話でした」

「『夢見のお守り』でそんな夢を見てたのか」

実は、シュノンが貸してほしいと言うから貸していたのだ。

「冗談です。夢で見なくても、現実で叶えられるので」

五年前よりも、大人向けの冗談が増えた気がする。

「コメントは控えさせてもらおう」

きっと寝室の扉の外で、白銀狼族の従者が耳をそばだてているだろうから。

シュノンがベッドから降りるのに合わせて、俺も上体を起こす。

「それで？　なんで朝からベッドに忍び込んで来たんだ？」

「定期的にロウさまの寝顔を摂取しないと死んでしまう病に罹《かか》っているからですね」

シュノンは平然と言った。

「そうか。お前の寿命を延ばせて何よりだよ」

俺がベッドから降りると、シュノンが手早く着替えを手伝ってくれる。

「メイド思いのご主人さまに仕えられて幸せです」

三年間とはいえ貴族の生活を送っていたので、一般人なら自分でやるようなことを他の者に手伝ってもらう、ということに関してそこまでの抵抗はない。

外食すれば、材料の調達やら調理やら片付けやらの手間が省ける、というのと基本的には同じだ。

着替えでは、自分で服を選んだり手を動かしたり屈んだりしなくていい、というわけである。

「俺のほうこそ、お前がメイドたちをまとめてくれてるから、色々と楽出来て助かってるよ」

「ふっふっふ、もっと褒めてください。無限に褒められたいです」

シュノンは基本的に反応が素直なので、見ていて楽しい。

「それで、有能メイド長のシュノン」

「なんですか？　楽園のボス」

俺は「ボスはやめろ」と苦笑してから、本題に入る。

「モルテの様子は、あれからどうだ？」

モルテの世話は、シュノンを中心に女性陣に任せることにした。

盗賊たちが男所帯だったからか、同じ男性に対しては恐怖心があるようなのだ。

ちなみに、シュノンに対しては彼女の能力も伝えてある。

「だいぶよくなりましたよ。ロウさまがくださった『克服のブローチ』の効果はバッグンでした」

モルテは当初、食べ物を見ただけで吐いてしまったのだという。

食事イコール金貨を生まされる、という意識が彼女の中に巣食っているからだろう。

救出されたと思いきや、結局同じことをやらされるのではないか、と恐ろしくなってしまったのだ。

その話を聞いて俺が出した指示は二つ。

一つは今シュノンが言ったように『克服のブローチ』を身につけさせること。

食事をちゃんと摂《と》らないことには、健康体に戻ることは出来ない。

魔法具の力を借りてでも、食事への苦手意識を軽減してやる必要があると考えたのだ。

心の傷が完全に癒えるわけではないから、魔法具の効果はあくまで補助的なものだが。

「金庫のほうはどうだった」

シュノンは俺の服のボタンを留めながら、何かを思い出すように微笑んだ。

「ふふふ、もしかすると、あちらのほうが効果アリだったかもしれません」

俺は、うちの金庫をモルテに見せてやるよう言ったのだ。

広い金庫室には、山のような金銀財宝が収められている。

五年前に入手した『倍々の壺』は今も現役で、金貨や宝石類を一日ごとに倍にしてくれている。

それ以外にも、悪人や敵対者から巻き上げ——ではなく、回収した金品もある。

金というのは、わかりやすい道具だ。

何かと使いみちがあるので、希少度はつかないが集めている。

誰にとっても金は価値があるもので、だからこそどこへ行っても自分の能力は利用される、とモルテは考えているのだろう。

そんな金が文字通り山のように積まれているのを、彼女が目撃すればどうか。

『この人たちには、自分にちまちま金貨を生ませる必要はない』と視覚的に理解出来ないだろうか。

完全に不安を払拭することは出来ないかもしれないが、無理に力を使わせるつもりはないという言葉への説得力はいくらか増す筈だ。

「モルテちゃんってば、すっごく驚いてました。あれ以来、少しずつですが進んでご飯を食べてくれるようになって。昨日はなんと、スイーツを食べて笑顔になってくれたのです！　やはり甘いものは正義……」

シュノンの甘いものへの信頼は凄まじい。

「それはよかった」

と、そこで俺の着替えが終了し、シュノンが一歩離れる。

それから俺をじっくりと観察。

頭のてっぺんから爪先までを確認し、満足げに頷く。

それから彼女は口を開いた。

「あの子、マナちゃんとはもう何回か話をしてるんですけど、ロウさまにも逢いたいようですよ」

マーナルムからも、モルテの話は聞いていた。

初対面では驚きや不安があって言えなかったが、助けてくれてありがとうと感謝をされたそうだ。

まだ男への苦手意識は拭いきれないだろうに、俺にも礼を言おうとしてくれているのだろうか。

律儀な子だ。

「あぁ、じゃあ逢いに行こう」

寝室を出ると、マーナルムがピシッと背を伸ばして待っていた。

「おはようございます、主殿《あるじ》」

彼女の凛《りん》とした声を聞くと、青空を駆ける清風をその身に受けたような、爽やかな気持ちになる。

「おはよう、マーナルム」

「さっきぶりです、マナちゃん」

「……そうですね、シュノン殿」

マーナルムは不服そうに応えた。

「二人、何かあったのか?」

「い、いえ、特にそういうわけでは……」

マーナルムはもごもごと言っているが、シュノンは明るい調子で口を開く。

「最初はマナちゃんもついて来ようとしてたんです。でも先日の『お風呂抜け駆け事件』があるので、ここはシュノンシュン一人で！　と押し切り、見事ロウさまとの二人っきりを実現した、というわけなのです」

シュノンはえっへんとばかりに胸を張った。

彼女の大げさな動きに連動して、大きな胸がばいんっと揺れる。

マーナルムは、綺麗な顔でむすっとした表情を作っている。

二人は旅の最初期から行動を共にしているという縁もあり、普段はとても親しいのだが……。

俺のこととなるとたまに意見が対立するようだ。

しかし二人ともさっぱりした性格だからか、長く引きずらないこともわかっている。

こういう時は、俺はどちらか一方に肩入れするべきではない、ということも。

「あー、まぁいいじゃないか。それよりモルテのところに……」

と言いかけたところで、マーナルムの腹がぐぅと鳴った。

彼女の顔が羞恥《しゅうち》に赤く染まる。

俺は一つ頷く。

「モルテのところに行く前に、朝食だな」

「も、申し訳ございません……」

消え入りそうな声で呟きながら、縮こまるマーナルム。

「いや、俺が順番を間違えた。モルテも朝食の途中で俺が現れては緊張するだろう、食後がちょうどいいよ」

ちなみにだが、男が苦手なモルテだけでなく、他の仲間たちに関しても必ず食卓を共にしているわけではない。

種族によって食事の内容やルールが違うし、一人で食べたいという者もいる。

そのあたりは自由だ。

その分、料理人たちは大忙しだが……。

「ふふふ」

シュノンがくすぐったそうに笑ったので、俺は首を傾げる。

「なんだ？」

「ロウさまは、一城の主《あるじ》になっても、昔と変わらず優しいロウさまのままだなぁ、って」

「今の話のどこに優しさを感じたんだ、お前は……」

朝食を先にすませようと言っただけではないか。

「いえ、シュノン殿の言う通り、主《あるじ》殿は出逢った当初からお優しいです！」

マーナルムまでそんなことを言い出す。

「わかったわかった」

あんまり褒められると、むず痒《がゆ》い。

俺は二人から逃げるように、食堂へ向かって歩き出す。

◇

朝食をすませたあと。

食後の紅茶までしっかり楽しんでから、モルテの許を訪ねることに。

その細身に似合わぬ量の肉をぺろりと平らげたマーナルムは、どこか満足げだ。

屋敷の廊下を進み、幾つも用意されている客室の一つへ向かう。

先導していたシュノンが扉をノックすると「は、はいっ！」という声が室内から聞こえてきた。

「シュノンですよ、モルテちゃん。マナちゃんとロウさまをお連れしました」

「シュノンさんっ。ど、どうぞ……！」

という返事を聞いてから、シュノンが扉を開ける。

モルテの声は、俺が聞いたことがないくらいに弾んでいた。

この一週間でシュノンに心を開くことが出来たのだろう。

部屋に入り、俺は一週間ぶりにモルテの姿を確認する。

そしてその変わりぶりに、内心驚いた。

金色の髪は太陽の光をたっぷりと蓄えたみたいに輝いており、低い位置で二つに結ばれている。

シュノンに向ける笑顔は年相応の可憐なもので、保護当初の怯えた様子が嘘のよう。

まだまだ痩せすぎではあるが、肌は健康的な色合いを取り戻している。血色がいい、とでも言えばいいのだろうか。

衣装の違いも大きいかもしれない。

モルテの細すぎる身体を隠すためか、ゆったりした長袖のワンピース姿。胸にはリボンタイプの『克服のブローチ』が着けられている。

「おはようございまーす、モルテちゃん！」

シュノンがモルテに駆け寄り、彼女を抱きしめる。

「おはよ…ございます」

モルテは恥ずかしそうに頬を染めながら、控えめにシュノンを抱きしめ返した。

……さすがはシュノン、もうそこまで仲良くなるとは。

「今日も可愛いですね～」

シュノンが頬ずりすると、モルテは「あうあう」と声を上げながらも、嫌そうではない。

ひとしきりモルテを可愛がって満足したのか、シュノンが少し離れてこちらを見た。

「昨日言っていたでしょう？　ロウさまに逢いたいって」

モルテがこくりと頷く。

その表情にはまだまだ緊張が滲《にじ》んでいる。

それもそうだ、シュノンと違って俺はまだ彼女とほとんど交流がない状態なのだから。

彼女と視線を合わせるように、俺は屈んだ。

「元気そうでよかった」

そう微笑みかけると、彼女の目に――じわりと涙が浮かぶ。

何かやってしまったかと一瞬焦るが、すぐに「ごめんなさい、違うんです……」との声が。

シュノンが「大丈夫ですよ」と彼女の背中を撫でる。

マーナルムも気遣わしげな視線をモルテに向けていた。

どうやら二人には、モルテの今の感情がわかるようだ。

「わたし、その、ご主人さまに、言わないとって……」

「あ、あぁ。なんでも言ってくれ」

「わたし、あの、わからなくて。ずっと、金貨作らなきゃって、それをしないと怒られるって、思ってて……」

彼女の瞳からポロポロと透明の滴《しずく》がこぼれ落ちていく。

「……そうか。でも大丈夫、うちではそんなことしなくていいんだ」

ようやく、理解する。

彼女は怖くて泣き出したのではない。

ようやく実感出来たから、安堵の涙が溢《あふ》れ出《で》たのだ。

もう安全だと、ようやく現実を信じることが出来た。

「はい……。ここは、みなさん、優しくて……。あの、それで、わたし、言ってなかったから……ご主人さまに、言わないとって」

「あぁ、聞くよ」

モルテは袖で涙を拭い、瞳を潤ませながらも、にっこりと微笑んだ。

「たすけてくれて、ありがとうございます……っ！」

モルテの能力に興味がないと言えば嘘になる。

だが、今後彼女が二度と力を使わないとしても、構うまい。

喜びに満ちたこの笑顔を見ては、それ以上を望もうとは思えない。

「どういたしまして」

俺は自然と、微笑《ほほえ》んでいた。

モルテはその後、たどたどしい口調ながら、真剣にここ一週間の話を聞かせてくれた。

金貨の山を見てびっくりしたこと。

『克服のブローチ』のおかげで、食べ物を見た時の吐き気や、男の人への恐怖感が低減されたこと。

ずっと暗くてじめじめした場所にいたので、太陽がとても眩《まぶ》しく、客室の豪華さにそわそわしてしまうこと。

ご飯を食べて『美味《おい》しい』と感じることが出来るようになったこと。

屋敷の庭に咲いている色とりどりの花がとても綺麗で、いい匂いがしたこと。

強い風が吹いて髪型がめちゃくちゃになったこと。

初めてお風呂に入った時のこと。

目に映った新鮮な出来事全てを、頬を上気させながら語る姿は、幼い子供を思わせる。

出逢った日のことを思えば微笑ましい姿だが、彼女の年頃を考えると、やや子供っぽい。

……いや。

彼女は、その能力が判明した子供時代から他者に利用されるようになったのだ。

普通の人間が普通に暮らしていく内で得られる経験が得られなかったのなら、精神が健全に成長出来ずとも無理はない。

そう考えると、実年齢よりも幼く見える振る舞いも仕方がないというもの。

「あの、あのっ、それで、えと、ご主人さま……！」

「あぁ、ちゃんと聞いてるよ」

「わたし、その、何か、お礼……お礼、出来ますか？　わたし、出来ること、あれしかないけど……お金は、ご主人さま、要らないと思うけど、他にも、その、作れると思う……ので」

「前にも言ったけど、君の嫌がることをさせるつもりはないよ」

「い、いやじゃないです！　お礼、したいです……」

「とは言ってもなぁ……」

与えられるばかりというのも、不安なのだろう。

これまで、善意や厚意というものに触れたことがなければ、なおさら。

悪人に利用される、ということだけがモルテの人生だったのだ。

急に、シュノンのような優しい人たちに囲まれて暮らすことになり、安らぎを覚えたとして。

今度は、それが失われることが怖くなる、というのは理解出来た。

「モルテ」

「は、はい！」

「そういえば説明してなかったが、俺はここにいる奴らを……つまり、ここで暮らしてる奴らを、仲間だと思ってる」

「なかま……」

「そう。そいつらが困ったら俺は助けるし、俺が困ったら仲間たちは手を貸してくれる。だからどうだろう、モルテも仲間になってくれるか？」

「わ、わたしも……いいんですか？」

彼女が驚いたような顔になる。

「もちろんだ。いつか仲間の誰かが困っていたら助けてやってくれ」

モルテは再び瞳を潤ませ、力強く頷いた。

「はい……っ！」

「よし。じゃあよろしくな」

「よろしくお願いします！」

こうして、モルテが正式に仲間に加わった。

「あのー、そうしたらシュノン、今すごく困っていることがあるのですが」

と、そこでシュノンがわざとらしく困り顔になって話に入ってくる。

「どうしたんだ？」

何か考えがあるのだろうと、俺は続きを促す。

シュノンは腕を組み、困っている感を更に強めてから、口を開く。

「それがですねぇ。シュノンは今猛烈にお散歩に行きたいのですが、一人では寂しいのです。誰か親切な人がついてきてはくれないでしょうか？」

と言いながら、チラチラとモルテに視線を向ける。

シュノンの手伝いという名目で、モルテにこの『トイグリマーラ』を案内してやりたいのだろう。

困っているシュノンを助ける、という役割を担うことで、モルテの心が幾分軽くなる効果も期待出来る。

「あ、あのっ、シュノンさん」

「はい、なんでしょうモルテちゃん」

「……わ、わたしで、よければ……その」

指と指をもじもじと絡ませながら、緊張に顔を赤くしたモルテがたどたどしく言葉を紡ぐ。

「モルテちゃん、ついてきてくれるんですか？」

こくこくと頷くモルテに、シュノンは満面の笑みを向ける。

「わーい！　嬉しいです！」

シュノンはモルテに抱きついてから、俺とマーナルムを見た。

「お二人はどうしますか？　シュノン、賑やかなのが好きですけども」

俺とマーナルムは一瞬顔を見合わせ、互いに頷いた。

「それじゃあ、俺たちも行こう。モルテも、それで大丈夫か？」

「は、はいっ！」

そうして俺たちは散歩に出かけることにした。

◇

空中移動要塞『トイグリマーラ』は、空飛ぶ城郭都市と表現したほうが実態に近い。

いびつな円錐状の大岩の円上に、都市が載っている。

山をひっくり返し、出来た面に都市が築かれているような形状。

空を飛ぶ大地の果ては城壁でぐるりと囲まれており、外敵を迎撃する要塞砲も沢山据え付けられている。

だがパッと見物騒なのはそういった防備に関わる施設くらいで、それ以外は平和な光景が広がっていた。

「わっ」

広い前庭を進み、門を通って拠点の敷地外へと出る。

そこで風が吹き、モルテは慌てて被っていた帽子を手で押さえた。つば広の白い帽子で、彼女がまだ日差しに慣れないということでシュノンが用意したものだ。

敷地内はこの一週間でシュノンがある程度案内済みのようなので、今日は拠点の外を軽く案内する予定。

門の前で、モルテは不安そうに拠点を振り返った。

拠点に使っている建物は貴族の屋敷に劣らぬ規模で、部屋数も三十以上ある。

これは『トイグリマーラ』を発見した時からあった建造物で、修繕や掃除は必要だったが、建物自体はそのまま利用させてもらっている。

「大丈夫ですよ、もうここはモルテちゃんのお家ですからね」

人生の大半を囚われて過ごしていたモルテにとって、散歩程度の外出さえ一大イベントなのだ。

緊張するのも無理はなかった。もしかすると、散歩の名目で別の場所に連れて行かれ、売られるのではという恐怖に苛《さいな》まれているのかもしれない。彼女のトラウマは、それほどまでに根深い。

そんな彼女も、シュノンが優しく背中をさすることで、落ち着いてきたようだ。

再びモルテが前を向いた時、目の前の道を白銀の光が駆け抜けた。

「ひゃあっ」

モルテが飛び上がり、シュノンにしがみつく。

光の駆け抜けたあとに、はしゃぐような笑い声が聞こえてくる。

その正体は白銀狼族の子供で、かけっこでもしているのか俺たちには目もくれず走り去って行く。

あの子供たちはまだ四歳で、見た目は年相応だが、普通の人間に比べるとかなり俊敏だ。

五年前に救出したマーナルムの同胞の子たちで、ここで生まれた。

「こ、こらお前たち！」

同じ部族ということで責任を感じたのか、マーナルムが声を上げる。

「あははー、マーナルム様が怒ったー」「ぞくちょーのよめはきびしーなー」

「よ、よ、嫁だと!?」

「もっと怒ったー」「照れてる照れてるー」

子供たちの背中はすぐに小さくなり、声も聞こえなくなる。

「くっ、このっ。ええいあとで説教だからな！」

顔を真っ赤にして震えるマーナルム。

「元気なのはいいことじゃないか」

苦笑しながら俺が言うと、彼女は首を横に振ってキリッと表情を切り替える。

「いえ、場所が問題です。人の出入りがある門の前ですし、実際にモルテを驚かせてしまいました。タイミング次第では衝突していたかもしれません。あらゆる種族と共生するならば、種族間の差異への配慮が不可欠です」

モルテは「わ、わたしは大丈夫、なのでっ」と慌てる。自分の所為で子供たちが怒られ、マーナルムの機嫌を損ねてしまったと思ったのか。

「マーナルムの考えは正しいな。ただ……」

俺が目線でモルテを示すと、マーナルムもすぐに察したようだ。

「あ、あぁ、いや大丈夫だモルテ。説教とはいっても、私はあの子たちを、その、傷つけるわけじゃない。もちろん、また同じことが起こらないよう言い含める必要はあるがー……ぇぇと」

モルテにとって『説教』という言葉が持つ意味は、おそらく肉体的精神的な暴力を伴う警告だ。

先程のマーナルムの意見は正しいが、遠ざかる子供たちに聞こえるよう大きな声を上げたこともあって、モルテを怯えさせてしまったように思う。

「マナちゃんは、モルテちゃんのことを心配してくれたんですよ。そして、あの子たちが危ないことをして自分や他の誰かを怪我させないように、『気をつけてね』と伝えるんです。でも優しく言っても聞かない子もいるので、そういう時は——怖い顔をしたりしますっ」

そう言って、シュノンは自分の指で自分の目尻を上向きに押さえる。それは怖い顔というよりおかしな顔だったが、それこそがシュノンの狙いだろう。

モルテの緊張も和らいだようで、彼女はくすりと微笑んだ。

「そう、なんですね」

笑顔の戻ったモルテを見て、マーナルムがほっと胸を撫で下ろす。

「……それにしてもあの子たち、シュノンのことは見えていなかったのでしょうか。マナちゃんをロウさまの嫁と誤解するなら、シュノンのこともそう思うべきでは？」

シュノンが頬をぷくりと膨らませ、小さく呟く。

「まぁ、子供の言うことだしな」

「ロウさまもなんで否定しなかったんですか？　満更でもなかったとか？」

幼馴染のメイドから向けられるジトりとした視線から逃れるべく、俺は前を向く。

広大な土地が視界いっぱいに映った。

整備された道の他、家々や自然が広がっている。

元は伸び放題の草原に朽ちた家屋の転がる一帯であったが、この五年で随分と様変わりした。

屋敷の近くに住んでいるのは、楽園の活動に関わる者たちや屋敷の勤め人たちの家だ。

家は木造であったり石造りであったりだが、住む者に合わせて建てられている。普通の人間を基準にすると、種族によっては天井や扉の枠を低く感じたり、逆に台所や棚の位置が高くて上手く使えなかったりするのだ。

『トイグリマーラ』には森林地帯や丘陵地帯、大きな湖、広大な地下遺跡へと繋がる洞窟などがある他、自給自足を目指して作られた畑や牧場などもあり、希望者が働いている。

「それで、ロウさま。どこに行きますか？」

「俺が決めるのか」

「ご主人さまですし」

その理屈はよくわからないが、まぁいいかと少し考える。

長らく監禁状態だったモルテのことを考えると、遠出は好ましくない。体力的に厳しいだろう。

この一週間は屋敷内を案内されたというし、散歩という目的を考えても室外のほうがいいだろう。

「よし、じゃあ少しだけ歩こう」

整備された道を少し進み、俺は立ち止まる。

「ここだ」

到着したのは、広々とした草原だ。少し離れたところでは先程のとは別の子供たちが遊んでいる。

俺たちには見慣れた景色だが、モルテは眩しそうに草原を眺めていた。

「このへんは、みんなの憩《いこ》いの場にもなってる。子供が遊んだり、本を読んだり、恋人や家族が弁当を作ってきて食べたりな」

「敷物とお弁当、持ってくればよかったですねー」

「シュノン殿、我々はつい先程朝食をすませたばかりですが……」

「敷物とスイーツ、持ってくればよかったですねー」

「なるほど、それは確かに……」

なんて、マーナルムとシュノンの会話が繰り広げられている横で、モルテは胸いっぱいに草原の空気を吸い込んでいた。あの洞窟の牢を思えば、空気の違いにも驚くかもしれない。

俺は草原に足を踏み出し、少し進んだところで三人を振り返る。

「モルテ、今日は俺のお気に入りの過ごし方を教えよう」

そう言って、俺は仰向けに寝転がった。

「こうすると、目の前いっぱいに空が広がって心地いいんだ」

「いいですね！」

最初に反応したのはシュノンで、彼女は俺の右隣にやってきた。

「ほら、モルテちゃんも！」

「あ、は、はいっ」

躊躇いがちに草を踏む音が聞こえてきて、シュノンの隣で止《や》む。

「マーナルムはいいのか？」

「……で、では失礼して」

マーナルムはおずおずと俺の左隣にやってきた。

全員寝転んだので、意識を空に戻す。

抜けるような青空が、視界を埋め尽くした。

そのまましばらく、無言の時間が続く。

「あ、あの」

沈黙を破ったのは、モルテだった。

「どうした？」

「この空は、どこまで続いているのでしょう……？」

「……どうだろうな。空の果ては、まだ見たことがない」

「ご主人さまでも、ですか？」

モルテの中で、俺はどういう存在なのだろうか。豪邸に住み沢山の使用人を雇い、盗賊団もやっつけちゃうような人物。金庫いっぱいのお金を持っていて、自分にポンッと魔法具を与えてくれるような人物。なんでも出来そうな人、と思われてもおかしくはない……のか。

「あぁ。もし空に果てがあるなら、その先の景色には興味があるけどな」

それからしばらく、俺たちは空を眺めていた。

◇

メイド長としての仕事があるシュノンが、そろそろ帰ろうと提案したその時。

「大変だー！　大変だー！」

というドデカイ声が、草原に響き渡る。

怯えた様子のモルテをシュノンが抱きとめ、その声を聞いたマーナルムが額を押さえた。

声の方に視線を巡らせると、屋敷の方から、誰かが凄まじいスピードでこちらに駆け寄ってきているのが見えた。

「あ、見つけた！　族長様ー！」

人影はどんどん近づいてきて、残り数歩のところで跳躍。

俺に抱きつこう——としたところを、マーナルムに阻止される。

「むぎゅっ」

マーナルムに顔を掴まれたその人物は、苦しげに呻く。

「クエレか」

俺はやってきた者を見て呟いた。

——『クエレ』
——蒼翼竜族。人間に近しい容貌をしているが、体格の大きな個体が多い。
——強靭《きょうじん》な肉体、魔法耐性、竜化能力、火炎魔法などを有する。
——希少度『A』

「マーナルム、離してやれ」

「はっ」

マーナルムが手を離すと、クエレは涙目になって蹲《うずくま》ってしまう。

「うぅ……」

涙目になって蹲る彼女に、俺は声をかけた。

「大丈夫か？」

「族長様ー！」

彼女はバッと立ち上がると、そのまま俺の許へやってきて、俺を——抱き上げた。

「心配してくれるの？　優しぃ！」

そのまま抱きしめられる。

彼女の豊満な胸に顔を押し付けられる形になり、この世のものとは思えない柔らかい感触に包まれる。

だがその柔らかさ、彼女の体温や匂いを堪能する——なんて余裕はなかった。

息が出来ない。

「んぐんぐ」

「んっ。くすぐったいよー族長様」

俺は年相応の身長で、強いて言えば平均よりは少し高いくらいだろうか。

しかしそれでも、クエレは見上げるほどに背が高い。

彼女に抱き上げられると、足が浮いてしまうくらいだ。

氷を思わせる青い髪に、金の瞳。あどけない顔立ちと、それに似合う明るい振る舞い。

彼女の両側頭部からは、一対の角が生えている。途中で枝分かれしており、どことなく鹿のそれに似ている。

大きな身体に、大きな胸。活発で好奇心旺盛。

それがクエレという女性だ。

人間で言うと二十代に差しかかったくらいの見た目だが、実年齢は秘密らしい。

クエレはとある部族の長《おさ》だったが、ある事件をきっかけに部族ごと仲間に加わった。

彼女の部族と親しくなる過程で、次兄のダグにもらった『竜の涙』が役立ったり、俺が族長と呼ばれることになったきっかけの出来事などもあるのだが……今はそれどころではない。

「おいクエレ貴様、主殿《あるじ》を窒息させるつもりか？」

マーナルムから険のある声が発せられる。

「クエレちゃん、ロウさまを下ろしてあげてください。苦しそうです」

シュノンの声は優しげだが、困惑が滲んでいた。

「わ、そっか！　族長様、大丈夫⁉」

彼女は俺をそっと地面に下ろしてくれた。

素直なのはクエレのいいところだ。

「あぁ、大丈夫だ」

マーナルムはいまだにガルル……と警戒した視線をクエレに向けている。

俺を胸で窒息させかけたことに怒っているようだ。

落ち着け、と頭を撫でると大人しくなった。

もっと、という具合に頭を寄せてきたので、何度か往復する。

ついでに耳ももふる。相変わらずいい感触だ。

唐突に、聖獣リアンに逢いたくなった。時間を見つけて、あいつが住処としているエリアに顔を出そうと心に決める。

「マナちゃんいいなー」

クエレは、撫でられているマーナルムを羨ましそうに見つめている。

「貴様は先程主殿《あるじ》を抱きしめただろうがっ……！」

マーナルムがキッと視線を鋭くしたので、再び「落ち着け」と撫でる。大人しくなる。

「それで、クエレ。何が大変なんだ？」

俺の言葉に、クエレは「思い出した！」とばかりに目を見開き、こう言った。

「大変なんだよ族長！　一族《うち》の者が——聖騎士団に捕まっちゃったんだ！」

本当に大変な話だった。

◇

クエレの話をまとめると、こういうことらしかった。

蒼翼竜族の奴隷が、とある貴族の家にいるとの情報を掴んだ。

クエレの部族の者たちは救出に向かい、これに成功。

だが脱出時に聖騎士団と遭遇。

救出に向かったメンバーは、一人を除いて全員捕らえられてしまった。

というより、敵は敢えて一人だけ見逃したようだ。

実際、唯一の帰還者は、聖騎士団からのメッセージを聞いていた。

——賊は三日後に処刑する。楽園を名乗る集団が本当に仲間を見捨てないというのならば、助けに来るがいい。

……随分とご立腹みたいだな。

聖騎士団は、前世持ちの貴族を中心に構成されている。

そして、貴族などの特別な血統でない者が異能《スキル》を持つことを許さない。

マーナルムの妹の時のように、有用な能力の持ち主の場合は監禁して利用することもあるようだが。

そういった異能《スキル》持ちを巡って、聖騎士団と楽園が争ったのは一度や二度ではない。

その初戦が、マーナルムの妹ハーティ奪還である。

マーナルムの妹は、俺の予想通り未来視によって最良の未来を実現出来るよう動いていたのだ。

その結果、俺とマーナルムは出逢い、彼女の同胞を救い出すことに成功した。

それだけではない。

当時マーナルムが目撃したという空中移動要塞は、聖騎士団も狙っていた。

彼らはハーティの未来視を利用し、自分たちが『トイグリマーラ』を手中に収める未来を求めていた。

ハーティはそれを利用したのだ。

その時『トイグリマーラ』は動力に問題が生じており、墜落することが未来視でわかっていた。

ハーティを捕らえていた聖騎士団の部隊長は、彼女を何者かに奪われぬようにと空中移動要塞の落下地点にも同行させた。

事前に聖騎士団の拠点を突き止めていた俺たちは、ハーティを奪還する機会を窺っており、街を離れたそのチャンスを逃さなかった。

聖騎士団に奇襲を仕掛け、ハーティを取り戻してそのまま逃走。

その際、ハーティの指示で墜落した空中移動要塞へと向かい、これを起動し見事逃《に》げ果《おお》せたわけだ。

実は動力の問題を解決するのにもう一イベントほどあったのだが、それはまた別の話。

とにかく、その一件で俺たちは聖騎士団の敵となった。

以降も何度か衝突しており、奴らからすれば楽園は邪魔な存在。

今回は蒼翼竜族のみんなを捕らえて処刑を告知、こちらの仲間意識を利用し、他の戦力も誘《おび》き出《だ》そうとしているのだ。

そうなると、貴族に捕まっていた奴隷の情報は、囮《おとり》か。

「……くっ、我々の作戦全てにハーティの能力を使えるわけではない、ということが読まれているのか」

マーナルムが悔しげな顔になる。

ハーティの未来視があれば、敵に襲撃される可能性は読めた筈だが、そうもいかない事情がある。

ハーティの未来視は使用無制限の万能能力ではないのだ。

「ハーちゃんの所為じゃないって！　それより族長様！　助けに行こうよ！」

クエレの用件はそれだろう。

「……貴様ならば単身乗り込むかとも思ったが、よく主殿《あるじ》に報告に来たな」

マーナルムの言葉に、クエレが胸を張る。

「ふっふーん！　偉いでしょ？　わたしは族長様の番《つがい》だからね！　心配かけないように話しておこうと思って！」

「誰が番《つがい》か誰が！」

マーナルムとクエレの相性はあまりよくない。

真面目気質なマーナルムと、自由奔放なクエレは水と油のような存在なのかもしれない。

とはいえ、嫌い合っているかといえばそうでもないので、あまり問題視はしていない。

「番《つがい》ってのは置いておくとして、報告に来たのは偉いぞ」

「でしょでしょ？」

クエレは嬉しそうだ。

「まずはハーティのところへ行こう」

「ハーちゃんに未来を視てもらうんだね！　わかった！」

瞬間、クエレが俺とマーナルムをそれぞれ小脇に抱えた。

「おい！　なんだこれは！」

マーナルムが不服そうに叫ぶ。

「だって急がないと！」

俺たちを抱えたまま走るつもりらしい。

確かにクエレならば造作もないことだろう。

「諦めろマーナルム。抵抗するだけ時間が無駄になる」

「くっ……承知いたしました」

それから俺は、黙って話を聞いていたシュノンと、彼女の背後に隠れるようにして様子を窺っていたモルテに視線を向けた。

「シュノン、モルテ。話はまたあとでな」

シュノンはゆるりと、丁寧に頭を下げた。

「行ってらっしゃいませ」

そんなシュノンを見て、モルテも見様見真似で一礼する。

「いてらっしゃいましぇっ！」

二度ほど噛んでいた。

自分でもそれに気づき顔を赤くしている。

そんな彼女に一瞬和んだりしつつ。

「あぁ、行ってくる」

「行ってきまーす！」

直後、クエレが大地を蹴る。

グンッと加速し、景色が高速で流れていく。

屋敷の門を軽々と飛び越え、前庭を一瞬で駆け抜け、玄関へ。彼女は蹴破《けやぶ》って進むつもりだったようだが、事前に察知した誰かが扉を開いてくれた。

おそらく分身能力を持った執事だろう。彼は何かと気が利く。

そのまま玄関ホールを抜け、廊下を疾走するクエレ。

仕事中のメイドたちが何事かという視線で見ている。中には「あぁクエレ様ね」と納得顔をする者や「旦那様を荷物みたいに!?」と驚いている者もいた。

「族長様、そういえば新しい子がいたね」

風のように廊下を駆け、階段を上り、また廊下を駆け、度々角を曲がったりしながら、クエレがそんなことを言い出した。

「あぁ、一週間前に来たばかりの子だよ」

「族長様は、可愛い女の子を助けるのが得意だね！」

クエレは屈託のない笑みを浮かべていた。

他の者ならば皮肉に聞こえるかもしれないが、彼女に限ってそれはない。

「仲間には男も多いだろ」

今回捕らえられたという蒼翼竜族も、男のほうがずっと多い。

「そっか、そうだね、そうかも？　じゃあ、族長様は人を助けるのが得意だね！」

「どうだろうな」

「いえ、そこだけはクエレに同意です。私も、主殿《あるじ》に出逢っていなければ今の人生はなかったでしょう」

俺と同じように抱えられているマーナルムが、神妙な顔でクエレに同調する。

「……【蒐集家】がお前らを欲しがっただけだよ」

俺の言葉に、マーナルムとクエレが顔を見合わせ、溢《こぼ》れるように笑った。

「それだけの人間ならば、ここまで人が集まることはありませんよ」

「みんな、【蒐集家】じゃなくて族長様が大好きだからここに住んでるんだよ！」

何やら俺を褒める方向に話が進んでしまっているようだった。

むず痒いものを覚えながら、俺は口を開く。

「そんなことより、クエレ」

「族長様、照れてる？　かわいー」

「いやそうじゃなくてだな――ハーティの部屋を通りすぎてるぞ」

「え⁉」

クエレが急停止し、小脇に抱えられた俺とマーナルムがすっぽ抜ける。

空中に投げ出され、身体が浮遊感に包まれた。

「クエレ貴様ー！」

空中で体勢を整えたマーナルムは、すぐさま俺を抱きとめて着地し、クエレに抗議の声を上げる。

俺のほうは、ふわりと舞うマーナルムの白銀の髪に目を奪われていた。

「ご、ごめーん！」

クエレが涙目になって謝る。

「主殿《あるじ》、ご無事ですか！」

「あぁ、マーナルムのおかげだ。助かったよ」

「と、当然のことをしたまでです！」

感謝の言葉を伝えると、マーナルムが嬉しそうな顔で応えた。

彼女に下ろしてもらい、立ち上がる。

「……取り敢えず、ハーティのところへ急ごう」

ハーティの部屋にはすぐに到着した。

ちなみに、彼女の部屋はマーナルムの部屋でもある。姉妹二人で同じ部屋がいいとのことで、そうなっている。

一度離れ離れになったこともあり、一緒にいられる時間を大切に思うようになったのかもしれない。

俺たちが部屋の前に立つのと、扉が開かれるのは同時だった。

まるで、いつ扉が開かれるかわかっていたかのような対応だった。

「お待ちしておりました。ロウお義兄《にい》さま、お姉さま、それに、クエレさま」

悪戯っぽく微笑むのは、五年前のマーナルムにたっぷりの愛嬌を足し、そこに清楚感を一匙《ひとさじ》加えたような少女だ。

マーナルムを凛々しい美女とすれば、ハーティは愛らしい美少女だろうか。

姉妹共に美しい白銀の髪をしており、また狼耳と尻尾も備えている。

「わわっ、ハーちゃんタイミングばっちり！　なんでわかったの⁉」

こちらの来訪を察したようなタイミングに、クエレが驚く。

「皆さんが来られるという未来を視たのです」

「あ、そっかー！　さっすがハーちゃん！」

「ふふふ、クエレさまは毎回驚いてくださるので、こちらとしても未来視した甲斐があります」

「……ハーティ、能力を悪戯に使うなと言っただろう」

姉からの注意に、ハーティがしおらしく目を伏せる。

「ごめんなさい、お姉さま。でも違うんですよ？　ロウお義兄さまとお姉さまが心配で能力を使っただけなんです。そうしたら、この未来が視えたので」

「ついでに悪戯した、と。まったくお前は」

呆れるような姉の声に、ちろりと舌を出すハーティ。

「ハーティが悪戯する余裕があるってことは、いい未来が視えているんだな」

たとえば、俺たちが聖騎士団に惨敗するなんて未来が視えたら、彼女も悪戯しようとは思わなかっただろう。

彼女には複数の可能性が視えるので、どちらかというと実現可能性の高い未来は安全、と言ったほうが正確かもしれない。

絶対に勝てる未来、というのは中々ないそうだ。

「はい、ロウお義兄さま」

俺の言葉に、ハーティはにっこりと微笑んで頷いた。

ハーティは、姉と自分を助けた俺のことを、兄のように慕ってくれている。

『おにいさま』という響きで思い出すのは、妹のリュシーだ。

当時七歳だったリュシーも、今年で十二歳になる。

彼女は、【蒐集家】に目覚めてしまった兄のことを覚えているだろうか。半分だけ血の繋がったその男が、かつて自分と一緒に過ごしていたことを。

いや、さすがに記憶はしているだろうが、思い出すことはあるのだろうか。

さすがに今も俺の帰りを待っていることはないだろうが、どこかで再会の機会を得られれば……と思う。

だが今は、蒼翼竜族の者たちの救出について考えねば。

「座ってお話ししましょう？　どうぞこちらへ」

扉の悪戯だけでなく、お茶も用意していたようだ。

テーブルには焼き菓子も並んでいる。

俺たちは円卓を囲むように席についた。

クエレは幸せそうな顔で焼き菓子を頬張り、「ん〜〜っ」と身体を震わせている。

その瞬間瞬間の感情を全力で表現出来るのは、彼女の魅力だなと思う。

一族の者が敵に捕らえられれば普通、ピリピリしそうなものだが。

重く受け止めれば偉いとか、いい結果が得られるとか、そういうわけでもないのだ。

助ける意志さえ盤石《ばんじゃく》ならば、彼女のような自由な振る舞いをしても問題はないだろう。

真似は出来ないなぁ、と思うけれども。

「美味しいよ、ハーちゃん！」

「まぁ、それはよかったです。ですがクエレさま、喉に詰まらせないよう気をつけてくださいね？

実現可能性が——」

「んむっ⁉」

喉に詰まらせてしまったようだ。

クエレは慌ててティーカップを一気に呷《あお》る。

だがそれでも足りなかったのか、両隣である俺とマーナルムのカップのお茶も飲み干した。

そしてようやく一息。

「ふぅ〜。ハーちゃん、早く言ってよー」

「ごめんなさい。想定した未来よりも展開が早かったものですから」

「……いや、ハーティ。この愚か者が焼き菓子を喉に詰まらせる未来が視えていたなら、用意しなければよかったのではないか？」

マーナルムは空《から》になった俺のカップを見て、クエレをじろりと睨んでいる。

主殿《あるじ》のお飲み物を勝手に……みたいな感じだろう。

「用意しなかった未来では、寂しそうな顔をされていたので。最終的に無事ならば、幸せそうなほうがよいかと」

ハーティは、未来が視える故の、独特な思考をしている。

「むむ？　どゆこと？」

首を傾げるクエレ。

俺は説明してやることにした。

「クエレは、お菓子があるのとないの、どっちが嬉しい？」

「ある方！」

「一度に沢山食べて喉に詰まっても？」

「うん！　美味しいほうがいい！　でも苦しいのも嫌だから、次から気をつけるよ！」

「そうだな、つまりそういうことだ」

「なるほどー？」

クエレはよくわかっていなそうだ。

俺とクエレの会話を聞いていたハーティが、柔らかく微笑む。

頭痛を堪えるように額を押さえていたマーナルムが、話題を変えるように口を開く。

「──ハーティ、そろそろ本題に」

「はい、お姉さま」

俺は、彼女を真贋審美眼で視た時のことを思い出していた。

──『ハーティ』

──かつて、聖獣と結ばれた者の子孫。

──血は薄まっており、容貌は人間のそれに近づいてはいるが、優れた聴覚、嗅覚、俊敏性、耐久力、膂力などを誇る。

──『複数の未来を視る』異能《スキル》を持つ。

──未来視発動の時間に応じて、精神を消耗する。

──希少度『S』

この精神の消耗は、主に疲労感や眠気といった形で表れ、休養によって回復するものだと判明している。

そして消耗度は、どれだけの未来を視たかではなく、どれだけの間未来を視たかで決まる。

たとえば、ある人間の一ヶ月分の未来を視たとする。

実際は複数の可能性が視えるわけだが、ここでは仮に一つの可能性だけに絞ってみる。

一ヶ月分の未来を把握するには、視る側も一ヶ月かかりそうなものだ。

では、一ヶ月未来を視っぱなしで、精神力をかなり削られてしまうのか？

違う。

前世を体験する時もそうだったが、他人の人生を把握するというのは本を読むようなもの。

一ヶ月分の体験記があったとして、それを読む速度は読み手次第でいくらでも変わる。

ハーティは幼い頃からこの能力が使えたので、今ではかなり効率よく未来を読むことが出来る。

一時間かけて、数日先までの未来を把握する、とか。

その場合、精神の消耗は『実際に未来視を発動していた一時間分』ですむわけだ。

とはいえ、今では楽園のメンバーも多くなり、活動の幅も広がった。

俺と数人の仲間が目的地を一箇所ずつ回る、なんて組織ではなくなったのだ。

ハーティの能力は有用だが、乱発はさせられない。

今回の件とは違うが、ありとあらゆる問題を回避、というわけにはいかない。

理屈の上では、ハーティが日頃から仲間全員の未来を視ていれば今回の事件も防げた、ということになるが、それは現実的ではないわけだ。

そんなことをしたら、彼女は起き上がることも出来ないくらいに疲弊してしまうだろう。

なので、楽園メンバーによる事前調査などを行い、危険度が高そうならハーティの能力を頼る、という方法をとっている。

モルテの時は、多少金回りのいい盗賊団がいたところで、聖騎士団は動かないと判断して未来視の力は借りなかった。

蒼翼竜族の奴隷が貴族屋敷に囚われているという件も、調査の段階では聖騎士団とは無関係に思えたのだが……これに関しては外れてしまったわけだ。

「ほとんどの未来で、蒼翼竜族の皆さんを無事救出することが叶います」

ハーティは先程までの微笑みを消し、真面目な声色になって言った。

さすがのクエレも、仲間に関わる話題ということで真剣な表情になっている。

「ですが、と続きそうだな」

「はい、お義兄さま。今回、楽園の同胞を捕らえたのは――例の騎士が率いる部隊です」

場の空気が引き締まる。

クエレはよくわかっていないようで首を傾げた。

「……なるほどな」

例の騎士というのは、マーナルムとハーティの故郷を襲撃し、姉妹を引き裂き、白銀狼族を奴隷として売り飛ばした聖騎士団の部隊、その長だ。

その騎士は立派な【前世】のおかげで大層強く、聖騎士団内でどんどん立場を強め、色んなところに出現しては俺たちの邪魔をする。

向こうからすれば逆か。

とにかく、互いに互いを疎ましく思っているわけだ。

「ではハーティ。良い未来と悪い未来について、詳しく教えてくれ」

◇

処刑当日。

仲間たちが捕らえられた街の広場には、大勢の人が集まっていた。

希少種族、聖騎士団、あるいは処刑というイベント、何かしらを目当てに沢山の人間が押し寄せている。

俺は『薄影の仮面』を着用して、観衆に紛れ込んでいた。

斬首刑に処す予定らしく、蒼翼竜族たちは首枷《くびかせ》をされて跪かされている。

彼らに破壊出来ない首枷となると、よっぽど頑丈な素材なのか。

真贋審美眼で視ると『脱力の首枷』と出た。

文字通り、装着されると力が入らなくなるらしい。

魔工職人製の量産品だろう。それでも高価な品には変わりない。

捕らえられているのは仲間八人。

蒼翼竜族が救出した奴隷は、持ち主である貴族に返却されたという。

広場には、数十人の聖騎士たちがいた。

皆一様に、白を基調とした装備を纏っている。

観衆が近づきすぎないように注意する者、周辺を警戒する者、捕虜《ほりょ》を見張る者などなど。

――街中で迎え撃つパターン、か。

聖騎士団にも色々な作戦案があったらしく、複数の未来には街の外、騎士団の保有する施設の敷地内などで待ち受けるものがあった。

中でもこの未来は、俺たちにとってはやり辛いパターンだ。

楽園という組織が豊富な人材を抱えていることは、聖騎士団側も承知の上。

純粋に戦闘行為だけで決着をつけようとすれば、向こうも被害は免れない。

そこで市井《しせい》の市民を利用するというわけである。

聖騎士団は、あくまで不法侵入と奴隷泥棒その他諸々《もろもろ》奴らが好きにくっつけた罪で、罪人を処刑するだけ。

楽園がそこに割り込み、戦闘に発展し、万が一にも無実の民に被害が及んだら……。

こちらを悪者として喧伝出来る。

その場合は実際に傷ついた民もいるので、信ぴょう性も抜群だ。

そもそも、俺たちだって無関係な人間を傷つけたくはないので、戦い方が制限される。

ただ、向こうはいざとなったら躊躇いなく前世の異能《スキル》を使用するだろう。

俺の兄たちや父のように、戦闘系の前世持ちは凄まじい異能《スキル》を持っていることも珍しくない。

「この者たちは罪人である！　オジュロー卿の邸宅に忍び込み、金品や奴隷を強奪！　人外の腕力で警備や使用人などに傷を負わせ、平然と逃亡！　被害者にはいまだ目を覚まさぬ者もいる！」

金髪の美男子が叫んでいる。

この処刑を仕切る、聖騎士団の部隊長だ。

世の中には爽やかな美男子と嫌味な美男子がいるが、奴は後者。

「嘘をつけ！　オレたちは誰も傷つけちゃ――」

「黙れ！」

蒼翼竜族の一人が口を開いたが、それを遮るように金髪男が剣の鞘で殴りつけた。

――………。

「皆も楽園を自称する集団については聞いたことがあるだろう！　この者たちもその構成員だ！　奴らは、奴隷を解放しているという！　ダンジョンを攻略しているという！　盗品を回収しているという！　弱きを助けるという！　だが、結局は盗賊団と同じだ！」

俺からすれば退屈な演説だが、聞き入っている者もちらほらといる。

美男子で立派な鎧と剣を持ち、貴族の血を引いた騎士様となれば、惹かれてしまう者がいるのも無理はない。

「奴隷を解放したいのであれば、持ち主から購入した上で解放すればいい！　だが奴らは盗んでいる！　ダンジョン攻略には領主の許可が必要だ！　だが奴らは忍び込んだ上で宝を盗んでいる！　また、当然だが盗人《ぬすっと》からならば盗んでいいという理屈は成り立たない！　そして、奴らは助ける者を、確実に――選別している！　自分たちに利する者を生かし、役に立たない者にはどこまでも冷徹に接するだろう！」

大層な演説だ。言葉自体は間違っていないから面白い。

俺たちは奴隷を盗んで回っているわけではない。

金で買えるならそれが一番。そのようにして解放した者たちも沢山いる。

だが、希少種族に執着し、違法な手段を用いてでも捕獲する者からは、強引な手段で救出することがあるというだけ。

ダンジョンでは魔獣が生まれ、それらは放っておくと外に出て人間を襲い始める。

だが、ダンジョンの宝を冒険者たちに持ち出されることを嫌がって、自分の手勢だけでなんとかしようとする貴族は珍しくない。

それが失敗した時、被害を被《こうむ》るのは周辺に生きる人々だ。

というわけで、俺たちは魔獣を一掃し、ついでに宝を頂く。

宝を残したままでは、貴族が全て回収し終えるまでにまた魔獣が生まれ、だが冒険者は頼らず――と同じことが起きてしまうからだ。

まぁ、手間賃代わりと言ってもいい。

助ける者の選別に関しては、誰でもやっていることだ。

友人と見知らぬ他人が同程度困っていたとして、友人ならば助けるが他人はちょっと……と思うことは誰にでもあるだろう。

それを組織規模でやっているだけ。

そうでなくとも、世界中の困っている人全てを救うことなど出来はしないのだ。

どこかで線引きをしなければならない。

この聖騎士はそれらを全て理解しながら、自分たちに都合のいい情報だけ切り取って発表している。

「この私、聖騎士シュラッドは楽園を自称する賊共を決して許さない！　この者たちを処刑すれば、我々は奴らの恨みを買うだろう！　だが我々は恐れず奴らを迎え撃つ！　理《ことわり》を歪める者たちに罰を下すのだ！　正しき世界を守るため！」

他の聖騎士たちが、呼応するように雄叫びを上げる。それらに当てられるようにして、民衆からも幾らか声が上がった。

「……正しき世界、ね」

微塵も興味がそそられない。

奴を視る。

――『シュラッド』

――人間。

――【英雄】の前世を持ち、『身体能力強化』『剣技強化』『対亜人攻撃強化』『対魔獣攻撃強化』『雷属性魔法修得』など複数の異能《スキル》を持つ。

――特記事項・伝承再演《ミステリオン》修得者。

――希少度『S』

「……ん」

どうにもいけ好かない男だが、気になる点もある。

以前視た時はなかった情報が追加されていた。

伝承再演《ミステリオン》。

これは前世持ちだけが修得出来る、より上位の異能《スキル》だ。

修得は容易ではなく、前世持ちの中でも極限られた者しか扱えない。

生涯修得出来ない者のほうがよっぽど多いくらいだ。

理由もなく威張っているわけでない、ということか。

だがまぁ、こちらのやることは変わらない。

——そろそろだな。

次の瞬間、広場に影が差した。

空中移動要塞が、上空に出現したからだ。

「——来たか！」

叫ぶシュラッド。その声は嬉しそうでさえあった。

だが、その余裕は直後に消えることになる。

「しゅ、シュラッド様！」

聖騎士の一人が叫ぶ。

「なんだ！」

「そ、それがっ……」

その聖騎士は、何から報告したものかわからないのだろう。

一度にあまりに沢山のことが起きたために、頭が混乱しているのだ。

起こったことを列挙しよう。

空中移動要塞が出現した。

空にドラゴンの群れが飛んでいた。

ここから少し離れたところにある聖騎士団の拠点が、爆発した。

近くの建物の屋上に、仮面を被った正体不明の男が出現した。

そして、捕らえていた筈の蒼翼竜族八人が——自由の身になっていた。

それらがほぼ同時に起きた。

頭の回転がどれだけ早くとも、ここまでの混乱に一瞬で対応することは出来ない。

これらが同時に起こった時の対策なんてものは、用意されていないからだ。

お強く気高い聖騎士様たちの全力に付き合ってやることはない。

相手が一つのことに全力を注ぐなんてことが出来ないように、惑わしてやるまでだ。

「くっ、な、なんだ……!? 何が起こっている!?」

どう動くのが最善かも判断出来ない情報量に、聖騎士たちが戸惑っているのが見て取れた。

幾つもの可能性の中では、聖騎士たちが観衆を無視して異能《スキル》をぶっ放す未来もあった。

正面から武力で制圧しようとした場合に、その未来に分岐すると判明。

ならばと、俺は『彼らの想定する方法は選ばない』ことを選択。

結果として、複数の出来事を同時に引き起こし、混乱を与えることに成功。

空には、奴らが追っている『楽園』の拠点、空中移動要塞が出現。

そこから出撃したと思われる竜の群れもおり、その一頭の背には蒼翼竜族の姫クエレがまたがっている。「みんなをたすけよう、聖竜様！」という声が聞こえてくるようだ。

そして更には、明らかに怪しい仮面の男が、建物の屋上から広場を見下ろしており。

それらに連動して、八人の罪人が解き放たれてしまった。

八人を解放したのは、俺の手によるものだ。

仲間の一人が持つ『対象を透明にする』という異能《スキル》を俺にかけてもらい、八人に近づいたのだ。

そして、モルテを牢から解放した時にも使った『盗賊の鍵』という魔法具で首枷を外した。

これは『希少度A相当までの錠ならば外すことが出来る』というアイテムで、どこかへ侵入する際に役立つ他、今回のような使い方も出来る。

「助けるのが遅れたな。顔、大丈夫か？」

聖騎士に剣の鞘で殴られていた蒼翼竜族の男に、透明状態のまま声をかける。

「……族長！　来てくれるって信じてましたよ！」

男はクエレの弟だ。起き上がると、見上げるほどの体躯がより目立つ。

真面目な男だが同時に熱血漢でもあり、考えるより先に動くこともしばしば。

だが、その行動が結果的にいい方向に働くこともあるので、中々難しい。

「お前でもそうしただろ？」

「……ッ！　もちろんですッ！」

八人の蒼翼竜族は、拘束から逃れた瞬間、周囲の聖騎士に殴りかかった。

剣を抜く暇も異能《スキル》を発動する余裕もない状態ならば、前世持ちとはいえちょっと頑丈な人間程度。

蒼翼竜族の巨躯から放たれる暴力を受ければ、ただではすまない。

そんな中、唯一迅速に行動している聖騎士がいた。

この部隊の長、シュラッドだ。

奴は大地を蹴ると、まるで羽でもついてるかのように高く舞い上がり、仮面の男の立っている建造物屋上へと着地した。

――大した身体能力だな……。

人間の跳躍力では考えられないが、奴は前世持ちで、しかも【英雄】ときている。

あぁいうのを見ると、【蒐集家】の俺が武闘派の貴族家を追放されたのも頷ける。

戦闘能力で測った場合、俺は弱すぎるのだ。

まぁ、戦闘能力で結果は決まらない。

「貴様が楽園の首魁だな！　『正体を認識出来なくなる』魔法具を所持していることは既にわかっている！」

確かに、建物の屋上にいる男は『薄影の仮面』を着用している。

更に言うなら、俺が騎士団と衝突する時は、万が一にも正体がバレないようにいつもそれを着用していた。ハーティ奪還の際もそうだし、もちろん今回もだ。

だから、仲間を先導するように出現した者がいて、魔法具を使用しているとわかれば、敵はそれを

『楽園の首魁』だと判断すると予想していた。

実際そうなった。

「たかだか八人の構成員が囚われた程度で、集団の長がノコノコ出てくるとは。組織というものを理解していないらしいな！」

下っ端一人がミスを犯したとして、その尻拭いに毎回ボスが直接出てくるのはアホだと、そう言いたいのだろう。

言わんとしていることはわかるが、俺たちは一般的な組織とは違う。

「シュラッド様！　ご指示を！」

統率の乱れた聖騎士部隊の一人が、シュラッドに指示を乞う。

「ええい愚か者共が！　要塞の出現も竜種の群れも陽動だ！　実際に運用するとなれば民間人への被害は免れぬ！　義賊気取りがそのようなことをするものか！　地上で動く怪しい者を探せ！」

おや、意外といっては失礼かもしれないが、冷静さを取り戻すのが早い。

他の騎士はまだ慌てていたり、蒼翼竜族に殴られて意識を失ったりしているので、シュラッドが特別優秀なのだろう。

そして彼は仮面の男に斬りかかる。

仮面の男も三叉の槍を構えた。

それは、俺が彼に与えたものだ。五年前、白銀狼族の集団を捕らえていた兵士の一人が持っていた、柄が伸縮する槍――『延伸三叉《えんしんさんさ》』である。

俺には『始まりの聖剣』があるので、武器タイプは仲間に渡すか宝物庫行きとなる。

シュラッドと仮面の男が戦っている間に、俺たちは近くの路地に入り、適当な建物の裏口にて『帰郷の鍵』を使用。

扉を開ければあら不思議、我らが本拠地に繋がっている。

「このまま戦いましょう！　族長！」「結局奴隷になった同胞が助けられていません！」「聖竜様方が戦っているのに、我らだけ逃げ帰るなど出来ません！」

と、口々に叫ぶ蒼翼竜族たち。

俺はまだ透明状態なので、傍《はた》からは誰もいない場所に向かって叫んでいる八人に見えることだろう。

「やかましい。言いたくないが族長命令だ。俺を信じて従え」

俺はそもそもこいつらの族長になった覚えはないのだが、こう言うと従うのだ。

「族長がそう言うなら！」「族長が信じろって言うなら、全部上手くいくんだな」「族長これまで失敗したことないもんな」

俺は超人か何かか？

全幅の信頼を置かれるのは、ありがたいと同時にくすぐったい。

八人が入るのを確認し、俺は鍵を外す。

このまま俺も扉に入って閉めれば、扉と拠点の繋がりは断たれる。

「クソ！　あの竜もどき共どこへ行った!?」

八人を捜す騎士の声を聞きながら、俺は扉をくぐる。

最後に、視界の端で仮面の男の首が刎《は》ねられるのが見えた。

「楽園の首魁、討ち取ったり！」

勝利を宣言し、剣を掲げるシュラッド。

だがすぐに、それが早とちりだったと気づくだろう。

俺はここにいるのだから、仮面の男が俺なわけがない。

「奇っ怪な武器を使ったところで、この私に勝てるわけがなかろう！　……なんだ⁉　なっ、死体が消え——クソッ！　『不死の傭兵』か‼」

奴の悔しそうな声を最後に、扉を閉める。

◇

扉をくぐると、白銀狼族のマーナルムが待っていた。

その顔はとても心配げだ。

今回、彼女には他の仕事を任せていたのだが、俺との別行動がよっぽど不安だったようだ。

「ご無事ですか、主殿《あるじ》！」

『薄影の仮面』を外し、実はずっと近くにいた仲間に『透明化』も解除してもらう。

その仲間のほうは、自分自身にかけている『透明化』を解除するつもりがないようだ。

おかげで、そいつがどんな見た目をしているか知っている者は仲間内でも数人しかいない。

まぁ用がある時は力を貸してくれるので、姿が見えないくらいは気にしなくていいだろう。

「あぁ、すぐにクエレと竜たちを呼び戻すよう言ってくれ。それと、要塞も移動する」

「ハッ」

マーナルムが俺の指示を実行すべく駆け出していく。

八人を見ると、全員が片膝をついて頭を下げていた。

「族長、今回は申し訳ない！」

「気にするな、今回は運が悪かったな」

それと、と俺は言葉を続ける。

「お前らの仕事も、ちゃんと引き継いでおいたぞ」

ちょうど、玄関ホールにその人物がやってきた。

一人は、元々八人と共に行動し、聖騎士団がメッセンジャーとして見逃した蒼翼竜族。

もう一人は、彼らが救出しようとしていた蒼翼竜族の奴隷だ。

八人を救出する裏で、マーナルムや他の仲間たちに動いてもらっていたのだ。

「うぉお！　さすが族長！」「族長最高！」「族長最強！」

飛び跳ねるように喜びを表現する男たち。

「恥ずかしいからやめろ」

「しかし結局、今回の作戦はどういうものだったんですか？　色々起こってましたが、よくわからなかったもので」

クエレの弟が言う。

「あー、そうだな。まず俺たちはハーティに幾つかの未来を視てもらったんだが――」

と、俺は説明を始めた。

『未来視』の少女ハーティから幾つかの未来について聞いた俺は、仲間や一般市民への被害を最小限にすべく作戦を練った。

そしてそれは成功したわけだが、助け出された八人からすれば、謎の部分もあるだろう。

喜び合う蒼翼竜族の中で一人、クエレの弟が作戦について尋ねてきた。

ちなみにこの男、名をデコンと言う。

「オレの勘違いでなければ、あの場に『薄影の仮面』、二個ありませんでした？　でもうちにはあれ、一つしかありませんよね？」

鋭い。

「よくわかったな」

熱血漢というと猪突猛進型なイメージがあるが、デコンは基本的には頭も回るのだ。

ただ、理屈よりも情を優先してしまうので、熱血漢。

「いやぁ、族長が異能《スキル》で透明になって助けに来てくれたのはわかったんですが、透明になっただけだと観衆にぶつかったりするじゃないですか。もしそうなったら聖騎士たちに気づかれただろうから、『薄影の仮面』でギリギリまで近づいてからの透明化だと踏んだんですが」

「だな」

仮面のほうは、周囲に俺が俺だと認識されない効果。

仲間の異能《スキル》のほうは、そもそも目に見えなくなる効果。

仮面を使って、聖騎士にバレないように最前列まで近づき。

異能《スキル》で完全に透明になって、堂々と仲間を救出した、という流れだ。

「だとするとやっぱ変じゃないですか？　シュラッドとかいう聖騎士が飛びかかった剣士も、『薄影の仮面』つけてましたよね？」

「あぁ。あいつが誰かわかれば、仕組みもわかるんじゃないか？」

あの戦いの結末を見ていればデコンもわかっただろうが、確認したのは俺だけ。

楽園には沢山の仲間がいるので、正体を隠した仲間が誰かはすぐに想像出来ないようだ。

「旦那様、よくぞご無事で」

ちょうどそこへ、銀髪の執事がやってきた。

「あぁ。そっちも、大役を見事果たしてくれたな」

「あの程度であれば、お命じいただければ何度でも」

「いやいや、痛みは本体に伝わるんだろ？　あんまり聖騎士にぶつけるのもなぁ」

「もう何度かやれば、一矢報いることも可能かと」

壮年の執事は穏やかに微笑んでいるが、その瞳の奥には戦意の炎が燃えているように感じられた。

シュラッドに負けたことを悔しく思っているようだ。

「なら、次の機会があればまた頼む」

「承知いたしました」

俺と執事の会話を眺めていたデコンは、しばらくうんうん頭を捻っていたが、やがて「あ！」と声を上げた。

「お、どうしたデコン」

「もしかして族長、ブラン爺《じい》の分身能力で仮面を増やしたんですか⁉」

「正解だ」

シュラッドが戦闘後に発した『不死の傭兵』とは、銀髪執事ブランのかつての異名だ。

ブランは『分身を作り出す』異能《スキル》を持っている。

分身が死んだ場合、死に至った原因となるダメージは、『痛みの感覚』のみであるものの、本体に伝わる。

なので、先程シュラッドに首を刎ねられた時は、頭と胴体がわかれるような痛みを経験したことになる。

だがブランは、いつも通り穏やかに佇《たたず》むのみ。

経験か、強靭な精神力か。いや、両方だろう。

「デコン殿のご賢察の通り、少々わたしの異能《スキル》でお手伝いさせていただきました」

ブランの分身を作り出す能力は、何も裸の分身を生み出すわけではない。

異能《スキル》発動時に本体が所持しているものを、そっくりそのまま再現するのだ。

ただし、条件もある。

一つは、希少度制限。これはよくある制限で、ブランの場合は希少度Aまでなら、分身でも再現可能。

なので、たとえば俺の聖剣を貸した状態で分身を作っても、希少度制限に引っかかり分身は聖剣を持たずに生まれる。

もう一つは、装備品も当然のように分身能力の範疇《はんちゅう》である、ということ。

つまり、分身が解かれると再現した衣装も装備も一緒に無に帰《き》す。

永遠の複製品を無限に作れる、なんて便利能力ではないわけだ。

実際、分身がシュラッドに殺されたことで、死体だけでなく『薄影の仮面』と『延伸三叉』の複製も消失した。

「なるほど！　まずブラン爺に本物を持たせて、そこから分身！　で、族長は本物を返してもらう。そしたら、ブラン爺の分身と族長で、一時的に『薄影の仮面』が二個になるんですね！」

「そういうことだ。ちなみに、ドラゴンやこの要塞は陽動な。ドラゴンの魔法や要塞の兵器を本気で使うつもりはなかったぞ？」

デコンが「わかってますって」とばかりに笑う。

「誰も疑ってないですよ。族長が無関係の人間を巻き込むようなことするわけないですし」

随分と信頼されているようだ。

「それよりブラン爺！　オレたちのためにシュラッドを引きつけてくれてありがとうございます！」

「ほっほ。同胞は見捨てない、というのが旦那様の方針ですからな。従ったまでです――しかし、デコン殿」

ブランの瞳がギロリと光り、デコンを見据える。

「――――ッ」

デコンが咄嗟に後ずさった。

ブランの闘気に反射的に身体が動いたようだ。

「人助けはご立派ですが、あまり旦那様にご迷惑をおかけせぬよう、今後益々《ますます》のご精進を」

「……努力します」

「よろしい」

フッとブランが微笑むと、張り詰めた空気が解かれるのがわかった。

デコンが、俺の背中に隠れるように移動する。

こいつのほうがデカイので、全然隠れられていない。

「こ、怖《こえ》ぇ～。異能《スキル》持ちとはいえ、普通の人間なのに半端ない殺気でした……」

純粋な殴り合いなら、蒼翼竜族のデコンが勝つだろう。だが戦いは腕力だけではないし、殺し合いとなればなおさらだ。

異能《スキル》で数々の戦場、無数の死を体験したブランは、普通なら『死んで終わり』の経験を何十年分も積み重ねることが出来た。

それが、頑強な亜人をも震わせる覇気の源なのかもしれない。

「旦那様は少々仲間に甘いので、誰かが言いませんと。人生に失敗はつきものですが、失敗をしても旦那様が尻拭いをしてくださる、と間違った学びを得ては危険ですからな」

ブランは好々爺《こうこうや》のような優しい微笑を湛《たた》えていた。

◇

夕食時、今日は蒼竜翼族や、今日の作戦に参加してくれた仲間たちと一緒に食卓を囲んでいたところ……。

そんなこんなで事件は解決……と思っていたのだが。

参加者の一人である『未来視』の少女ハーティが、暗い顔をして俺のところへ近づいてきた。

「ロウお義兄さま」

「どうしたんだ？」

彼女の狼耳も、元気なさそうにペタンと倒れている。尻尾も力なげに垂れていた。

「……その、このような祝いの場で、大変申し上げにくいのですが」

「大丈夫、言ってくれ」

彼女は覚悟を決めるようにきゅっと両手を握り、俺を見上げた。

「このままでは、数週間の内に——蒼翼竜族の皆さんが亡くなってしまいます」

「……何？」

どうやら、危機はまだ去っていないようだ。

第五章◇聖騎士団VS楽園

ハーティの視た未来によると、今日救い出した者だけでなく、ここで暮らす蒼翼竜族みんなが死ぬのだという。

俺は詳細を聞くため、ハーティと共に席を外す。

ついてきたのは、彼女の姉であり俺の右腕的存在でもあるマーナルムだ。

それともう一人、敏腕メイド長のシュノンである。

「主殿《あるじ》、何かあったのですか?」

「あぁ、ちょっとな」

「メイドの勘が反応してます。シュノンも話を聞きましょう」

シュノンが両手の人指し指を立て、それを額の両端に当てながら唸るように言う。

「なんだそりゃ。まぁ好きにするといい」

俺は苦笑しながら、空いている部屋の扉を開け、迷わず入室。

三人もついてくる。

そして、先程ハーティから聞いた未来について、二人にも共有。

「なっ……!　ハーティ、それはどういうことだ?」

「……クエレちゃんもデコンくんもみんな死んでしまう、と?　回避出来るんですよね?」

二人共話に衝撃を受け、蒼翼竜族の身を案じている。

「——と、その話をハーティに聞こうと思って移動したんだ」

俺の言葉に、ハーティがこくりと頷いた。

「まず、これは聖騎士団の手によるものです」

「あぁ、そうだろうな。デコンたちを奪還される可能性を見据えて、未来視の隙をついたんだ」

「あ、主殿《あるじ》？　それはどういうことでしょう？」

マーナルムが戸惑いの声を上げる。

「全ての異能《スキル》には発動条件や制限がある。モルテの能力なら、何かを生み出すのに自分の肉体を消費する、という具合にな。身体能力を強化する能力の場合も、精神的肉体的に消耗するしな」

俺の説明を受け、シュノンが口を開いた。

「ロウさまの真贋審美眼だと、直接目にしないとダメ、という感じでしょうか？」

「そうだな、まだ見ぬお宝の価値を、噂や資料から判断することは出来ない。その点は、ハーティの未来視も似てるな。未来を知るには、その対象を直接捉えていないといけない」

「はい、ロウお義兄さまと一緒ですね」

ハーティとマーナルムは聖騎士団の一件で離れ離れになったが、彼女は姉と引き離される前の段階で、再会までの未来を読んでいた。

「あぁ。整理すると、第一に、聖騎士たちはデコンたちを捕縛した。そして気づいたわけだ。こんな簡単に捕まえられたということは、こいつらは未来視の力を借りていないのではないか、ってな」

「た、確かにハーティを頼っていれば、待ち伏せに遭うという失態は回避出来たでしょうね」

あいつらが捕縛された件を思い出したのか、マーナルムが苦い顔をしている。

「その通りだ。そうなると、あいつらが捕まっている間にされたことに関しては、楽園側に予期されないということになる」

「確かに、救出後に話を聞くことは出来ても、救出前の段階でデコンくんたちがどんな目に遭っているか知る方法はないですね」

まぁ、俺の未来を視るという形で、彼らが処刑場に五体満足で連行される未来は視えていたので、肉体的に傷つけられていないことなどはわかっていた。

向こうも、そのあたりは織り込み済みだったのだろう。

とにかく、捕縛されてから処刑までの間というのが、俺たちに行動を読まれない時間として使えるのだと、聖騎士の連中は気づいた、ということ。

「それで、ハーティ。蒼翼竜族の連中はどうやって死ぬ。遅効性の毒か？　いや、捕まった奴ら以外も死ぬなら、病か？」

世界には様々な亜人がいるが、人間と共通の病もあれば、その種族だけが罹る病というものもある。

たとえば翼の生えた鳥人の病気に、羽根が全て抜け落ちてしまうものがあるが、あれは普通の人間には伝染《うつ》らない。

羽根の代わりに全身の毛が抜けて……みたいなことにはならないのだ。

「……病です。かつて、とある竜種を絶滅させるに至った死の病。聖騎士団が世界を巡る中で、その竜種の亡骸《なきがら》を発見。病の元の採取に成功したようです」

「それがこのあと……というかもう既に蒼翼竜族たちには感染していて、数週間後には死ぬわけか」

「はい」

マーナルムとシュノンは絶句している。

あいつらが心配なのは俺も同じだが、打ちひしがれている暇はない。

「お前が『死の未来』を報告してきたくらいだ、実現可能性が高いんだろうな。ってことは、治療法はないのか?」

「この病を癒やす薬のようなものはなく、治療法を模索し薬を調合する猶予はありません」

治療法を探し回った未来では、その甲斐なくみんなが死んでしまったのだろう。

「となると、霊薬《エリクサー》しかないか」

霊薬《エリクサー》は、どのような病であろうとたちどころに癒やしてしまう、神秘的な万能薬だ。

「え……で、でも、ロウさま」

シュノンが絶望的な声を出す。

「わかってる」

ただしこの霊薬《エリクサー》は大変に希少で、消耗品のくせに希少度が『S+』ときている。

ごくごく稀に、ダンジョンの最奥や隠し部屋などの宝箱に収められているアイテムで、楽園が保有しているのは——三つ。

全員分には到底足りない。

「聖騎士の連中め！　救出後も生かしてはおかぬと、このような卑劣な真似を！」

憤るマーナルムに、ハーティが首を横に振る。

「お姉さま、それは違うのです」

「なんだと!?　どういうことだハーティ！」

「聖騎士シュラッドは、奪還後にわたしがデコンさまたちの未来を視ると予期していたのでしょう。

全ては、ある目的のために仕組まれたものなのです」

「ある目的、ですか？」

シュノンは首を傾げたが、俺には理解が出来た。

「なるほど、な。俺たちが霊薬《エリクサー》を探すところまで、織り込み済みか」

「はい。我々が霊薬《エリクサー》の購入に走ると、行く先々で『既にない』と言われてしまいます」

霊薬《エリクサー》はその希少性故に、所持者が限られる。

そして、霊薬《エリクサー》を手に入れられるような特権階級や一流商人は、その存在を示唆《しさ》するのだ。

要は自慢なのだが、そのおかげで世界でどこに霊薬《エリクサー》があるかは把握しやすい。

うちに三つしかないのなら、俺たちは所有者から購入しようと動く。

幸い金はあるし、仲間の命には代えられない。

だが、それらは既にシュラッドたちが購入済み。

……いや、譲らない者もいるだろうから、貸与とか保管とかのほうが近いかもしれない。

楽園に奪われるとでも言えば、警戒して聖騎士団に預けるというのは頷ける話だ。

聖騎士団の構成員には大貴族の縁者も珍しくないから、交渉も上手くいきやすいだろう。

「そうなれば、俺たちはもう一度シュラッドに逢うしかない。それが奴らの目的なんだろう。……大した執着だな」

「その通りです。シュラッドは、確かに多くの霊薬《エリクサー》を所持しています。ロウお義兄さまと彼が対峙する未来で、確認済みです」

蒼翼竜族が奪還された場合でも、再戦の機会を得られるようにと用意していたのだ。

「そうか。もうそろそろ、あいつとの衝突も終わりにする必要があるな」

奴は奴で、何度も邪魔してくる楽園と決着をつけたいのかもしれない。

「お気をつけくださいい、ロウお義兄さま。次の衝突では、彼らは前世の異能《スキル》を惜しまず使用してきます」

今回、民間人を周囲に配置しての作戦では俺たちに後れを取ることとなった。

だからその次は、全力を出せる場所で待ち受けるということだろう。

中でもシュラッドは、異能《スキル》のその先にある力――伝承再演《ミステリオン》を修得している。

厄介なことになりそうだが、やるしかあるまい。

「夕食後に、今いるメンバーを集めてくれ。次で、シュラッドとの戦いを終わらせる」

◇

蒼翼竜族のみんなは既に死の病に罹っている。

今はまだ動き回れるが、このままでは数週間で死んでしまうのだという。

楽園に所属する蒼翼竜族の者たちは、例の八人の帰還時にそれを祝うために部族で集まっていたので、病に罹る前に隔離する、という策もとれない。

病を治療するのに必要な霊薬《エリクサー》は、うちには三つしかない。

世界中駆けずり回って集めることも出来ない。

何故ならば、聖騎士団が既に集め終えているからだ。

だから、方法は一つ。

仲間を救うために、聖騎士団から盗み出すしかない。

正確には、奪い取るしかない。

そのための作戦会議を行った。

話の前提を共有し終えたあと、声を上げる者がいた。

「あ、あのっ！」

『己の肉体から、別の物質を生み出す』異能《スキル》を持つ少女、モルテだ。

彼女はとある盗賊団に捕らえられ、その力を無理やり使わされていた。

助け出した時は酷い姿だったが、今では金の髪も翡翠の瞳も輝きを取り戻し、肌も健康的に、つやめいている。

今いるメンバーを集めろと言ったので、メイド長のシュノンが彼女も連れてきたようだ。

人数が人数なのと、種族も様々なので、会議は庭で行った。

月明かりと篝火《かがりび》が、周囲の仲間をほのかに照らしている。

「モルテか、どうした？」

「わ、わたしの異能《スキル》なら、霊薬《エリクサー》？　も生み出せると思い、ますっ……」

彼女の能力は極めて珍しく、希少度を無視してものを生み出すことが出来る。

盗賊団の連中は金貨を生ませていたようだが、魔法アイテムを生むことも可能なのだ。

――生み出した物質と同量の重さが、肉体から失われる。

――本人が実際に触れたことのあるものしか生み出すことが出来ない。

という条件があるが、霊薬《エリクサー》は少量で効果を発揮する液体であり、かつ俺たちは実物も所有しているので、今の彼女ならば生成可能。

だが――。

「気持ちはとても嬉しいが、まだ本調子じゃないだろう？　折角体重が戻ってきたところなんだ、今無理をさせる気はないよ」

異能《スキル》の使用を無理強いされていた彼女は、救出時には骨に皮が張り付いているだけといった姿だった。

最近、ほんの少し肉がついてきたところなのだ。

そんな状態の少女に、再び身を削って何かを作らせるわけにはいかない。

「で、でも……！」

食い下がろうとするモルテに、蒼翼竜族の姫クエレが優しく声をかける。

「ありがとうね、モルちゃん。でも、一族《うち》のみんなを助けようとしたら、モルちゃんが倒れちゃうよ」

蒼翼竜族は、今楽園に三十四人もいるのだ。そして、感染した病はかつてとある竜種を滅ぼしたとされるもの。

この楽園には竜もいる。

そいつらに感染した可能性も考えると、必要な霊薬《エリクサー》の数は四十でも足りない。

いかに一回分が少量とはいっても、小柄かつまだまだ細いモルテに、それだけの霊薬《エリクサー》を生成させたら、とてもではないが生きていられないだろう。

「……でも、わたしも何か――」

モルテは恩返しをしたい一心なのかもしれない。

その気持ちはありがたい。

「みんなを助けるために、モルテが倒れたら意味がない。蒼翼竜族も、モルテも、同じくらい大事な仲間なんだからな」

この五年で、仲間という言葉を随分と使うようになった。

興味を持ったきっかけは種族や能力の希少度だとしても、一度知り合ってしまえば意思疎通の出来る存在なのだ。

道具のように扱うことは出来ない。

俺の発言に、蒼翼竜族の連中が涙ぐんだり大泣きしたりし始めたので、なんだか気恥ずかしくなる。

「ロウさまの言う通りです。みんなの役に立ちたい気持ちは立派ですが、まずモルテちゃん自身を大切に思ってあげてくださいね」

シュノンがモルテの頭をそっと撫でる。

今回は断ったが、モルテが健康体に戻り、なんなら少し肉がついたくらいになれば、霊薬《エリクサー》を生成してもらうのは大助かりだ。

普通なら取り返しのつかない負傷や重病も、癒やせるのだから。

彼女の恩返ししたいという気持ちは、その時のためにまだ取っておいてもらおう。

「主殿《あるじ》から説明があったように、聖騎士団と正面から衝突することになった。これまで奴らを壊滅させられなかったことから、我々にとっても奴らが脅威であることは間違いない。だが、仲間の命の危機は見過ごせない。我らが主《あるじ》と共に、騎士団を打倒するぞ！」

マーナルムが叫び、血の気の多い連中が呼応するように雄叫びを上げる。

やる気があるのはいいことだ。

「ハーティの視た未来を聞く限り、大勢で押しかけるのは得策じゃないようだ。敵は前回の失敗から学んで、対空異能《スキル》を持つ騎士を用意している」

俺は、ハーティから聞いた未来を思い出しながら話す。

空から攻めるのは、この世界的にはかなり有効な策だ。

だからこそ、敵もそれを理解して対策を講じたのだろう。

そして、敵には広域殲滅《せんめつ》の魔法を扱える者もいる。

巻き込む一般市民がいなくなれば、容赦なく発動してくるだろう。

「最も成功率の高い未来は、少数での突入だ。そのメンバーをこれから発表する」

正確には、成功率の高さだけでなく、味方の被害を最小限に抑えることも重要視して選んだ未来。

仲間を色々集めておいてなんだが、ちゃんと説明しておかないと勝手について来ようとしたり拗ねたりする者もいるので、これは必要な会議なのだ。

情報の共有、というやつである。

白銀狼族の従者、マーナルム。

蒼翼竜族の姫、クエレ。

聖獣、リアン。

不死の傭兵、ブラン。

などなど、頼れる仲間の中から、今回の作戦の成功率を上げるためのメンバーを選出。

全員が、作戦への参加を承諾してくれた。

「この作戦だが、もちろん俺も行く」

みんなには話していないが、俺が参加しない未来だと、極端に成功率が下がるのだという。

そして、これもハーティには口止めしたのだが……。

俺が参加する未来では、俺が——死ぬ分岐もあるようだ。

それだけシュラッドが厄介な存在、ということだろう。

だが幸いにも、こちらには頼れる仲間と、未来視がついている。

徹底的に、成功率を上げさせてもらう。

それに、未来視がなくとも俺は作戦に参加するつもりだった。

――聖騎士の連中……俺の蒐集《あつめ》した仲間に手を出したばかりか、死の病を押し付けるとは。

少々、頭にきている。

確かに、俺は貴族時代から、魔法の才能も剣の才能もほどほどで、前世も戦闘系ではなかったが。

戦えないとは言っていない。

「聖騎士団を襲撃し、霊薬《エリクサー》を全て奪う。いいな？」

なんだか言ってて悪党みたいな台詞だが、仲間を治療するためだ。

ただ希少な存在を探して回っているだけだというのに、どうしてこんなことになるのか。

まぁいい。

シュラッドを倒せば、少しは聖騎士団も大人しくなるかもしれない。

それに、今回は今回で、蒐集するものがある。

◇

数週間で蒼翼竜族が死んでしまうのだ、ギリギリまで待つ必要などない。

俺たちは即座に、奴らが待ち構えている場所へ向かうことに。

場所についても、ハーティの未来視で把握することが出来た。

俺たちが、霊薬《エリクサー》所有者を訪ねた場合の分岐での出来事。

ハーティが視たように『既にない』と言われるが、その者の屋敷を出ると、馬に乗った聖騎士が近づいてきて、招待状をくれるのだという。

ここに霊薬《エリクサー》があるから、欲しければ来いというもの。

招待状の内容に関してもハーティの能力で確認済みなので、わざわざその未来をなぞる必要はない。

奴らが待ち構えているのは、森の中に作られた演習場だった。

聖騎士団のメンバーは、全員が前世持ちの貴族。

そういった場所を用意出来るコネくらいはあるのだろう。

まぁ、そうはいってもメンバー全員が家督を継げない次男以降の者たちではあるが。

家を継ぐことは出来ないが、自分は凄まじい力を持っているとなった時、自分が輝ける場所を求めて外に出たくなる者がいるのも、無理はないのかもしれない。

だが、やっていることは弱い者虐《いじ》めに金儲けなので、どこらへんが『聖』でどこらへんが『騎士』なのか、わかったものではない。

彼らは一応、特定の神を信仰している。

死した者の魂は失われず、時に同じ世界、時に異なる世界で新たな生を享《う》ける。

これは、その神の教えだ。

魂に刻まれた『前回の情報』を引き出す術を生み出したのは『協会』の創設者だが、その人物は混乱を避けるために過去生継承の儀の適用を王侯貴族やごく一部の者に限った。

聖騎士団は、それらを自分たちに都合よく解釈した。

協会の創設者とは神が遣わした存在で、尊い血に尊い力を与えることを神が許したのだと。

異能《スキル》とは前世に覚醒した者の力であり、神の祝福なのだと。

選ばれし者以外がこの力を使うことは神の意思に背いており、許されざる罪であると。

故に、捕まえて利用するなり処刑するなりしてもいいのである。

むしろ、それは正義である。

という感じの主張だ。

理解出来ないと言うのは簡単だが、実際に聖騎士団にメンバーが集まっている以上、一部の貴族には効くのだろう。

まぁ、前世持ちにしてみれば、ただそれだけで『自分たちは特別』と肯定されるようなものなので、気持ちがいいのかもしれない。

巻き込まれた者たちはたまったものではないが。

というわけで、森の中だ。

また森か。いや、山や海、荒野に砂漠、氷の島に水晶の洞窟、様々なダンジョンなど、これまで沢山の場所を訪れてきたのだ。特別、森にばかり訪れているわけではないのだが……どうにも印象が強い。

空中移動要塞『トイグリマーラ』は、森から離れた空を飛行している。

俺たちは演習場から少し距離を空けて地上に下りると、そこから移動を開始。

ちなみに拠点から地表に下りるのには、竜の力を借りた。

背中に乗ってもいいのだが、今回は人が乗れるようにしたカゴを竜に吊るし、そこに搭乗する形をとった。

『地上か、久しく下りていなかったな』

気を利かせて狼サイズに変化中の、聖獣リアンだ。

俺の左隣を歩くリアンの頭を、そっと撫でる。

ちなみに右隣はマーナルムだ。

リアンのような聖獣は、一度住処を定めると、基本的にそこから出ない。

リアンの母親は、俺の父や兄妹《きょうだい》の住まう土地にある『鋼鉄の森』を住処とした。

聖獣は一箇所に一体という掟のようなものがあるらしく、リアンは生まれてしばらくしてから出ていかねばならなかった。

縁があって俺と共に旅をすることになったリアンが住処と決めたのが、空中移動要塞の土地なのだった。

リアンのおかげで拠点には清浄な空気が流れており、一部の種族にとって特に居心地のよい場所になっているようなのだ。

そんな聖獣が住処を離れるというのは、滅多にないこと。

ちなみに、マーナルムたちの土地を守っていた聖獣も、旅の中で発見した。シュラッドとは別の部隊の騎士が捕らえており、聖獣の魔力を奪って自分の力を高めようとしていたのだ。

解放後、その聖獣は別の住処を探すことを選び、マーナルムの仲間の内、十数名がついていくことになった。

「聖獣様、いいなー」

蒼翼竜族のクエレが、頭を撫でられているリアンを羨ましそうに見ている。

「気を引き締めろクエレ。貴様らの一族の命がかかっているのだぞ」

「もちろんわかってるよ、マナちゃん」

「ならば――」

「だからこそ、だよ。普段のお仕事も、今回のお仕事も、同じようにこなさないと。大事な家族を救うためだからって、緊張したり焦ったりしたら、むしろ成功率が下がっちゃうからね」

「むっ……」

クエレからの反論に一理あると思ったのか、マーナルムが言葉に詰まる。

確かに、肩に力が入っていつものパフォーマンスを発揮出来ないよりは、自然体でいられるほうがよいだろう。

どんな時もいつもの空気感を維持出来るのは、クエレの才能といえるのかもしれない。

「だから、族長様に撫でてもらってもいいと思うんだよっ」

「むむ……いや、それは納得しないぞ。仮に貴様に撫でられる権利が発生するのだとしても、順番的に私が先だ」

「マナちゃんは出逢った順番を意識しすぎじゃない？」

「う、うるさい。長く共に過ごしたことを誇りに思って何が悪い」

俺はマーナルムの白銀の髪と耳をもふもふし、それから少し背伸びしつつクエレの青い髪も撫でた。

「わふっ」

「んふふ」

不意打ち気味のもふもふに驚くマーナルムと、撫でられたことを素直に喜ぶクエレ。

「両方自然体なようで安心だが、そろそろ静かにしないと敵に気づかれるぞ」

マーナルムが「申し訳ございません」と反省し、クエレは「はーい」といつも通り。

そんな俺たちのやりとりを、壮年の執事ブランが微笑ましげに眺めている。

ちなみにもう一人、透明化能力を持つ仲間が一緒に地上に下りたが、今は別行動中。

そいつの異能《スキル》で全員透明化出来れば楽なのだが、同時に二人までの制限付きなのだ。

「しかし、敵も考えましたな」

ブランが感心するような呆れるような、どちらともとれる声を出した。

「そうだな」

敵が、対空異能《スキル》持ちや広域殲滅魔法持ちを用意しているのは未来視で判明しているが、実はもう一つ判明していることがある。

俺たちが損害覚悟で全戦力を投入したら、奴らにも相当の被害が出る。これは敵も予想していたようで、事前に取り決めを用意していた。

俺たちが大部隊を率いて出現したら、その時点で霊薬《エリクサー》を破壊する、という命令を出していたのだ。

事実、複数の分岐の中には、霊薬《エリクサー》をダメにされてしまう未来もあった。

シュラッドは、ハーティを捕らえていた過去から、未来視についても理解がある。

未来を視ることで、逆に行動を制限されることもあると知っているのだ。

霊薬《エリクサー》を破壊されるわけにはいかないから、俺たちはどちらにしろ、少数精鋭で突入するしかなかった、というわけである。

だが、その少人数部隊で霊薬《エリクサー》を奪還出来る可能性がゼロなら、俺たちは突入してこない。

シュラッドはそこも理解している筈。

だから聖騎士も聖騎士で、戦力は厳選されている。

俺たちが、不利を覚悟で突入してくるバランス。

——と、敵は思っていることだろう。

「主殿《あるじ》、卑しい聖騎士共の臭いです」

マーナルムが鼻をくんくんと鳴らしながら、ある場所を指差す。

そこへ向かって歩いていくと、やがて視界が開け、木々や草花のない、広い空間に出る。

「よく来たな、咎人《とがびと》共」

金髪の美男子シュラッドが、実に嫌味な笑顔で出迎えてくれた。

彼の近くには六人の聖騎士も立っている。

「なんだ、ずっと待ってたのか？　俺たちがいつ来るともわからないのに、ご苦労なことだな」

俺の言葉に、シュラッドが目許をぴくつかせる。

出迎えに対して皮肉を返されたシュラッドは、一瞬不愉快そうな顔をしたものの、すぐに自分を落ち着けるように咳払い。

きざな笑みを浮かべてから口を開く。

「うちには目のいい者がいてね。空から大地を見下ろす視点が得られる。貴様らの登場は察知していた。だが何故訊く？　未来視のメス犬は読み逃したのか？」

「──貴様ッ！」

妹をメス犬呼ばわりされたマーナルムが牙を剥き、眷属を愚弄されたリアンが唸り声を上げる。

「ふっ、愚かな。一流の戦士ならば、戦場で何が起ころうと動じるべきではないだろうに」

シュラッドの言葉に騎士たちも頷き合ったり、こちらを嘲笑したりする。

こいつらは、前回の俺たちとの衝突で散々動揺していた事実を忘却しているのだろうか。

空中移動要塞に竜の群れに八人の解放に仮面の男の登場にと、色々起こって大層動じていたじゃないか。

まぁ、シュラッドは復帰が早かったのも事実なので、本人的には問題なしなのかもしれないが。

「ところで、貴様らの中に楽園の首魁はいるのか？」

そうなのである。

俺は今まで、その正体を隠してきた。

今日は仮面をしていないが、奴らはそもそも俺を知らないのだから、顔を出しても楽園の長だとは認識出来ない。

「俺だよ、シュラッド殿」

シュラッドが怪訝な顔をした。

「……嘘を吐《つ》くな小僧」

小僧って、お前も精々二十代後半だろうに。

二十代も半ばを過ぎると、二十歳は子供に見えたりするのだろうか。

どうにもシュラッドの考えていることはわからない。

「貴様のような若造が、周辺国家に名を轟かせる犯罪組織の頭目だと？　奴隷契約でもなければ人に従わないような希少種族、咎人共が、貴様を主《あるじ》と崇めているだと？　貴様の命令一つで空中移動要塞が動き、貴様の決定に楽園のメンバーが従うだと？　何より、五年前の未来視強奪に始まる因縁《いんねん》の相手が、貴様だと？　本気で言っているのか」

確かに、正体不詳の若者が、世界中で希少な存在を蒐集して回っているというのは、非現実的かもしれない。

もっと威厳ある風貌で、年嵩《としかさ》の男だったら説得力も出ただろうが。

「信じて頂く必要はないが、貴殿らの招待に応じてここまで足を運んだのだ。パーティーは予定通り開催していただこう」

ちょっと気取った感じで言ってみるが、どうにもしっくりこない。

「……ふざけた男だ。だがいいだろう。霊薬《エリクサー》を狙う盗人共よ。我らは聖騎士として、正々堂々と貴様らを討滅する。神に選ばれし我らの力を、とくと味わうがいい」

シュラッドを含め、騎士は全部で七人。

いや、今五人になった。

未来視で視た内、対空異能《スキル》と、広域殲滅魔法を持った二人だ。

「――ッ」「かはっ……」

その二人が、首に受けた刃傷から血を噴き出しながら、それを押さえようとしつつも勢いを止められず、そのまま地面に倒れて事切れる。

「なッ――!?」

シュラッドが目を剥く。

不思議なことは何もない。仲間の透明化能力を駆使して、暗殺を決行しただけだ。

透明化の対象は二人までなので、異能《スキル》持ち本人と、ブランの本体に決行してもらった。

今俺の近くにいるブランは分身体である。

本領を発揮した時に大変な脅威になるのならば、そうなる前に倒してしまえばいい。

残り五人になった聖騎士たちが慌てて剣を抜くが、二人には事前に離脱を命令済み。

そして、俺の近くにいる四人の仲間たちが、それぞれシュラッド以外の四人に飛びかかる。

「どうした騎士様？　一流の戦士ならば、戦場で何が起ころうと動じるべきではないだろうに」

俺は微笑みと共に、その言葉を贈る。

先程マーナルムに吐いた言葉を自分に返されたことで、シュラッドが怒りに顔を赤くした。

「この卑怯者共めが……ッ！」

端整な顔を大きく歪め、言葉と共に唾も飛ばしている姿は、とてもではないが聖騎士感ゼロだ。

怒りに任せて剣を抜いたシュラッドが、そのまま俺に襲いかかってくる。

「なんじゃそりゃ」

俺は肩を竦めて笑う。

こちらの仲間を処刑しようとしたり、病を押し付けたりは、卑怯ではないというのか。

迫る彼を迎え撃つべく、俺は『始まりの聖剣』を抜き放ち、彼の振り下ろしを受け止めた。

【英雄】の剣もまた異能《スキル》によって変質したものであり、兄にもらったこの聖剣と打ち合っても破壊されぬ耐久力を持つ。

交差された刃越しに、俺たちの視線が交わった。

「貴様らに誇りはないのか……ッ！」

さすがに真正面からの押し合いでは不利。シュラッドが力を込めたところで俺の身体は弾き飛ばされ、地面に片膝をついたところで停止する。

そこへシュラッドが追撃を仕掛けるべく突っ込んできた。

「誇り？」

俺は片手を地面に触れさせ、土を握り、近づいてきたシュラッドの顔面に投げつける。

「んなっ……!?」

彼が目を瞑った拍子に立ち上がり、彼の腹部に前蹴りを叩き込んだ。

「ガッ……！」

「喧嘩に、ルールや誇りを持ち込んで何になるんだ？　わけのわからんお坊っちゃんだな」

剣の試合でもしているつもりなのだろうか。

ルールの中で競い合うことと、ルール無用の戦いは、別物として考えるべきだろう。

少なくとも俺たちは、奴らの中にあるルールを守るつもりはない。

俺たちにただ勝ちたいなら、攻めてくる方向がわかった段階で広域殲滅魔法を放てばよかったのだ。

だが、奴らは異能《スキル》持ちを手元に置きたいのか、俺たちを捕らえて楽園の情報を吐かせたいのか、それとも正々堂々と屈服させたいのか、俺たちの到着を待ってしまった。

もちろん、この未来を知っていたからこその作戦決行ではあるが、やはりシュラッドの思考は理解出来ない。

「なっ、あっ、がッ……、き、貴様ッ、死んだぞ」

怒りが限界を超えたのか、声にならない声を吐き出した末、シュラッドはそう口にした。

チンピラも聖騎士様も、ブチ切れた時に出てくる脅し文句は似たような感じらしい。

ぶっ殺してやる的な、シンプルな言葉になる。

俺は『始まりの聖剣』を強く握り、これから起こる未来に向けて準備する。

「私が何故、聖騎士団においてこれほどの権限を与えられているかわかるか」

部隊を率い、国内を駆け巡り、俺たちの邪魔をする。

そう考えると、結構な自由を与えられているように思える。

俺たちはどこにも所属せず誰にも縛られておらず拠点も空中移動するので、自由に生きられるが、普通の組織人はそうはいかないだろう。

「さぁな、教えてくれよ」

「私が神に選ばれた存在だからだ」

「そりゃすごい」

俺の反応にも慣れたのか、シュラッドは無視して続ける。

奴は自分の剣を天に掲げた。

「どのような未来を視てやってきたかは知らんが、私が負けることは有り得ない」

それほどの自信があるから、未来視を抱える俺たちと勝負しようと思えるのだろう。

自分たちには神がついている、という謎の確信があれば、未来視如き怖くないのかもしれない。

俺たちの頭上遥か高くに暗雲がたちこめ、そこに光が瞬《またた》いているのが確認出来た。

そして、シュラッドは言う。

「見せてやろう、咎人を討つ――神の怒りだ」

次の瞬間、空が輝き、空が鳴き。

天より雷が降り注いだ。

奴らの言う咎人である――俺に向かって。

だが当然、俺はその未来を読んだ上でここに立っているのだ。

「伝承再演《ミステリオン》――雷霆継承権《スノウラケ》」

伝承再演修得《ミステリオン》には、前世と現世の二つが重要になってくる。
前世の力を使うだけなら、それはあくまで異能《スキル》使用とでも言えばいい。
前世の力に、現世の力を掛け合わせることが出来た時、それは奇跡の次元に到達する。
シュラッドは貴族だ。前世に覚醒する以前から、魔法の訓練を受けている。
その上で【英雄】の前世に目覚めたのだ。
そこから更に研鑽《けんさん》を積み、その力を手にしたのだろう。
いけ好かない奴だが、実力は本物。
なにせ、落雷を操る魔法に至ったというのだから。
天災を御する魔法。
国によってはそれだけで神の代行者として崇められるだろう。
凄まじい力だ。
これだけの力があれば、全能感に酔いしれてしまうのも無理はないのかもしれない。
こいつと初めて衝突したのは、未来視のハーティを奪還した時だから、五年前か。
その時には修得していなかったので、五年の間に修得したのだろう。
敵ながら見事だ。
この魔法ならば、どのような敵であろうと滅することが出来るだろう。
「な、な、なッ――何故だッ！　貴様、一体何をした！」
だが、俺はぴんぴんしている。

「何って、目の前にいるのに見てなかったのか？」

「ふ、ふざけるなッ……！」

俺はただ、『始まりの聖剣』を天に掲げただけだ。

そうすれば、俺を狙った落雷はまず、聖剣に触れる。

それで充分。

「お前、さっきから狼狽《うろた》えてばかりだな。戦士の動じなさはどうしたんだよ」

「だ、黙れッ！　一体どのような奇術を弄した!?　代理負担の魔法具――いや、有り得ん！　一瞬で千回以上は殺せるダメージを相殺《そうさい》出来る筈が……吐け！　いかなる手段で神の怒りから逃れたのだ！」

わからないことを素直に人に訊くとは感心だ。

言葉遣いがよろしくないのは問題だが。

「斬り結んだ時に気づかなかったのか？　この剣は特別製なんだ」

長兄より譲り受けた、本物の聖剣である。

「馬鹿な！　仮にそれが聖剣に匹敵する魔法具だとして、神の怒りを防ぎ切れる筈がない！」

まぁ、確かにそうだ。

この聖剣は竜の鱗さえ断ち斬る優れものだが、天災を斬れるものではない。

「でも斬れた。何故だろうな」

シュラッドが一歩後ずさる。

俺を見る目は、先程までの若造を嘲《あざけ》るそれではなく、幽霊にでも遭遇したようなものへと変わっていた。

「しゅ、シュラッド様！」

騎士の一人が彼を呼んだ。

その男はマーナルムと戦っていたが、全身に裂傷を負い、ついには胸を貫かれて息絶える。

マーナルムは四足獣《しそくじゅう》のように騎士の周囲を駆け巡っては、敵の防御を潜《くぐ》り抜《ぬ》けて攻撃を加えていたのだ。

彼女の白銀の毛髪が淡い光を帯び、その両手には光の爪が伸びている。

「な、なんだあれは……姉のほうには、異能《スキル》はなかった筈だろう……！」

気になるのは部下の死ではなく、マーナルムの変化のほうらしい。

どうやら、死んだ騎士はそこまで仲のいい相手ではなかったようだ。

変化はマーナルムだけではない。

ブランは複数の分身を出現させて騎士を翻弄し、リアンの咆哮に応じて森の木々が蠢《うごめ》き騎士に襲いかかり、クエレが大きく息を吐くと代わりに凍てつく空気が噴き出した。

騎士たちも、俺たちのことは事前に調べていただろう。

戦い方についても対策を練っていた筈だ。

だが、それがまったく役に立たない。

俺の仲間たちが、彼らの知っているよりも数段階――強くなっているから。

「貴様の仕業か！　対象の性能を上げる異能《スキル》、そうなのか！」

「惜しい」

先程シュラッドが後退した分、奴に近づく。

「有り得ん有り得ん有り得ん！　聖剣と配下合わせて五つの対象を同時に強化だと!?　それも、神の怒りを相殺し、四人の聖騎士を上回るほどに!?　そんなもの、並の異能《スキル》では——ま、まさか」

ようやく、思い至ったようだ。

愕然とするシュラッドに、俺は一歩また一歩と近づいていく。

よろめくように後退しながら、シュラッドは剣を持っていない左手で、自分の顔を覆った。

「き、貴様——貴族か」

ようやく、その可能性に思い至ったようだ。

「そうだよシュラッド殿。家を出た貴族が、みんな聖騎士団に入るわけではないんだ」

「……ならばこれは、やはり——伝承再演《ミステリオン》、なのか」

「あぁ」

対象は、これまで俺が蒐集した『モノ』であればなんでもいい。

聖剣でも、聖獣でも、亜人でも、異能持《スキル》ちでも。

それらの性能を一時的に数段階、引き上げる。

真贋審美眼でいうところの希少度が、一時的に跳ね上がるのだ。

道具は性能が強化され、生物は異能《スキル》に目覚め、既に持っていればそれが進化する。

俺の伝承再演《ミステリオン》ならば、それが出来る。

【蒐集家】というクロウの前世に、俺の魔法を組み合わせた、現世だけの魔法。

「何故だ！　それほどの能力がありながら、何故我々に敵対する！　我らのように尊い血の流れる者以外が異能《スキル》を持つことを、何故許せる！　何故咎人共を仲間に迎える！」

シュラッドは、世界を貴族とそれ以外で分けて考えているのだろう。

だから、貴族でもないのに異能《スキル》を使える奴らは許せない。

自分たちの特別性を侵す存在だからだ。

「何故って、興味があるからだよ」

「きょ、興味、だと？」

「あぁ。違う種族も、不思議な道具も、摩訶不思議なダンジョンも、まだ見ぬ大地も、全てを見てみたい。そういう欲求に従っているだけなんだ」

「……貴殿の前世は」

おや、呼び方が貴様から貴殿に変わった。

俺に流れる貴族の血への敬意だろうか。

「――【蒐集家】だよ、シュラッド殿」

「――――」

「これだと、結局聖騎士団には入れなかったんじゃないか？」

シュラッドは何かを思い出すように、ぶつぶつ言い出す。

「【蒐集家】……まさか、いやだが、彼は死んだ筈では」

どうやら俺の家を知っているらしい。

「死人にしては元気だろう？」

彼は顔を青くしている。

あまりの顔面蒼白っぷりに、シュラッドのほうが死人みたいだ。

「死を偽装したのか」

「あぁ、そしてこのことは、誰にも知られてはならないんだ」

でもシュラッドには明かした。

つまり、彼をこのまま解放することは出来ない。

周囲にはもう、彼の仲間は生きていない。

残すは彼一人。

シュラッドは状況を認識するように周辺を見渡し、そして――剣を捨てた。

そのまま両手を上げ、降参の意を示す。

「私の負けだ。霊薬《エリクサー》は全て渡す。どうか見逃してほしい」

プライドの高い聖騎士様が、敗北を認め降伏している。

同じ貴族ならば、自分に慈悲をかけてくれると思ったのだろうか。

どうやら、彼はまだ状況がよく理解出来ていないようだ。

俺はシュラッドに霊薬《エリクサー》の在《あ》り処《か》を聞き出し、元傭兵のブランと蒼翼竜族のクエレに回収を頼む。

「嘘は吐いていない……！」

「だろうな。でも確かめないと」

しばらくして、どこかから「あったよー！」とクエレの声が聞こえてくる。

その一つをブランが持ち帰ってきたので、真贋審美眼で確認。

間違いなく本物だ。

「確認出来たよ、シュラッド殿」

「な、ならば手打ちでよろしいか？　私は、ここを去っても？」

「いやいや、そうはいかないよシュラッド殿。さっきあんたが言ったんじゃないか。俺たちには五年前からの因縁がある。霊薬《エリクサー》だけでは、清算には程遠い」

「ならばどうしろと⁉　わ、私に差し出せるものならばなんでも渡す！」

「なんでも？」

「あぁ！」

「それが聞きたかった」

俺はシュラッドに手をかざす。

「なんだ……？　何をしている」

「じっとしてろ」

シュラッドの身体が淡く輝き始める。

「伝承再演《ミステリオン》というのは不思議だよな。あの魔法名は、修得時にスッと頭に浮かんできた。あんたもそうだったか？」

その光は次第に彼の胸部へ収束していく。

「答えてくれ！　私に何をしているのだ！」

雷を凝縮したような光は強く瞬きながら、彼の食道を上がってくるように移動を開始。

「俺の伝承再演《ミステリオン》は『天庭宝物庫仮象大展覧《てんていほうもつこかしょうだいてんらん》』というんだが、さっき見てもらった通り、俺の『モノ』全ての能力が引き上げられる」

「それがなんだ⁉」

「そこで俺はこう思った。では、伝承再演《ミステリオン》によって、俺のモノである俺の異能《スキル》も強化されるのではないか、とな」

「……なんだと」

「そしてそれは正しかった。モノの価値を鑑定するだけじゃない。強化された【蒐集家】は、それまでは手に出来なかったモノを手に出来るようになったんだ」

光はついにシュラッドの口に達し、その瞬間、彼は苦しげに呻き、それを吐き出した。

地面に吐き出されたのは、中に雷を閉じ込めたような、琥珀色《こはくいろ》の宝石だった。

「はぁ……はぁ……な、何をした。何をしたんだ貴様は！」

マーナルムが、ハンカチを使って宝石を拾い上げる。

シュラッドの口から出てきたものを、俺に回収させたくないという思いからだろう。

「わかっているんだろう？」

「…………嘘だ」

「蒐集だよ、シュラッド殿」

「有り得ない！」

俺はシュラッドを視る。

真贋審美眼で表示される情報は、前回と違っていた。

――『シュラッド』
――人間。
――希少度『／』

彼にはもう、希少度がついていない。

「お前ふうの表現を混ぜて言うなら――神のご加護を蒐集した」

「――――」

シュラッドは己の両手を見下ろし、そしてすぐに――慌てふためく。

「す、異能《スキル》が消えている!?」

何かしらの異能《スキル》を使用しようとし、失敗したようだ。

「それだけではないよ。お前は伝承再演《ミステリオン》に到達していた。異能《スキル》と魔法を掛け合わせることに成功したんだ。だから悪いが、両方頂いた」

シュラッドは最早、魔法の使用も出来なくなっている。

「あ、有り得ん。こ、このようなことが起こる筈がない！」

「お前も言ってたろ？『差し出せるものならばなんでも渡す』と。だから貰うことが出来たんだ。

強化された異能《スキル》でも、強引に人の力を奪うことは出来なくてね」

シュラッドはマーナルムの手にある宝石に目を向けた。

「そ、それだな!! 返せ！ 私の力だぞ！」

マーナルムに飛びかかるシュラッドだが、今の彼は最早、少々鍛えた武人程度。

並の人間を圧倒出来ても、マーナルムには到底敵わない。

既に俺の伝承再演《ミステリオン》は解いているが、それでも充分。

文字通り彼女に一蹴され、シュラッドは大地を転がる。

土に汚れるシュラッドを、マーナルムが冷たい眼差しで見下ろす。

「貴様は我が故郷を襲撃し、逆らう同胞を手にかけた。その上、妹を監禁し、生き残った同胞を奴隷として売り払った。他者から奪い続けてきた罪を、償う時がきたのだと受け入れろ」

「獣混じり如きが偉そうに！ 私は貴族だ！ 前世は英雄だ！ この魂は、この生は神に祝福されているのだ！ 平民や亜人をどう扱おうが、私の自由だろうが！」

「……救いようのない下衆《げす》め」

対話は不能と判断したのか、マーナルムは唾棄《だき》するように彼を一瞥し、視線を切る。

そこへ、霊薬《エリクサー》を回収したクエレも戻ってくる。

「よし、作戦成功だな。帰ろうか」

もうここに用はない。

だが俺の帰還を阻む者がいた。

シュラッドが、俺の足許に縋《すが》り付《つ》いてきたのだ。

「ま、ま、待ってくれ！　頼む！　頼む！　異能《スキル》を返してくれ！」

「貴様ッ、主殿《あるじ》から離れろ！」

マーナルムが怒号を上げるが、引き剥がそうとする彼女を手で制する。

シュラッドの見立て通り、あの宝石に彼の能力が込められている。

つまり、俺は今回、大量の霊薬《エリクサー》だけでなく――雷を操る伝承再演《ミステリオン》を手に入れたのだ。

「何故、お前を殺さないのだと思う？」

俺はシュラッドに問う。

彼は目を泳がせながらも、答える。

「そ、それは、同じ貴種《きしゅ》としての慈悲からではないのか」

こいつは、この戦いで六人の部下が死んでいるのを忘れているのだろうか。

貴族への配慮なんてものを持ち合わせているなら、そいつらも生かしていただろうに。

確かに、貴族を殺めることは、盗賊を殺めることよりもずっと厄介だ。

こいつらの善悪とは関係なく、親族たちが体面のために犯人探しをするからだ。

とはいえ、衝突が避けられないのならば仕方がない。

仲間の命が懸かっている戦いで、敵の命に配慮している余裕はない。

「いいや、そうじゃない。俺はただ、知りたいんだ」

「な、何を……」

「神の加護を失った聖騎士の、末路を」

シュラッドの顔から、生気が完全に消える。

こいつらは、前世に覚醒出来るから自分たちは特別だと信じている。

だがこいつが再び前世の能力を引き出す儀式を行っても、もう無駄だ。

そこに刻まれた情報は、既に宝石に移されてしまったから。

前世持ちが、途中でその特別性を失ったら。

一体、どのように扱われるのか。

少し気になったのだ。

「ゆ、許してくれ！　頼む！　そ、そうだ！　私を貴殿の部下にしてくれ！　これからは楽園のために戦うと誓おう！」

「わからないな」

「え……？」

シュラッドが気の抜けた声を上げる。

「さっきからおかしいぞ、お前、一体誰に縋ってるんだ」

「え、なっ、そ、それは……楽園の宗主たる、き、貴殿に……」

盗賊団の首魁と呼んでいた筈だが、楽園の宗主ときたか。

「だからな、シュラッド殿。縋る相手を間違えているんだよ」

俺は人差し指を立て、上へと向ける。

彼がつい先程雷を落とした空だが、既に暗雲は晴れている。

青の広がる天空を指し、俺は微笑んだ。

「神がお前を祝福してるんだろう？　――救われたきゃ、天に祈れよ」

「あ、あ、あ……あぁ、そんな……」

俺に縋り付くシュラッドの手から、力が抜ける。

地面に両腕をついた彼は、謝罪しているようにも、祈っているようにも見えた。

俺たちに救いを求めても無駄だと、ようやく理解したようだ。

彼がこれまで自信の拠《よ》り所《どころ》としていた神の祝福とやらは、最早ない。

故に、そう。

誰も、彼を救ってはくれないのだ。

そのことに、ようやく思い至り。

騎士は絶望した。

「じゃあな」

「……………魔女め」

シュラッドが何やら呟く。

「ん？」

彼は顔を上げ、表情を大きく歪めながら叫んだ。

「魔性の存在を従え！　魔法の宝物を蓄え！　楽園を自称する、悪しき魔女め！　貴様のあれが伝承《ミステ》再演《リオン》だと!?　認めるものか！　神の教えに背いた邪法だろうが！」

特殊な魔法を修める者を、この世界では魔女と呼ぶ。

では通常の魔法とは何かというと、地水火風の属性魔法、契約魔法、治癒魔法に身体強化魔法など、今の世で体系化された魔法だ。

そして『死体を操る魔法』『動物と会話出来る魔法』『石を金に変える魔法』など、基本の魔法から外れた術は、全て邪法として扱われる。

もちろん、お貴族様が使う特別な魔法だけは、神様に与えられたとして例外扱いだ。

邪法の使用者は男女問わず魔女と呼ばれ、聖騎士団などに咎人として追われることになる。

どうやらシュラッドは、貴族の中でも更に一部の者だけが到達出来る力——伝承再演《ミステリオン》を、俺が修得しているという事実を否定したいようだ。

まぁ、『仲間や装備品の性能を一時的に上昇させる魔法』と表現すれば、邪法寄りだろう。

「それで？」

「私を生かしたことを後悔するぞ！　貴様の生家は、魔女を生み出したとして糾弾されるだろう！　当然、私の力を奪った罪もだ！」

「あはは」

俺は吹き出すように笑う。

こいつが心から反省するなんて期待していなかったが、こうも予想通りだと笑うしかない。

「何がおかしい！」

「俺も貴族だったからわかるんだけどさ、貴族ってのは体面が大事なんだよ。武門の三男が戦闘系の前世じゃなかったから、人知れず追放する、みたいにな。それで考えてみてほしいんだが、お前が保護されたあと、全ての力を失ったと知られたら、どうなると思う？」

「む、無論、私の話を聞き、即座に貴様を――」

「なかったことにされるんだ」

「――――」

「今日死んだ六人の家の奴らは、このままだとお前の家に責任を求めるだろうな。当然だ、お前が部隊長なんだから」

「…………ッ」

「お前は言い訳するんだろう。『死んだ筈の辺境伯家の三男に、前世を奪われたんです』と。考えてみてほしいんだが、お前が無関係の第三者だとして――これを信じるか？」

どう考えても、いかれてしまった哀れな男の戯言《たわごと》だ。

万が一、こいつの話を信じたとしても、意味がないのだ。

父は俺の生を否定する。

そしてそれを覆す決定的な証拠は誰も示せない。

ここに残されるのは、力を失った聖騎士だけなのだから。

こいつはきっと、この戦いで死んだことにされるのではないか。

そのあたりは、今後ハッキリすることだ。

「お前の残念な末路を見れば、他の聖騎士たちも少しは大人しくなるかもな」

俺たちは何も、無実の者を手にかけたり、街を破壊したりしているわけではない。

ただ世界を巡り、珍しいものを集めて回っているだけ。

シュラッドのような者が減れば、純粋に旅を楽しめる。

「あぁ……そんな……」

今度こそ、シュラッドは絶望に屈した。

顔を手で覆い、嘆くように呻く。

俺たちは奴を置いて、拠点へ戻るべく歩き出す。

「――悪魔め」

シュラッドが最後に呟いた言葉が、耳に届いた。

俺はそれを聞いて、そういえば、と思う。

「悪魔《それ》はまだ逢ったことがないな」

とにかく、こうして聖騎士シュラッドとの戦いは決着したのだった。

終章◇魔女と魔性と魔宝の楽園

聖騎士シュラッドとの戦いが決着した、その翌日。

昼。

拠点の庭で、祝勝会が開催されていた。

霊薬《エリクサー》で全快した蒼翼竜族の面々や、今回の作戦に参加してくれた仲間たち、その他暇な仲間が集まって、盛大に騒いでいる。

空中移動要塞の上では、地上よりも空が近い。

抜けるような青空は見ていて爽快な気分になるが、どこかで白い雲を探す自分がいた。

遊ぶもののなかった貧民窟での日々でも、最後まで慣れることが出来なかった貴族としての生活でも、【蒐集家】に目覚めて家を追放されたあとになっても。

ぼうっと雲を眺める趣味だけは変わらない。

だが、変わったこともある。

「主殿《あるじ》っ！」

白銀の長髪を靡かせた、凜々しき白銀狼族の美女が、肉の盛り付けられた皿を持って近づいてくる。

「こちらをどうぞ」

恭しく捧げるように差し出すマーナルム。

よく見れば、マーナルムも食べたくてうずうずしているのがわかった。

だが忠臣である彼女は、俺より先に食事を摂ってはならないというプライドのようなものがあるのだろう。

俺は微笑みながら皿と、それからフォークを受け取り、脂の乗った肉料理を頂く。

「うん、美味いな」

「そのお言葉を聞けば、料理人も喜びましょう」

「あはは、そうか。マーナルムも、自由に食べてきていいんだぞ？」

庭にはクロスの敷かれたテーブルが沢山設置されており、そこに様々な料理が並べられていた。

うちには決まったマナーはない。よっぽど散らかしたりしなければ、自由。

貴族の家で出てきそうな上品な料理もあれば、屋台で売っているような庶民好みの料理もある。

あとは、特定の地域や種族に伝わる料理なども数多く揃っていた。

美味しく食べられれば、それでよいという精神だ。

そういえば随分と品数が多いが、もしかすると料理人が『レシピを暴くコック帽』を使用したのかもしれない。あれを被ると、一度食べたことのある料理を完璧に再現出来るのだ。

「は、はいっ。いえしかし、最近は主殿《あるじどの》との別行動が多かったので……」

「そうだったか？」

「そうです！　蒼翼竜族たちの救出作戦における別行動に続き、シュラッドとの戦いも主殿《あるじどの》がお一人で決着をつけると仰ったではないですか！　もっとこのマーナルムをご活用ください！」

マーナルムが俺に強く出るのは非常に珍しい。

右腕の彼女としては、俺から離れて行動したり、俺に一人で戦わせたりは不安になるのかもしれない。

「そうか。まぁ、俺もお前がいてくれるほうが安心だよ」

「――っ！　こ、光栄です……」

キリッとした顔で答えるマーナルムだが、尻尾が嬉しそうに踊り狂っている。それはもう、ふぁっさふぁっさと盛大に。

「これでも食うか？」

俺は自分の分の肉料理をフォークで刺し、マーナルムに差し出す。

冗談のつもりだったのだが、マーナルムは「！　ありがたく頂戴いたします！」と決意に満ちた声を上げ、ぱくりと食べた。

もぐもぐ、ごくん。

彼女は目を瞑り、身体を震わせている。

「ここで死んでも本望です」

「あはは、そんなに美味かったか」

俺の感想よりも、こちらのほうが料理人は喜びそうだ。

「いえ、料理もそうですが、それだけではなく……」

マーナルムは俯きがちに、頬を染めながらもじもじしている。

「ふぅん？」

まぁ、満足したようなら何より。

彼女は俺の横から離れないようなので、そろそろ料理の並ぶテーブルに近づくことにする。

そうすれば、マーナルムも料理を選びやすいだろう。

「メイドは見ていました」

にゅっと、敏腕メイド長シュノンが出現する。

今日も亜麻色の髪は編まれており、豊満な胸は動く度に揺れている。

そんな童顔の幼馴染は、ジト目で俺を見上げていた。

「どうしたんだよ、シュノン」

「いえ別に」

シュノンは素早い動きで俺から肉料理の皿を取り上げ、フォークを新しいものと交換した。

そして、サラダの盛り付けられた皿を俺に差し出す。

「お野菜も食べてください。ご主人さまには健康でいて頂かないといけませんので」

「……？　じゃあ、まぁ」

もっしゃもっしゃとサラダを頬張る。野菜が瑞々《みずみず》しく、ドレッシングのバランスも丁度いい。

シュノンは俺がサラダを食する様子をしばらく見ていたが、やがて「あーん」と自分の口を開けたではないか。

だが彼女の手には料理の皿はない。

俺はようやく、シュノンの目的を察した。

マーナルムとのやりとりを見て、自分もやりたくなったのだろう。

俺はシュノンの口にサラダを運んでやる。

「んふ」

シュノンは満足げに野菜を咀嚼《そしゃく》し、上機嫌になった。

「あー！　イチャイチャしてるー！」

そう言ってこちらに駆け寄ってきたのは、蒼翼竜族の元部族長であるクエレだ。

彼女は大きな身体に美しい肌、青い髪が特徴的な女性で、とにかく元気いっぱい。

「わたしも！　わたしも族長様の番《つがい》だから権利があると思う！」

そう言ってクエレが「あーん」と大きく口を開く。

だが体格差から、食べさせるのは難しい。

それに気づくと、クエレは俺の前で膝をつき、再び口を開けた。

俺はしばし考え、肉料理のほうを彼女の口に運んでやる。

「んーっ！」

クエレは自分の頬に両手を当て、嬉しそうに表情を綻ばせた。

「よしっ、じゃあ族長様、次はベッドで赤ちゃ――」

「ええいそこまでだクエレ！　この発情竜め！」

マーナルムが叫ぶ。

もう見慣れた光景だ。

「違うもん！　お世継ぎは大事だもん！」

「だとしても、相手が貴様である必要はあるまい！」

「ふぅん？　わたしはマナちゃんと一緒でもいいけど？」

クエレが悪戯っぽく微笑む。

「んなっ！」

マーナルムの顔が、ぼふっと真っ赤になった。

「お待ちください、クエレさま。こういったことは順番も大切なのです。わたしは、ロウお義兄さまの最初のお嫁さんに相応しいのはお姉さまだと思うのです。その未来が一番楽園の発展に繋がると、わたしの未来視も言っている……ような……ものかな……なんて」

姉のピンチ？　に駆けつけた未来視の少女ハーティが加勢するが、後半にいくにつれ言葉の勢いが落ちていく。

どうやら未来うんぬんは嘘のようだ。

姉の力になろうと頑張ったようだが、ハーティに嘘は向いていない。

「旦那さまが、メイドと愛を育《はぐく》むというお話も王道だとシュノンは思います」

シュノンが真面目な顔で言う。

俺たちのやりとりを見ていた男性陣が囃《はや》し立《た》て、何人かの女性が近づいてくる。

『賑やかだな』

聖獣リアンがやってきた。

初めて逢った時よりも一回りほど大きくなっている。そこらへんの小屋よりも大きい。

リアンが顔を寄せてくるので、俺はそれを迎えるようにもふもふする。

普段なら真っ先にリアンに挨拶するマーナルムも、今はクエレたちとの舌戦に夢中で気づいていないようだ。

「来たんだな。お前も何か食べていくといい」

聖獣は食事を必要としないらしいが、食べることで魔力の補給が可能。

味覚もあるようで、食事はたまの娯楽という扱いのようだ。

俺たちと一緒に旅をしたリアンだからこその感覚であり、他の聖獣だとまた違うのかもしれないが。

『では頂こう』

「ふわあああ」

リアンの口に合いそうな料理を探していると、そんな声がした。

『万物を生む少女』モルテである。

リアンを見たのは初めてではない筈だが……間近で見ると迫力がまるで違うのはわかる。

「大丈夫だよ、モルテ。こいつは聖獣といって、とても賢くて頼りになる狼なんだ」

「せいじゅう……」

「それに、話も出来る」

『モルテと言ったか、お前も食事を摂ったほうがいい。もう少し肉を蓄えるべきだ』

確かに、モルテはまだまだ痩せている。

体重の増減は基本的に病や負傷といった認定をされないので、ポーションの類や霊薬《エリクサー》も効かないのが困りものだ。

「わわわっ、頭の中に声がっ」

「あはは、最初はびっくりするよな」

リアンと初めて逢った時のことを思い出し、懐かしくなる。

「あ、あの……よろしくお願いします、聖獣さま」

『よろしく頼む。そして、我のことはリアンで構わない、モルテよ』

「びゃい！　リアンさまっ！」

『うぅむ……怯えさせてしまっているだろうか……小さくなるか？』

「リアンは俺たちの味方だよ。この土地を守ってくれているんだ。それに、仲間には優しい」

俺は試しに、リアンに抱きついてみる。

ひだまりのような温かさと、もっふもっふですべらかな毛並みが大変心地よい。

「モルテもやってみるといい。いいか？　リアン」

『構わない』

モルテはおそるおそる、だが着実に近づいてきた。

そして、そ～っとリアンに手を伸ばす。

「ひゃっ。や、柔らかい。ふわふわ、です」

「俺は背中に乗せてもらったことがあるけど、その状態で走るとすごい気持ちがいいぞ」

『シュノンは臀部を痛めていたようだが……』

そういえばそんなこともあったか。

しがみついていないと振り落とされそうな感じとか、俺は楽しかったのだが。

「気難しい奴もいるけど、ここにいる奴らはみんな仲間だから、少しずつ慣れてくれると嬉しいよ」

「は、はいっ！」

元気よく頷く彼女を見て、自然と笑みが漏れる。

少し離れたところでは、クエレの弟デコンが、族長の嫁に相応しいのは姉のクエレだと叫んでいる。

それに同調する蒼翼竜族たちと、いいやマーナルムこそが相応しいと反発する白銀狼族たち。

元傭兵の執事ブランは微笑ましげにそれを眺めており、虚空に向かってワインを注いでいた。

だがワインは地面に垂れることなく、途中で消失する。

まるで見えないグラスに注がれ、それと同時に世界から隠されてしまったように。

ブランは、透明化能力を持った仲間に酒を注いでいるのだろう。

他にも、あちこちで、色んな仲間たちが楽しげに過ごしている。

ここにいない仲間もまだまだ多い。

『随分と大所帯になったな、ロウよ』

「そうだなぁ」

希少な存在のあるところ、どこからともなく現れる謎の集団がいた。

囚われの奴隷だろうとも救出し、未踏のダンジョンをも攻略し、狙ったものは必ず手に入れる。

楽園を自称するその組織だったが、ある日を境に、同胞を狩られたと憤る聖騎士団はこれを否定。

奴らは逆賊であると声高に叫んだが、既に世に広まった名前を上書きするのは難しい。

苦肉の策か、聖騎士団は楽園の名に、幾つかの言葉を追加した。

それは、どこかの聖騎士の言葉を思い起こさせるものだった。

その組織の長は、悠久の時を生きる魔法使いであるとも、異形の怪物であるとも、死した霊魂であるとも、亡国の王であるとも、そもそも存在しないのであるとも言われている。

とある貴族家を追放された、元貧民窟暮らしの青年であるとは、世間は知らない。

『まだ旅は続くか』

「もちろんだよ、リアン」

その組織の本拠地である空中移動要塞は、この世の珍しいもので溢《あふ》れているらしい。

「次は何を蒐集出来るか、楽しみだ」

定着しているとは言い難いが、聖騎士団は組織をこう呼ぶ。

——魔女と魔性と魔宝の楽園。

番外編◇雲を眺める少女

弟のロウと別れてから、しばらく経ったある日のこと。

私、ニコラスは、エクスアダン家の敷地内で、妹を探していた。

鋼鉄の森の一件は、怪狼が聖獣であるとの情報が入ったことで、討伐を保留。

父を説得するのには難儀したが、最終的には森周辺の警戒を強化することで落ち着いた。

やがて聖獣が森を平定すれば、鋼鉄の森は清浄で豊かな土地となるだろう。

ロウに関しては、死の偽装自体はそのまま行われたが、死因を怪狼ではなく通常の魔獣との戦闘とした。戦いの相手の格こそ下がるが、戦闘向きではない【前世】ながら奮闘した、という筋書きは変わらない。

次男のダグは何かを察したのか反応らしい反応を示さなかったが、あれ以来より一層鍛錬に力を入れているところを見るに、思うところはあるのだろう。

問題は妹のリュシーだ。

あの子はロウをとても慕っていたからか、戦死の報を聞いてから部屋に籠りがちになり、葬儀でもずっと泣いていた。

妹を騙すのは心苦しいが、彼女はまだ七歳。

ロウが追放される理屈からして理解を示してくれないだろうし、死の偽装をしたと知れば兄が生きている喜びを隠しきれないだろう。あるいはそんなことをさせたエクスアダン家に激怒するか。その両方かもしれない。

ロウが死んだと内外に示すためにも、リュシーの素直な反応は必要なのだった。

その日も魔獣討伐の任を果たし、本宅へと戻った私は、妹の部屋へと顔を出した。

しかし彼女の姿はどこにもなく、こうして現在、屋敷中を探し回っているわけである。

やがて私は、ある場所が頭に浮かんだ。

庭へ向かう。

そこには、よくロウが空を眺めるのに使っていた木が生えているのだ。

私の勘は当たり、妹は庭に仰向けに寝転がり、昼下がりの空を見上げていた。

木には、登りたくとも登れなかったのかもしれない。

「リュシー」

「…………」

名前を呼んでも、応えてはもらえない。

リュシーにとって私は、ロウを守ることが出来なかった男なのだ。

「……ニコラスおにいさま」

「あ、あぁ。どうしたんだい、リュシー」

彼女に名前を呼んでもらうのは、随分と久しぶりのことに感じられた。

私はやや慌てて彼女に近づき、その隣に腰を下ろす。

「ニコラスおにいさまは、ロウおにいさまが……ロウ、おにいさまが……」

彼女の声が震えている。

空を見上げる青い瞳は、波打つように濡れていた。

「ゆっくりで大丈夫だよ」

「ロウおにいさまが、し、死んじゃうところは、見ていないのですよね？」

「……あぁ、そうだね」

亡骸は魔獣に食われた、ということにしている。

葬儀も空の棺《ひつぎ》を使って行われた。

「そ、そうしたら、ロウおにいさまは、生きてるかもしれませんよね⁉」

「それは……」

その通りだ。だが、今の彼女に肯定を返すことは出来ない。

「それで、何か、理由があって、帰ってこれないだけかも……」

「リュシー……」

その通りだ。エクスアダン家が彼を追放したから、もう帰ってくることは許されない。

「だ、だからっ、今こうして、同じお空を、見てるかもしれませんよね？　ロウおにいさま、お空を見るの、好きだったから……」

彼女の瞳からこぼれた涙が、線を描くように肌を伝い、地面へと向かう。

悲しむ妹の姿に胸が締め付けられるが、自分では、どうしても真実を明かすことは出来なかった。

そんな時のことだ。

一羽の黒い鳥が、リュシーの近くに舞い降りた。

リュシーは緩慢な動きで上体を起こし、鳥をぼんやりと眺める。

「あなた、ロウおにいさまと同じ色をしているのね」

確かにきょうだいの中で、ロウだけが黒髪黒目だった。

「あら……？　お口に、何かくわえているの？」

リュシーの言う通り、黒い鳥は嘴《くちばし》に何かを銜えているようだった。

そのままトントンッと飛び跳ねるように近づいてくる黒い鳥。

万が一にも妹に襲いかかってきたらと私は警戒したが、その鳥はリュシーに触れられる距離まで来ると、銜えていたものを落とし、そのまま飛び去っていった。

「きゃっ」

鳥の羽ばたきに驚くリュシー。

見上げると、もうそこにあの鳥の姿はなかった。

「あの子、何か落として……」

鳥が消えたあと、リュシーがやつの落としたものを拾い上げる。

それは、青く小さな球体がついたペンダントだった。球体はガラス製だろうか、中が透けて見える。

青……空色の球体の中に、小さな白い物体が幾つも浮かんでいた。

少し経って、私はそれが空を模したものなのだと気づく。

妹もすぐに気づいたようだった。

そして、その贈り主も。

「……雲ですね、ニコラスおにいさま」

妹の瞳から涙がポロポロとこぼれ落ちるが、そこに宿る感情は先程までのものとは違う。

これは喜びの涙だ。

「……あぁ、そうだね」

私もロウも兄弟だ。彼も私と同様に、悲しむリュシーの姿は見たくない筈。

だから、このような手段をとったのだろう。

そして、これは妹への信頼の証でもある。

「このことは、秘密にしなければ、ならないのですね」

「あぁ」

この贈り物を通して、妹が現実を受け止められると、ロウは信じたのだ。

「いつか、本当のことを教えてくれますか？」

「君が大人になったら、必ず」

「――わかりました」

リュシーは頷き、ペンダントを宝物のように握りしめるのだった。

『楽園』の噂を聞くようになるのは、まだもう少し先のお話。

《了》

あとがき

本書をお手にとっていただきありがとうございます、御鷹穂積です。

本作は、一部の人間だけが前世の記憶と能力を引き継げる世界で、武力を求められた少年が【蒐集家】目覚めたことで実家から追放されてしまう、というところから始まる物語です。

直接的に戦闘に役立つの恩恵こそ得られないものの、主人公は【蒐集家】の能力を活かして、様々なものを集めていきます。

聖獣、希少な亜人、特殊な力を持った人間、不思議な力を宿した様々なアイテム、果ては空を移動する要塞まで。

珍しいものや未知のものを探して世界を巡り、彼は多くのものに出逢います。

彼と、その仲間たちと共に、蒐集の旅を楽しんでいただければ幸いです。

WEB版と比較して四万字ほどの加筆があるので、WEB版をご存知のかたでも、新鮮に読めるかなと。

本作はコミカライズ企画も進行中とのことで、漫画でも主人公たちの旅を読める日が楽しみです。

謝辞に移ります。

担当の茂木様。書籍化のお話、ありがとうございました。担当さん自身が作品を楽しんでくださったのが伝わってきて、ありがたかったです。

ロウと別れたあとのリュシーの心情にまで気を配っていただき、おかげで巻末の書き下ろし番外編へと繋がりました。

イラストのLa-na様。素晴らしいイラストをありがとうございました！

シュノンは見た目もメイド服もとても可愛く、小柄な体格と巨大リュックとのアンバランス感も非常に見事に表現されていました。こんな幼馴染メイドがほしかった……。

マーナルムは本文の描写を拾いつつも、作者の想像を遥かに上回る素敵なビジュアルと衣装を与えていただきました。布面積が少ないのに下品さはまったくなく、彼女の肉体美や銀の髪、その凜々しさに意識がいく、とても素晴らしいデザインに感激いたしました。

クエレの衣装も非常にオシャレで、また彼女の溌剌とした雰囲気も巧みに表現されており、この一冊の中で読者のみなさまに彼女のカラー姿をお見せできなかったのが悔やまれます。

ロウは中々難しいキャラだったかと思いますが、パッと見のクールな雰囲気と、笑った時に覗く穏やかさが大変素晴らしいです。衣装もとても格好よくて感動いたしました。

どのキャラクターも個性的かつ魅力的にデザインしていただき、感謝の念に堪えません。

また、本編で登場するアイテム群が表紙に配置されているのに気づいた時には、胸が熱くなりました。細部に至るまで作品世界を表現してくださり、ありがとうございました！

最後に、ＷＥＢ版の読者の方々、本書の製作と販売に関わってくださった全ての方々にも感謝を捧げます。こうしてあとがきまで目を通してくださったみなさまにも、不尽の感謝を。

御鷹穂積

魔女と魔性と魔宝の楽園 1
〜追放された転生貴族の自由気ままな【蒐集家】生活。ハズレ前世に目覚めた少年は、異世界で聖剣もモフモフも自分の城も手に入れる〜

発 行
2023 年 12 月 15 日　初版発行

著 者
御鷹穂積

発行人
山崎　篤

発行・発売
株式会社一二三書房
〒101-0003　東京都千代田区一ツ橋 2-4-3 光文恒産ビル
03-3265-1881

編集協力
株式会社パルプライド

印 刷
中央精版印刷株式会社

作品の感想、ファンレターをお待ちしております。

〒101-0003　東京都千代田区一ツ橋 2-4-3 光文恒産ビル
株式会社一二三書房
御鷹穂積 先生／La-na 先生

Printed in Japan, ISBN 978-4-8242-0070-9 C0093
※本書は小説投稿サイト「小説家になろう」（https://syosetu.com/）に
掲載された作品を加筆修正し書籍化したものです。